十九首世界诗歌批评本丛书　"上海高校服务国家重大战略出版工程"资助项目

陈杰　著

法国古典主义诗剧批评本

French Classical Dramatic Poesy：A Critical Reader

华东师范大学出版社

·上海·

图书在版编目（CIP）数据

法国古典主义诗剧批评本／陈杰著. 一上海：华东师范大学出版社，2020

ISBN 978－7－5760－1025－1

Ⅰ.①法… Ⅱ.①陈… Ⅲ.①古典主义—诗剧—文学研究—法国 Ⅳ.①I565.073

中国版本图书馆 CIP 数据核字（2020）第 224778 号

法国古典主义诗剧批评本

著　　者　陈　杰
策划编辑　王　焰　顾晓清
责任编辑　顾晓清
审读编辑　沈　雪
责任校对　时东明
装帧设计　卢晓红

出版发行　华东师范大学出版社
社　　址　上海市中山北路 3663 号　邮编 200062
网　　址　www.ecnupress.com.cn
客服电话　021－62865537
网　　店　http://hdsdcbs.tmall.com

印　刷　者　杭州日报报业集团盛元印务有限公司
开　　本　890×1240　32 开
印　　张　12.125
字　　数　208 千字
版　　次　2021 年 2 月第 1 版
印　　次　2021 年 2 月第 1 次
书　　号　978－7－5760－1025－1
定　　价　65.00 元

出 版 人　王　焰

（如发现本版图书有印订质量问题,请寄回本社客服中心调换或电话021-62865537联系）

献给我亲爱的导师，
乔治·弗莱斯提（Georges Forestier）先生

目 录

宗教主题篇

导言　如何阅读法国古典主义悲剧？

　　在法国文学世界影响力的衬托下，法国古典主义悲剧在本土以外的境遇显得尤为尴尬。极少得到翻译、阅读和表演的它沦为了文学史陵园里静默的石碑，仅有为数不多的学者驻足凭吊。在《悲剧之死》一书中，乔治·斯坦纳（George Steiner）把法国古典主义悲剧的这种传播局限性归结于语言："17 世纪法国人的言谈中有一种高贵庄重的复杂感，《安德洛玛克》《伊菲格涅亚》和《费德尔》的艺术是靠这一言谈的复杂感而得到充分的表达。那种言谈无法翻译成别的语言，甚至也无法翻译成结构松散的法国日常语。"①斯坦纳此处所提及的三部作品均是古典主义悲剧的代表作②。他们的作者让·拉辛（Jean Racine）是 17 世纪法国最重要的悲剧诗人之一。在斯坦纳看来，"作为一个仅用语言来展示现实的剧作家，拉辛赋予他的文字以如此重任，以至于无法想象任何别的文字能够胜任。即使是最精妙的译文（如席勒的）也会分散和瓦解拉辛严密紧凑的风格。"这种语言风格有着统一的外在形式，即两行一组押尾韵的亚历山大体诗句，以法语诵

① 乔治·斯坦纳，《悲剧之死》，陈军，昀侠译，杭州：浙江工商大学出版社，2018年，第77—78 页。这一章节的标题即为"法国新古典主义悲剧的不可译性"。
② 本书中均有选段翻译和整体解读。

读尽显庄严神圣之感。笔者自知能力有限，无奈选择散文翻译，实属亵渎。如今全书结稿，心中不安更甚动笔之日。

法国古典主义悲剧对于语言的重视有其历史根源。诞生之初，即文艺复兴时期，悲剧就和其他源于古希腊的文学类型一样，承载了完善法语表达的重任。在著名的《捍卫和弘扬法语》一书中，法国文艺复兴的其中一位代表人物杜·贝莱(Du Bellay)就号召年轻诗人们写作悲剧，通过模仿古代悲剧中的情节、情感和思想表达来丰富法语自身的词汇和句式。而斯坦纳在书中反复提到的"虚夸"、"壮美"、"庄严"这些法国古典主义悲剧的语言特征，也可以追溯到法国文艺复兴时期另一位大诗人龙沙夸张的语言风格。这种对于语言锤炼的执迷让文艺复兴时期的法国悲剧成为了文学史研究者笔下的"静止悲剧"①：情节缺乏波折起伏，结局早早到来，留下大量哀叹、思索、警示的对白，供悲剧诗人模仿拉丁语的修辞文法②，锤炼法语表达的不同可能性。剧中人物也因此缺乏鲜明独特的性格特征，或多或少沦为作者语言实验所假借的工具。1558年，杜·贝莱在《罗马古迹首卷》开篇"致国王"的献诗中写道："愿神明助您他日在法兰西再造此等③伟业，我愿用您的语言来将它描摹。"④可见，人文主义者赋予了法语记

---

① 参见法国戏剧史专家夏尔·马祖艾(Charles Mazouer)《文艺复兴法国戏剧》第七章。Charles Mazouer, *Le Théâtre français de la Renaissance*, Paris：Honoré Champion, 2013.
② 16世纪法国悲剧诗人们模仿最多的悲剧作家是古罗马的塞涅卡。
③ 如古罗马一般。
④ Joachim Du Bellay, *Le Premier Livre des Antiquitez de Rome*, Paris：Federic Morel, 1558, 献辞无页码。

2

录、宣扬法兰西崛起的重要意义。事实上，法语的完善和发展同样是这场由瓦卢瓦（Valois）王朝所领导的政治复兴运动的一个重要维度。巴黎郊外的枫丹白露城堡里有一幅名为"驱逐无知"的壁画。画中可见大量双眼被蒙上布条，表情痛苦，举止扭曲的民众，唯有一位古代装束的男子手执长剑背身走向一座透着光亮的古代风格宫殿建筑。画面寓意一目了然：世俗王权（剑）将借助古希腊古罗马文化引领法国摆脱蒙昧，走向知识的光明。也正是从著名的文艺复兴君主，瓦卢瓦王朝的弗朗索瓦一世起，人文主义者的语言复兴理想与王权的保护和扶持牢牢捆绑。作为这一复兴实践的重要内容之一，悲剧在其自身发展演变的每个重要结点上都与权力有着难以割裂的联系。从这个意义上说，法国古典主义悲剧"庄严"、"壮美"的语言风格可以被视为权力引导下的人文主义语言复兴理想在 17 世纪所留下的余韵。

当然，依笔者拙见，斯坦纳所指出的语言的"不可译性"并不意味着不通法语的读者无法通过另一种方式来阅读这些悲剧作品。笔者写作此书，正是基于这一信念。法国的悲剧创作涉及"选题"（invention）、"编排"（disposition）和"表达"（élocution）三个层面。"选题"指的是主题选择和角色塑造，"编排"则是针对一切与主题相关的情节素材而言，只有"表达"才关系语言层面的创作。然而，法国古典主义悲剧的最重要特征，即规则性，恰恰只与"选题"和"编排"相关。了解古典主义规则，或者说法国悲剧诗学的形成，是认识、读懂法国古典主义悲剧的前提。因此，笔者认为有必要对悲剧如何在 17 世纪法国进入规则时代这一问题加以梳理。

无论何种版本何种语言的文学史，在讲到法国古典主义戏剧时，必然都会大谈"三一律"。然而这一规则却并非 17 世纪首创。在其诞生的文艺复兴时期,法国悲剧就已经基本遵守了"一日、一事、一地"这三大条律。原因在于文艺复兴悲剧所模仿的以塞涅卡悲剧为代表的古罗马悲剧,以及后者的模板古希腊悲剧,都可以视为"三一律"意义上的规则悲剧。只是到了 17 世纪初年,随着无古代模板可循的新型剧种悲喜剧(tragi-comédie)的兴起,对于规则以及仿古的质疑愈演愈烈,以至让·德·谢朗德尔(Jean de Schélandre)将自己 1608年出版的五幕悲剧《提尔和漆东》(*Tyr et Sidon*)①重写,改为"两日"(一日五幕)的悲喜剧,20 年后重新出版②。在古典主义戏剧专家乔治·弗莱斯提(Georges Forestier)看来,这一极具象征意义的事件相当于宣告了悲剧的死亡③。

悲喜剧的兴起与 17 世纪初年法国戏剧生态的重大转型直接相关。我们知道,戏剧的创作过程通常包含两个阶段:一是前期的剧本写作,二是后期的舞台演出。最终呈现形式是表演,剧本为舞台而作。然而,文艺复兴时期的法国悲剧却并非如此。承载了法语语言复兴理想的悲剧写作之所以不注重情节和人物塑造,原因在于这些作品并非为舞台而作,而主要作为戏剧诗供文人私下诵读、交流、品评。面向公众的职业戏剧舞台彼时依然以演出闹剧、传奇④、神秘剧、道德剧等中

---

① 提尔和漆东均为位于地中海东岸的古腓尼基名城。

② Jean de Schélandre, *Tyr et Sidon: tragi-comédie divisée en deux journées*, Paris: Robert Estienne, 1628.

③ Georges Forestier, *Passions tragiques et règles classiques: essai sur la tragédie française*, Paris: PUF, 2003. 参见该书第一章。

④ 法文为 roman。在中文学界,中世纪传奇也按照英语习惯被译为罗曼史。

世纪戏剧类型为主。换言之,作为文学创作的戏剧和作为舞台表演的戏剧处于基本脱节的状态。17世纪初年,随着以亚历山大·阿尔迪(Alexandre Hardy)为代表的职业文人剧作家群体的出现①,新一代戏剧诗人们不再排斥将自己的作品交由职业剧团演出,文学创作也就此和舞台表演接轨。这一背景下诞生的剧作大都删去了主要承担评说、感叹功能,对情节推动作用不大的歌队,缩短了台词,尤其是独白的长度,一方面堆砌事件,一方面提升节奏,为的就是通过繁复的情节和紧凑的舞台呈现牢牢吸引观众,避免剧本因陷入文艺复兴式的修辞泥潭而变得乏味。某种程度而言,戏剧生态的这一转型是以牺牲文学性,迁就舞台表演,迎合观众口味为代价的。而创作上完美符合上述特征的悲喜剧的迅速风靡,正是转型的最直接表现。

悲喜剧实践者们并没有构建起自己的一套理论,而是以观众的喜好为由对古人留下的规则发起质疑。在他们看来,戏剧的唯一目的便是取乐,既然观众热衷于欣赏起伏多变的复杂情节,那么事件的堆砌叠加也就顺理成章了;而一旦事件增多,再强行把剧情压缩在一日、一地之内,就显得不合理了。1630年底,后来成为王权和文人群体之间最重要沟通者的理论家让·夏普兰(Jean Chapelain)以一封"论24小时规则"的书信捍卫了规则,提出了一套被乔治·弗莱斯提称为"完美摹仿"的戏剧作用机制②。夏普兰认为,成功的戏剧演出应当做到

① 关于这一问题,可参见笔者的文章。陈杰,《十七世纪法国职业文人剧作家的诞生》,载《外国文学评论》2016年第4期。

② Georges Forestier, *Passions tragiques et règles classiques: essai sur la tragédie française*, *ibid.* 参见该书第三章。

以假乱真,让观众忘记身处剧院的现实,相信自己正在目睹真实事件。因此剧中时间和现实时间应当尽可能同步,上限是 24 小时;只有这样,观众才有可能始终入戏。若是角色在两三个小时的表演过程中经历了数日、数周甚至更长的剧情时间,观众便会因为意识到这种错位而出戏。而保持在剧作家所营造的幻觉里是观众获得快乐的前提。夏普兰认为情节无节制更迭所带来的快感是低级粗俗的,得到规则保障的才是真正的快乐。这套多少有些精英主义倾向的"完美摹仿"理论自然没能说服所有人。反规则派认为即便古人的规则有其理性的一面,作为新生事物的悲喜剧依然有逾越规则的自由。另一些剧作家则尝试重拾曾经因为脱离舞台实际,盲从古代模板而在 17 世纪初的戏剧生态转型中遭到抛弃的悲剧,令其在得到夏普兰理性诠释的规则里重生。古典主义悲剧与规则结缘即始于此①。

　　未过多久②,一部《熙德》(Le Cid)横空出世,在征服了全巴黎观众的同时,也引发了一场史无前例的文坛论战,让日薄西山的反规则美学遭受了致命的最后一击③。论战中极具象征意义的一点在于批评者无一例外地以规则悲剧的标准对当时尚被作者高乃依定义为悲喜剧④的《熙德》加以苛刻的检视,而率先发难的乔治·德·斯库德里

----

① 法国悲剧的这一重生出现在 1635 年前后,这一时期出现了多部经典作品,比如高乃依的悲剧处女作《美狄亚》(Médée),洛特鲁的《濒死的赫丘利》(Hercule mourant),斯库德里的《凯撒之死》(Mort de César)。
② 1637 年 1 月初,悲喜剧《熙德》在巴黎的玛黑剧院上演。
③ 具体可参见本书的《熙德》篇解读。
④ 后更为悲剧。

（Georges de Scudéry）①一度还是不规则悲喜剧的捍卫者。曾经亲手为悲剧开具"死亡证明"②，以反规则之态傲视传统剧种的悲喜剧似乎已经彻底失去了生存空间；似乎情节的狂欢已经成了明日黄花，时、地、事的单一化成了大势所趋。当然，"《熙德》论战"加冕的不只有"三一律"，还有法国古典主义美学的根基："逼真"（vraisemblance）和"得体"（bienséance）。无论是针对剧中人物的性格和行为逻辑，还是针对剧本的主题③和情节编排，高乃依敌人们的批判都围绕这四个字展开。换言之，这场论战示范了如何在规则时代分析和评断一部悲剧作品，而上文提到的"选题"和"编排"恰是论战后所诞生的戏剧批评的核心，也是学者雅克·舍雷尔④开创的剧作法（dramaturgie）研究的根本着眼点。相较之下，"表达"在以夏普兰为代表的古典主义理论家看来反倒不再是评判悲剧良莠的主要标准了⑤。笔者写作本书的目的，也正是尝试让斯坦纳眼中因 17 世纪法语的"不可译性"而死的古典主义悲剧在剧作法研究中重生。

---

① 17 世纪上半叶知名戏剧诗人，小说作者。

② 乔治·弗莱斯提语，亦是其代表作《悲剧激情和古典规则》一书首章的标题。Georges Forestier, *Passions tragiques et règles classiques: essai sur la tragédie française*, ibid., p.15 - 27.

③ 《熙德》的主题可以概括为一个女儿嫁给自己杀父仇人的故事。

④ 20 世纪法国著名学者，写作了《法国古典主义剧作法》一书。

⑤ 在其撰写的《法兰西学院对于悲喜剧〈熙德〉的看法》一文中，夏普兰将《熙德》的巨大成功归结于在他看来只是锦上添花的"表达"，而"选题"和"编排"层面的反逼真和不得体决定了该剧是一部理论上的失败之作。日后，夏普兰甚至将对于《熙德》一剧的看法移植到了对于高乃依戏剧创作的整体评价之上。

神话主题篇

Pierre Corneille *Œdipe*

皮埃尔·高乃依《俄狄浦斯》

情节梗概

第一幕：忒拜老国王和伊俄卡斯忒育有一子一女,儿子出生便因为神谕而遭弃,女儿迪赛一直在世。然而,老国王死后,继位的却是因为解开了斯芬克斯之谜而拯救了忒拜的外邦人俄狄浦斯。对此,自视血脉高贵的迪赛颇为不满。如今,瘟疫再度肆虐忒拜,俄狄浦斯派往德尔斐的信使却没有带回任何神谕。俄狄浦斯将其解读为神报复伊俄卡斯忒遗弃亲生骨肉对抗神谕;伊俄卡斯忒则认为瘟疫的源头在于老国王大仇未报。另一方面,雅典王子泰塞埃前来提亲,欲娶情投意合的忒拜公主迪赛,却遭到了俄狄浦斯的拒绝,因为迪赛此前已被许配给了他人。

第二幕：迪赛借情人泰塞埃提亲遭拒一事将自己与俄狄浦斯的矛盾公开化,直呼后者为僭主。与此同时,先知特瑞西亚斯也解开了瘟疫的真正原因,果然是老国王拉伊奥斯大仇未报。后者的亡灵表示:只有自己血脉的鲜血才能平息神的怒火。自视老国王唯一后人的迪赛得知后无比骄傲,决心为忒拜牺牲,与情人泰塞埃诀别。

第三幕：伊俄卡斯忒和俄狄浦斯先后劝迪赛不要着急牺牲,后者不愿听从。与此同时,城中流言四起:当年遗弃的男婴依然在世,而且就在宫中。俄狄浦斯让伊俄卡斯忒招来当年执行这一任务的仆人询问细节,后者同时也是拉伊奥斯遇难当天的幸存者。此时,泰塞埃登场向伊俄卡斯忒表示自己就是当年的男婴。伊俄卡斯忒十分谨慎,问其是否如神谕所说杀害了老国王。泰塞埃否认,并让伊俄卡斯忒不要轻信神谕。

第四幕:泰塞埃向迪赛表示自己冒认当年的男婴,为的是替情人而死。另一方面,仆人到来,一番对质之后,俄狄浦斯痛苦地意识到了自己当年在来忒拜途中杀害的那位老者就是老国王拉伊奥斯。然而,更大的悲剧还没有到来。

第五幕:科林斯来了一位老奴向俄狄浦斯报告科林斯国王的死讯,同时揭开俄狄浦斯并非国王亲生骨肉的秘密。随后,科林斯老奴和忒拜老仆确认后,真相大白,俄狄浦斯就是当年忒拜国王王后的弃婴,他如神谕所示,杀害了生父,又与生母成亲。伊俄卡斯忒最终自杀。俄狄浦斯在责怪两位仆人当年不该动恻隐之心后离场,后自挖双目。

选段一

Œdipe

[...]

Je pense être ici roi.

Dircé

Je sais ce que vous êtes;

Mais si vous me comptez au rang de vos sujettes,

Je ne sais si celui qu'on vous a pu donner

Vous asservit un front qu'on a dû couronner.

Seigneur, quoi qu'il en soit, j'ai fait choix de Thésée;

Je me suis à ce choix moi-même autorisée.

[...]

Œdipe

Ah! C'est trop me forcer, madame, à vous entendre.

La jalouse fierté qui vous enfle le cœur

Me regarde toujours comme un usurpateur:

Vous voulez ignorer cette juste maxime,

Que le dernier besoin peut faire un roi sans crime,

Qu'un peuple sans défense et réduit aux abois⋯

Dircé

［…］

Vous régnez en ma place, et les dieux l'ont souffert：

Je dis plus, ils vous ont saisi de ma couronne.

Je n'en murmure point, comme eux je vous la donne；

J'oublierai qu'à moi seule ils devaient la garder；

Mais si vous attentez jusqu'à me commander,

Jusqu'à prendre sur moi quelque pouvoir de maître,

Je me souviendrai lors de ce que je dois être；

［…］

Qui ne craint point la mort ne craint point les tyrans.

Ce mot m'est échappé, je n'en fais point d'excuse,

［…］

（Ⅱ, 1）

俄狄浦斯

我想我在此处是王。

迪赛

　　　　　我知道您是什么；

但若您将我归入您的臣子之列，

我不知道人们给予您的这地位

能否为您征服一个本该得到加冕的额头。

陛下，无论如何，泰塞埃都已经是我的选择；

一个由我自己允准的选择。

[……]

俄狄浦斯

啊！夫人，让我听您胡言至此，实在过分。

您内心膨胀的嫉妒和高傲

让您一直视我为僭主：

非常时期，立王无可厚非，

您却有意无视这条金科玉律，

更何况人民失去保护，陷入绝境……

迪赛

［……］

神明接受了您代我统治：

何止，他们为您夺走了我的王冠。

我无半句怨言，也将它转赠予您；

我会忘记他们本该只为我将它保留；

但您若是得寸进尺，向我发号施令，

妄图以主人之姿对我宣示权力，

我便会记起自己应当成为何人；

［……］

不畏惧死亡者，亦不会惧怕僭主。

我还是说出了这个词，但我不会为此歉疚，

［……］

（第二幕第一场）

选段二

Nérine

À ce terrible aspect la reine s'est troublée,

La frayeur a couru dans toute l'assemblée,

Et de vos deux amants j'ai vu les cœurs glacés

À ces funestes mots que l'ombre a prononcés :

«un grand crime impuni cause votre misère ;

Par le sang de ma race il se doit effacer ;

Mais à moins que de le verser,

Le ciel ne se peut satisfaire ;

Et la fin de vos maux ne se fera point voir

Que mon sang n'ait fait son devoir. »

(II, 3)

奈莉娜①

这狰狞的面貌让王后失了魂魄，

恐惧在所有人中间蔓延开来，

我看到您那两位情人如遭冰封，

只因那亡魂②说出的这大凶之语：

"你们的惨状因大罪未惩所致；

应由我族人之血来将它拭去；

唯其流血献身，

上苍方能满意；

若我的血脉未能履行义务，

你们的痛苦将永无尽头。"

（第二幕第三场）

———————————

① 剧中王后伊俄卡斯忒的侍女。
② 指的是已故国王拉伊奥斯的亡魂。

选段三

Thésée

Quoi? La nécessité des vertus et des vices

D'un astre impérieux doit suivre les caprices,

Et Delphes, malgré nous, conduit nos actions

Au plus bizarre effet de ses prédictions?

L'âme est donc toute esclave: une loi souveraine

Vers le bien ou le mal incessamment l'entraîne;

Et nous ne recevons ni crainte ni désir

De cette liberté qui n'a rien à choisir,

[...]

D'un tel aveuglement daignez me dispenser.

[...]

N'enfonçons toutefois ni votre œil ni le mien

Dans ce profond abîme où nous ne voyons rien:

[...]

(Ⅲ, 5)

泰塞埃

什么？德行与罪恶必然要

追随一颗专横任性的星辰，

罔顾我们意志的德尔斐，把我们的行为

引向它所预言的最荒唐后果？

灵魂因而完全沦为奴仆：一条至尊律法

不断裹挟着它，去往善或恶的地方；

在这无可选择的自由里，

我们的恐惧和欲望也无从谈起，

［……］

此等盲目，还请免我受其所累。

［……］

然而，请勿将您和我的眼神

投入这一无所知的深渊：

［……］

（第三幕第五场）

选段四

Œdipe

Hélas! Je le vois trop; et vos craintes secrètes,

Qui vous ont empêchés de vous entr'éclaircir,

Loin de tromper l'oracle, ont fait tout réussir.

Voyez où m'a plongé votre fausse prudence：

Vous cachiez ma retraite, il cachait ma naissance;

Vos dangereux secrets, par un commun accord,

M'ont livré tout entier aux rigueurs de mon sort：

Ce sont eux qui m'ont fait l'assassin de mon père;

Ce sont eux qui m'ont fait le mari de ma mère.

D'une indigne pitié le fatal contre-temps

Confond dans mes vertus ces forfaits éclatants：

Elle fait voir en moi, par un mélange infâme,

Le frère de mes fils et le fils de ma femme.

Le ciel l'avait prédit：vous avez achevé;

Et vous avez tout fait quand vous m'avez sauvé.

(V, 3)

俄狄浦斯

呜呼！我终于看清；你们隐秘的顾虑，

阻碍了你们之间相互澄清，

这非但没有瞒过神谕，反让一切成真。

看看你们错误的谨慎将我置于何地：

您确保了我偷生，他对我的身世绝口不提；

你们默契守护的这些危险的秘密

彻底把我送上了严酷的命途。

是他们，让我成了弑父的凶手；

是他们，让我成了娶母的孽子。

低劣的同情所引发的致命意外

让重重弥天大罪玷污了我的德行：

在这耻辱的结合之下，

我成了孩子的兄长，妻子的儿子。

上苍的预言，因你们而兑现；

从你们救我那一刻起，一切就已经注定。

（第五幕第三场）

选段五

Œdipe

Mon souvenir n'est plein que d'exploits généreux;

Cependant je me trouve inceste et parricide,

Sans avoir fait un pas que sur les pas d'Alcide,

Ni recherché partout que lois à maintenir,

Que monstres à détruire et méchants à punir.

Aux crimes malgré moi l'ordre du ciel m'attache:

Pour m'y faire tomber à moi-même il me cache;

Il offre, en m'aveuglant sur ce qu'il a prédit,

Mon père à mon épée, et ma mère à mon lit.

Hélas! Qu'il est bien vrai qu'en vain on s'imagine

Dérober notre vie à ce qu'il nous destine!

Les soins de l'éviter font courir au-devant,

Et l'adresse à le fuir y plonge plus avant.

(V, 5)

俄狄浦斯

填满我回忆的原本只是显赫的功勋；

然而我却发现自己弑父与乱伦均沾，

从来只追随阿尔喀德斯①的脚步，

无论在何地都只寻求维系律法，

摧毁妖魔鬼怪，惩戒作恶之人。

上苍却依然让我罪恶缠身：

它遮遮掩掩，只为了我自掘坟墓；

它让我对预言的真相一无所知，并由此

将父亲推向了我的利剑，母亲送到了我的床边。

呜呼！躲过它为我们指定的命途，

着实只是人异想天开的生路！

躲避的努力反让我们跑在了前头，

逃逸的心思终让我们陷入了深处。

（第五幕第五场）

---

① 希腊神话中著名英雄人物赫拉克勒斯的原名。

选段六

Dymas

J'étais auprès de lui sans aucunes alarmes；

Son cœur semblait calmé, je le voyais sans armes,

Quand soudain, attachant ses deux mains sur ses yeux：

«prévenons, a-t-il dit, l'injustice des dieux；

Commençons à mourir avant qu'ils nous l'ordonnent；

Qu'ainsi que mes forfaits mes supplices étonnent.

Ne voyons plus le ciel après sa cruauté；

Pour nous venger de lui dédaignons sa clarté；

Refusons-lui nos yeux, et gardons quelque vie

Qui montre encore à tous quelle est sa tyrannie.»

(Ⅴ, 9)

迪马斯①

当时，我在他身边没有任何警觉；

他内心看似平静，身上也没有利器，

直到他突然将双手置于眼部：

"我们要提防神明的不公；

先于他们的安排而死去；

让我的刑罚和我的罪孽一样震撼吧。

既然上苍如此残忍，不如从此不再见它：

从此无视它的光明，以示报复；

从此对它紧闭双眸，苟且偷生，

向世人展示它的暴政。"

（第五幕第九场）

---

① 剧中的功能性角色，只为口述真相大白后俄狄浦斯的自戕行为而设。

解读

　　1650 年代末,当红极一时的财政大臣尼古拉·福盖(Nicolas Foucquet)向高乃依邀约写剧时,后者已经六七年没有新作问世了。1651 年《佩尔塔西特》(*Pertharite*)的遇冷让这位法国最受瞩目的剧作家进入了创作上的沉寂期。福盖建议了三个主题,高乃依选择了其中之一的《俄狄浦斯》来宣告自己的回归,似乎是要让大家相信,重新出山的他依旧是"法国的索福克勒斯"。《俄狄浦斯》固然是古希腊悲剧的绝佳代表,然而在 1650 年代选择这一主题进行创作却并不见得是明智之举,原因在于爱情的缺席。彼时,"风雅文化"(culture galante)已经统治了包括戏剧在内的法国文学,而爱情至上恰恰就是"风雅文化"的价值基础。绝大多数作品都以主角之间的婚姻结尾的喜剧自不必说,即便是悲剧,也已经离不开爱情的点缀,主线情节受爱情因素左右的悲剧也并不鲜见。然而,索福克勒斯的《僭主俄狄浦斯》却是一部纯粹关乎宿命的作品。瘟疫肆虐于忒拜,需要清除当年杀害老国王拉伊奥斯的凶手方能解危,这是该剧情节的前半部分,即城邦命运;从科林斯老奴专程来忒拜向俄狄浦斯报告养父的死讯开始,剧情进入了后半阶段,俄狄浦斯暂时放下了对于凶手身份的追查,转而不顾一切地追问自己的身世,直到真相大白,城邦命运和个体命运接合,悲剧也就此进入了尾声。如何将爱情元素融入这样的一个希腊母题,成了摆在高乃依面前的最大难题。

　　高乃依的解题密匙在于索福克勒斯版本《俄狄浦斯》的关键词之

一：身份。正是身份问题，串联起了爱情和城邦、个体的命运。为此，高乃依增设了希腊母本中并不存在的两个角色：第一个是迪赛（Dircé）。她被设计为拉伊奥斯和伊俄卡斯忒的女儿，同时也是俄狄浦斯的妹妹。当然，在结尾到来之前，两人对于彼此之间的兄妹关系都并不知情，双方长期处于相互提防乃至敌视的状态。原因在于迪赛十分重视血统身份，认为自己才是忒拜王位的合法继承者，对于以异邦人身份当上国王的继父俄狄浦斯十分不屑，心中一直将其视为僭主。两人的矛盾因为迪赛的婚事而爆发。这就引出了高乃依在剧中增设的第二个角色，雅典王子泰塞埃（Thésée）。迪赛和泰塞埃两情相悦，高乃依的剧本正是以后者来忒拜提亲开场。对于这桩婚事，作为忒拜之主的俄狄浦斯持否定态度。表面上，他声称老国王拉伊奥斯生前已经将迪赛许配给了另一位王子，因此不能违背先王之命。事实上，他是担心一旦让对自己怀有敌意的迪赛和雅典未来的国主结合，自己的王位将受到威胁。两人的矛盾于是在第二幕第一场的针锋相对中彻底公开化（选段一）。

同样是请示神谕以求解决瘟疫之道，高乃依的《俄狄浦斯》和希腊母本在神谕到来的方式和内容细节上却都有不同。在索福克勒斯那里，克瑞翁从德尔斐带来的神谕要求将"污染"①从忒拜城清除，即找出并惩治杀害拉伊奥斯的凶手。而在高乃依的版本里，阿波罗的女祭司却沉默以对，倒是拉伊奥斯的亡灵借先知特瑞西亚斯转达了解脱

---

① 埃斯库罗斯，索福克勒斯，欧里庇德斯，《古希腊悲剧经典》，罗念生译，北京：作家出版社，1998年，第137页。

之法：即由自己家族成员的鲜血来抹去这一罪恶（选段二）。得知这一消息的迪赛激动不已，因为一直以来，她空有拉伊奥斯女儿及当朝公主的尊贵身份，却一直被迫屈居于异邦人俄狄浦斯之下。如今有了父亲亡灵的这段话，作为家族唯一血脉的她就当仁不让地成为了拯救忒拜的关键人物。对于迪赛而言，这是期待已久的荣耀：通过自己的牺牲，她可以向在忒拜上一次危机后将解开了斯芬克斯谜语的俄狄浦斯视为救世主的民众证明，作为王室后裔的她，也能够救忒拜于危难之中。为此，她甚至不惜指责劝她慎重行事的母亲改嫁俄狄浦斯有损拉伊奥斯家族的名誉（第三幕第二场）。然而，公主却并非迪赛在剧中的唯一身份，她同时还是泰塞埃的恋人。作为恋人的她显然希望和后者长相厮守，于是便陷入了两难这一高乃依悲剧的经典情境。双重身份下，爱情和城邦命运之间因为撕扯而联结。

另一方面，作为迪赛情人出现在剧中的泰塞埃也并没有游离于城邦和（俄狄浦斯）个体命运这个希腊母本的框架之外。在第三幕第四场戏里，俄狄浦斯告诉伊俄卡斯忒城中流言四起，说当年的弃婴（襁褓中的俄狄浦斯）并没有死，并且就在城中，而他的出现据说将给俄狄浦斯带来巨大不幸。这一消息的出现显然配合了拉伊奥斯亡灵的说辞：忒拜人刚得知需要老国王亲生骨肉的鲜血平息灾难，迪赛哥哥尚在人间的消息就传了开来。更为蹊跷的是，下一场戏里，泰塞埃立刻前去找伊俄卡斯忒承认自己就是当年后者和拉伊奥斯所生之子，因此迪赛可以不必牺牲，该献出生命的应该是他。不难猜出，泰塞埃的"自首"举动正是为了替爱人而死。身份的悬置再一次把爱情和城邦的命运联结了起来。只是未想到伊俄卡斯忒并没有轻易地听信泰塞埃的一面之词,而是希望用神谕的内容①来进行身份验证:尽管后者与迪赛之间的爱情可以被视为兄妹乱伦,但神谕的另一半依然需要得到证实;换句话说,只有泰塞埃承认自己是当年杀害拉伊奥斯的凶手,伊俄卡斯忒才会真正承认这个突然出现的儿子。然而,对这一点明显缺乏心理准备的泰塞埃一方面矢口否认了自己曾经弑父,另一方面又直接质疑神谕的可靠性,以便让伊俄卡斯忒相信自己就是当年的弃婴。于是便有了那段经典的讨论人的行为自由以及责任边界的长段台词(选段三)。然而,需要指出的是,这段看似形而上的讨论只是戏剧情境(situation dramaturgique)的产物,并不见得意味着高乃依的版本也和索福克勒斯的悲剧一样参与了针对某种正在成形的社会秩序的公共讨论。对于17世纪的法国而言,悲剧和喜剧一样,首先是上流社会和富裕市民阶层的一种娱乐,在绝大多数情况下并不承担政治功能。

在用一系列的反问完成了对于神谕的质疑之后,泰塞埃总结道:神谕可能会是别有用心之徒有意篡改甚至捏造而来,人根本无法预知自己的命运,这个他"一无所知的深渊"。泰塞埃的这一态度倒是和希腊母本里伊俄卡斯忒的看法如出一辙。在索福克勒斯的剧本里,得知科林斯国王死讯的俄狄浦斯庆幸神谕中弑父的部分已经被证伪,但也担心自己依然有娶母乱伦的风险。这时,伊俄卡斯忒说道:凡人只

---

① 导致拉伊奥斯和伊俄卡斯忒抛弃俄狄浦斯的那个神谕,在希腊母本里是弑父娶母,到了高乃依版本里则成了弑父乱伦。这一细节上的改变让泰塞埃的自白有了一定的可信度。

是命运手中的玩偶,无法确切预知任何未来①。而希腊母本里的主角俄狄浦斯,虽然在和先知特瑞西亚斯的争吵中表现出了对于神的质疑和嘲讽②,却也相信命运的主宰,只是骄纵狂妄的他,认为命运对于他人而言是起落不定,难以捉摸,对他却始终慷慨,他是得到命运偏爱的特殊存在,那个"仁慈的幸运的宠儿"③。当然,如约而至的真相很快就将这个不可一世的狂徒打回了卑微的原形。悲剧终于进入了收场阶段。

如果说高乃依在改编时所加入的新角色和爱情线完美地融入了希腊母本的剧情框架,那么对于结尾处俄狄浦斯态度的处理,却让 17世纪的法国版本和原作相比有了完全不同的意义。在索福克勒斯笔下,得知真相后自毁双目的俄狄浦斯重新登场时,歌队领唱惊呼:"是哪一位天神怂恿你的?④"俄狄浦斯答道:"是阿波罗,朋友们,是阿波罗使这些凶恶的,凶恶的灾难实现的;但是刺瞎了这两只眼睛的不是别人的手,而是我自己的,我多么不幸啊!⑤"俄狄浦斯的回答当然首先是对于自残之举的回应,但"不是别人的手,而是我自己的"这一说法又具有强烈的象征意义,可以说,它代表了俄狄浦斯对于自己所经历的一切不幸的解读立场。命运是神谕和人的因素"合谋"的结果,

---

① 《古希腊悲剧经典》,第 163 页。
② 当特瑞西亚斯在俄狄浦斯的百般逼问下说出后者就是杀害拉伊奥斯的凶手时,俄狄浦斯恼羞成怒,彻底卸下伪装,展开了一大段渎神的台词,比如质疑神为何没能拯救当年危难中的忒拜,反而是他,一个凡人,解开了斯芬克斯的谜语。
③ 《古希腊悲剧经典》,第 166 页。
④ 《古希腊悲剧经典》,第 174 页。
⑤ 《古希腊悲剧经典》,第 174 页。

这是我们可以从这位忒拜之王的个人悲剧中得出的结论。在索福克勒斯笔下,这个人的因素是俄狄浦斯自己,一切都是他主动为之,从少年时代为了对抗神谕离开科林斯的养父母开始,他便义无反顾地走向了自己悲剧命运的终点。然而,这种主动选择却是在不明真相的情况下完成的,如果说不知者不罪的话,那么俄狄浦斯的无心之过是不是不应当为他带来如此深重的惩罚呢? 德国哲学家谢林在《关于独断论和批判主义的哲学书信》里回答了这一问题①。在谢林看来,俄狄浦斯式的人物正是通过接受一个对于自己无法避免的罪行的惩罚来彰显自己的自由;因为抗拒惩罚意味着否定自己罪行的主动性,也就否定了自由,只有坦然接受才是一种强调自由的担当。换句话说,希腊悲剧找到了一种承认自由的角度,在谢林看来,这堪称伟大。

反观高乃依的改编版本,得知真相后的俄狄浦斯先是责怪两位老仆当年的选择让他成为了"弑父的凶手"和"娶母的孽子"(选段四),也就是说,促使神谕成真的人的因素在高乃依笔下不再是俄狄浦斯本人("上苍的预言,因你们而兑现")。到了第五幕第五场,他又将矛头指向了上苍,正是上苍让他"罪恶缠身","将父亲推向了我的利剑,母亲送到了我的床边"(选段五)。由始至终,俄狄浦斯都将自己视作无辜的受害者,因此也对上苍充满了愤懑。在第五幕第九场迪马斯的转述②里,他甚至把自毁双目的举动解释为对于神明的报复,希望世人能够从他的悲惨境遇里看到神明的不公(选段六)。这个怨天尤人的

---

① *Le tragique*, éd. Marc Escola, Paris: GF Flammarion, 2002, p.138.

② 在高乃依的版本里,双目被毁的俄狄浦斯没有再次登台,因为那将有违 17 世纪舞台表演的得体性。

俄狄浦斯的出现并不是毫无理由的,他有助于让俄狄浦斯所代表的希腊神话题材脱离原有的信仰层面,造成了弑父娶母悲剧的是不公的异教(多神教)上苍,而非基督教意义上的上帝。

Jean Racine *La Thébaïde*

让·拉辛《忒拜纪》

情节梗概

第一幕：俄狄浦斯死前留下遗命，由两位儿子轮流统治忒拜。然而，厄忒俄克勒斯却不愿在任期结束后将王位让给波吕尼克斯。后者遂投靠了阿尔戈斯国王，成为驸马，并率兵攻打母邦，欲讨回公道。无法坐视两个儿子自相残杀的母亲伊俄卡斯忒劝厄忒俄克勒斯信守承诺，让出王位。厄忒俄克勒斯强调并非自己贪恋权位，实乃忒拜人民不愿忍受波吕尼克斯的统治。然而，面对以死相逼的母亲，厄忒俄克勒斯最终同意暂时休兵，由忒拜人民选择自己的国王。克瑞翁对此决定表示不解，声称一国不容二君。伊俄卡斯忒指责克瑞翁觊觎王位，刻意激化兄弟间的仇恨，意图从中得利。

第二幕：克瑞翁的儿子海蒙听从情人安提戈涅，在此次战争中支持波吕尼克斯，与父亲所属的厄忒俄克勒斯阵营对抗。此时传来神谕，称危机若是要解决，王族血脉中最末的那位必须牺牲。安提戈涅担心神谕所指之人是海蒙，后者表示为爱为国而死是荣耀之事。另一方面，伊俄卡斯忒未能说服儿子波吕尼克斯接受忒拜人民的选择，后者指出人民既已拥戴篡位之人，便再无可能改变主意，况且人民无权选择自己的国王。

第三幕：克瑞翁的幼子墨诺叩斯认为自己就是神谕所指之人，主动走上战场喝令双方停战，并英勇就义。感动之余，伊俄卡斯忒认为神明并不会就此罢休。刚刚经历丧子之痛的克瑞翁也劝厄忒俄克勒斯为和平做出让步。看到克瑞翁态度的转变，伊俄卡斯忒又重拾希望，试图通过安排两兄弟见面来化解仇恨。克瑞翁似乎也乐见其成。然而，他同意此举的真正原因却在于预见到了见面令仇恨激化的结局。

第四幕：厄忒俄克勒斯向克瑞翁坦言：两兄弟的仇恨与生俱来；他希望波吕尼克斯和自己一样充满恨意。两人的见面也如克瑞翁预期一般不欢而散。

第五幕：厄忒俄克勒斯和波吕尼克斯的死讯先后传来。海蒙也因为试图阻止两人动武而遭误伤致死。坐收渔翁之利登上王位的克瑞翁随后又向安提戈涅表达了自己的爱慕之意。得知后者自杀后陷入疯狂，暴毙。

上篇

选段一

Jocaste

Vous le savez, mon fils, la justice et le sang

Lui donnent, comme à vous, sa part à ce haut rang；

Œdipe, en achevant sa triste destinée,

Ordonna que chacun régnerait son année；

Et n'ayant qu'un État à mettre sous vos lois,

Voulut que tour à tour vous fussiez tous deux rois.

À ces conditions vous daignâtes souscrire.

Le sort vous appela le premier à l'empire,

Vous montâtes au trône；il n'en fut point jaloux：

Et vous ne voulez pas qu'il y monte après vous！

Étéocle

Non, madame, à l'empire il ne doit plus prétendre：

Thèbes à cet arrêt n'a point voulu se rendre；

Et lorsque sur le trône il s'est voulu placer,

C'est elle, et non pas moi, qui l'en a su chasser.

Thèbes doit-elle moins redouter sa puissance,

Après avoir six mois senti sa violence?

Voudrait-elle obéir à ce prince inhumain,

Qui vient d'armer contre elle et le fer et la faim?

Prendrait-elle pour roi l'esclave de Mycène,

Qui pour tous les Thébains n'a plus que de la haine,

Qui s'est au roi d'Argos indignement soumis,

Et que l'hymen attache à nos fiers ennemis?

Lorsque le roi d'Argos l'a choisi pour son gendre,

Il espérait par lui de voir Thèbes en cendre.

L'amour eut peu de part à cet hymen honteux,

Et la seule fureur en alluma les feux.

Thèbes m'a couronné pour éviter ses chaînes,

Elle s'attend par moi de voir finir ses peines:

Il la faut accuser si je manque de foi;

Et je suis son captif, je ne suis pas son roi.

(I,3)

伊俄卡斯忒

我的儿,你该知晓,与你一样,

正义和血脉赋予了他继位的权利:

完结他凄惨的命途时,俄狄浦斯

曾令你们分别进行统治;

鉴于治下仅有一座城邦,

便要求你二人轮流为王。

对此你们欣然应允。

命运选择了你先行执政,

你登上大位;他毫无妒心:

而你竟不愿他在你之后登位!

厄忒俄克勒斯

不,夫人,他已不应再觊觎这天下:

忒拜可并不愿屈从于这法令;

当初他意图登上这王位时,

是忒拜,而非我,将他驱逐。

如今,忍受了他长达六月的暴力,

难道忒拜对他,反该减少半分担忧?

难道忒拜该遵从一位武装了兵刃和饥渴,

对自己拔刀相向,毫无人性的王子?

面对仇视忒拜人的迈锡尼,他甘愿为奴,

在阿尔戈斯的国王跟前,他俯首称臣,

当了驸马,与我们那群高傲的敌人为伍,

此等无耻之徒,难道该当上忒拜之王?

早在阿尔戈斯国王选他为婿之时,

他便开始想象忒拜沦为灰烬之日。

这桩可耻的婚姻里哪有什么爱的火花,

怒火才是点燃这一切的唯一火种。

忒拜将我加冕,为的是躲避他的奴役,

我是忒拜结束苦痛的希望:

即便我食言,也该责怪忒拜;

我受制于它,而非凌驾其上。

（第一幕第三场）

选段二

Jocaste

Mais s'il est vrai, mon fils, que ce peuple vous craigne,

Et que tous les Thébains redoutent votre règne,

Pourquoi par tant de sang cherchez-vous à régner

Sur ce peuple endurci que rien ne peut gagner?

Polynice

Est-ce au peuple, madame, à se choisir un maître?

Sitôt qu'il hait un roi, doit-on cesser de l'être?

Sa haine ou son amour, sont-ce les premiers droits

Qui font monter au trône ou descendre les rois?

Que le peuple à son gré nous craigne ou nous chérisse,

Le sang nous met au trône, et non pas son caprice;

Ce que le sang lui donne, il le doit accepter;

Et s'il n'aime son prince, il le doit respecter.

Jocaste

Vous serez un tyran haï de vos provinces.

Polynice

Ce nom ne convient pas aux légitimes princes;

De ce titre odieux mes droits me sont garants:

La haine des sujets ne fait pas les tyrans.

Appelez de ce nom Étéocle lui-même.

Jocaste

Il est aimé de tous.

Polynice

               C'est un tyran qu'on aime,

Qui par cent lâchetés tâche à se maintenir

Au rang où par la force il a su parvenir:

Et son orgueil le rend, par un effet contraire,

Esclave de son peuple et tyran de son frère.

Pour commander tout seul il veut bien obéir,

Et se fait mépriser pour me faire haïr.

Ce n'est pas sans sujet qu'on me préfère un traître:

Le peuple aime un esclave, et craint d'avoir un maître.

Mais je croirais trahir la majesté des rois,

Si je faisais le peuple arbitre de mes droits.

[...]

Antigone

[...]

À peine en sa mémoire ai-je encor quelque rang；

Il n'aime, il ne se plaît qu'à répandre du sang.

Ne cherchez plus en lui ce prince magnanime，

Ce prince qui montrait tant d'horreur pour le crime，

Dont l'âme généreuse avait tant de douceur，

Qui respectait sa mère et chérissait sa sœur：

La nature pour lui n'est plus qu'une chimère；

Il méconnaît sa sœur, il méprise sa mère；

[...]

(II,3)

伊俄卡斯忒

我的儿，如果民众当真惧怕你，

所有忒拜人都担心受你统治，

为何还要以如此多鲜血为代价

寻求统治这些你已无法争得的民众？

波吕尼克斯

夫人啊，难道民众能自行选择领袖？

只要他们心生恨意，为王者就该即刻让位？

他们的怨恨或爱戴，难道是为王者

即位或退位的首要条件？

民众对我们惧怕也好，珍视也罢，

我们即位凭的是血统，而非他们的一时兴起；

血统加诸于他们的，他们必须接受；

即便他们难以爱戴自己的君王，那也只能尊重。

伊俄卡斯忒

那你就将成为一个遭天下人憎恨的暴君。

波吕尼克斯

这名号不适用于合法的君王；

我的权利确保了我远离这可憎的头衔：

暴君并非由臣子的恨意而生。

请给厄忒俄克勒斯自己冠上此名。

伊俄卡斯忒

他受万民爱戴。

波吕尼克斯

　　　　万民爱戴的是一个暴君，

他机关算尽，竭力维系

自己强抢而来的地位：

傲慢造就了，两个截然相反的他，

他是民众的奴仆，又是兄弟的暴君。

为了独自统治，他宁可服从，

屈尊只为了让我遭人忌恨。

人们并非无端地疏远我而青睐背信之人：

民众乐见奴仆，惧怕领袖。

而我若是任由民众来裁决我的权利，

那就是背弃了为王者的尊严和威望。

［……］

安提戈涅

［……］

我的地位在他的记忆里已几近消亡；

他只爱屠戮，只热衷于见到血流成河。

请勿试图在他身上找回昔日那高贵的王子，

那位曾经对罪恶嗤之以鼻的王子，

那颗曾经如此温厚宽仁的灵魂，

那个曾敬重母亲的儿子，那个曾疼惜妹妹的兄长：

如今，自然本性于他已然只是过眼云烟；

他无视自己的妹妹，也鄙夷自己的母亲；

［……］

（第二幕第三场）

选段三

Créon

Mais s'il vous cède enfin la grandeur souveraine,

Vous devez, ce me semble, apaiser votre haine.

Étéocle

Je ne sais si mon cœur s'apaisera jamais :

Ce n'est pas son orgueil, c'est lui seul que je hais.

Nous avons l'un et l'autre une haine obstinée ;

Elle n'est pas, Créon, l'ouvrage d'une année ;

Elle est née avec nous ; et sa noire fureur,

Aussitôt que la vie, entra dans notre cœur.

Nous étions ennemis dès la plus tendre enfance ;

Que dis-je? nous l'étions avant notre naissance.

Triste et fatal effet d'un sang incestueux !

[...]

Et maintenant, Créon, que j'attends sa venue,

Ne crois pas que pour lui ma haine diminue :

Plus il approche, et plus il me semble odieux ;

Et sans doute il faudra qu'elle éclate à ses yeux.

J'aurais même regret qu'il me quittât l'empire :

Il faut, il faut qu'il fuie, et non qu'il se retire.

Je ne veux point, Créon, le haïr à moitié;

Et je crains son courroux moins que son amitié.

Je veux, pour donner cours à mon ardente haine,

Que sa fureur au moins autorise la mienne;

Et puisque enfin mon cœur ne saurait se trahir,

Je veux qu'il me déteste, afin de le haïr.

(Ⅳ,1)

克瑞翁

但如果他最终将这至尊之位让出,

在我看来,您理当平息您的仇恨。

厄忒俄克勒斯

我不知道我的内心是否会有平静的一刻:

我所痛恨的并非他的傲慢,而仅仅是他本身。

我和他彼此都有着根深蒂固的恨意;

克瑞翁,这绝非一年所能造就;

它与我们同生;那团黑暗的怒火,

在生命伊始就已经深入我们的内心。

自甜蜜的童年时代,我们就已经相互为敌;

什么胡话? 早在出世之前,我们就已经如此。

这凄惨的宿命,来自那不伦的血脉!

[……]

克瑞翁,现在我正等着他的到来,

不要以为我的恨意有了消减:

他愈是走近,对我而言就愈发可憎;

而只有当他来到眼前,这恨意才会彻底爆发。

若是他放弃了权位,我反倒会心有不甘:

我只许，只许他败走，不许他撤离。

克瑞翁，我不愿恨得半途而废；

我害怕他的友善多于他的愤怒。

为了我炙热的恨意不被冷却，

我要得到他的怒火助燃；

既然我终究也无法背叛内心，

那就让他憎我，以便我能恨他。

（第四幕第一场）

选段四

Jocaste

Me voici donc tantôt au comble de mes vœux,

Puisque déjà le ciel vous rassemble tous deux.

Vous revoyez un frère, après deux ans d'absence,

Dans ce même palais où vous prîtes naissance;

Et moi, par un bonheur où je n'osais penser,

L'un et l'autre à la fois je vous puis embrasser.

Commencez donc, mes fils, cette union si chère;

Et que chacun de vous reconnaisse son frère:

[…]

Approchez, Étéocle; avancez, Polynice…

Eh quoi! loin d'approcher, vous reculez tous deux!

D'où vient ce sombre accueil et ces regards fâcheux?

[…]

Ô dieux! que je me vois cruellement déçue!

N'avais-je tant pressé cette fatale vue

Que pour les désunir encor plus que jamais?

Ah! mes fils! est-ce là comme on parle de paix?

Quittez, au nom des dieux, ces tragiques pensées;

Ne renouvelez point vos discordes passées;

Vous n'êtes pas ici dans un champ inhumain.

Est-ce moi qui vous mets les armes à la main?

Considérez ces lieux où vous prîtes naissance;

Leur aspect sur vos cœurs n'a-t-il point de puissance?

C'est ici que tous deux vous reçûtes le jour;

Tout ne vous parle ici que de paix et d'amour:

[…]

Ils ne connaissent plus la voix de la nature!

(IV,2)

伊俄卡斯忒

既然上苍已经让你们二人重聚，

那么只消片刻，我的终极愿望便将实现。

分别两年之后，你们在此处，

你们出生的宫殿，见到了自己的兄弟；

而我，借着这份从未敢奢望的幸福，

终于能同时将你们一一拥抱亲吻。

就让这场难得的重聚开始吧，我的儿啊；

你们两兄弟就彼此相认吧：

［……］

靠近些，厄忒俄克勒斯；往前走，波吕尼克斯……

什么！你们非但不往前迈步，反而双双后退！

这阴沉的相迎，这恼人的眼神，究竟从而何来？

［……］

神明啊！我这是陷入了何等残忍的绝望啊！

莫非我急于促成的这场宿命相会

只是为了让他们前所未见地决裂？

啊！我的儿啊！难道这就是和谈的方式？

以神明的名义，远离这些悲剧的念头吧：

切勿再令你们过去的不睦复苏；

你们身在此处,而非毫无人性的战场。

难道是我,给你们送上了武器?

好好看看这儿吧,你们曾在此降生;

你们的内心难道不会受到任何触动?

正是在此,你们二人获得了生命;

这儿的一切都向你们诉说着爱与和平:

[⋯⋯]

他们已经再无法倾听自然本性!

（第四幕第二场）

解读

"与之后的剧本相比,读者想必会允许我恳请他对于这部剧表现出更大的宽容;创作它时我还相当年轻。"[①]1675 年,功成名就的拉辛在他的首部《作品集》里选择以这样的方式来介绍《忒拜纪》,并非单纯的谦辞。作为拉辛人生的第一部剧作,《忒拜纪》在 1664 年首度出版时几乎无人问津。按照拉辛自己的说法,这和过于血腥的收场不无关系,剧中所有主角在结尾处均殒命,这在整个 17 世纪法国悲剧的历史上都属罕见,在拥有庞大女性观众群体,并且悲剧主题在"风雅文化"影响下逐渐柔化的 1660 年代,更是不可思议。与此同时,拉辛又补充道:"但这就是《忒拜纪》,古代最悲剧的主题。"[②]在 17 世纪法国戏剧研究专家乔治·弗莱斯提看来,"最悲剧"这一点恰恰能解释为什么年轻的拉辛斗胆逆时代潮流而行,选择这一主题。在《诗学》第 14 章里,亚里士多德写道:

> 此类表现互相争斗的行动必然发生在亲人之间、仇敌之间或非亲非仇者之间。如果是仇敌对仇敌,那么除了人物所受的折磨外,无论是所做的事情,还是打算做出这种事情的企图,都不能引发怜悯,如果此类事情发生在非亲非仇者之间,情况也一样。但

---

① Jean Racine, *Théâtre complet I*, éd. Jean-Pierre Collinet, Paris: Gallimard, 1982, p.54.

② *Idem.*

是当惨痛事件发生在近亲之间,比如发生了兄弟杀死或企图杀死兄弟,儿子杀死或企图杀死父亲,母亲杀死或企图杀死儿子,儿子杀死或企图杀死母亲或诸如此类的可怕事例,情况就不同了。诗人应该寻索的正是此类事例。①

而在 1660 年随《高乃依戏剧集》出版的"三论"的其中一篇,《论悲剧》里,高乃依也将加害者和受害者之间存有血缘、爱情或友情关系的情节称作崇高悲剧②的典范。由此可见,拉辛选择《忒拜纪》并非因其血腥,而是在这一剧本的主题里看到了理论上最能激发恐惧和怜悯的完美悲剧的影子:《忒拜纪》呈现的正是关于俄狄浦斯的两个儿子自相残杀的故事。需要指出的是,1630 年代改编希腊悲剧的风潮早已成为过去,但对于忒拜,30 年后的法国读者却并不陌生。1658 年,德马洛尔院长(l'abbé de Marolles)翻译了斯塔提乌斯的拉丁文史诗《忒拜纪》;1659 年 1 月,《俄狄浦斯》在勃艮第府剧院上演,敢于改编这部希腊经典悲剧的,正是有当世索福克勒斯之称的高乃依。跟随后者的步伐改编一部情节紧跟《俄狄浦斯》的悲剧,应当有助于为自己赢得关注,年轻拉辛的想法并非没有合理之处。

在存世的古希腊悲剧里,有两部以厄忒俄克勒斯和波吕尼克斯兄弟相残的故事为主题,分别是埃斯库罗斯的《七将攻忒拜》和欧里庇

---

① 亚里士多德,《诗学》,陈中梅译注,北京:商务印书馆,1996 年,第 105 页。
② 在高乃依的悲剧等级体系里居于最高位。Pierre Corneille, *Trois discours sur le poème dramatique*, éd. Bénédicte Louvat et Marc Escola, Paris: GF Flammarion, 1999, p.106 – 107.

德斯的《腓尼基妇人》。前者事实上只呈现了厄忒俄克勒斯这一位真正的主角,处于争斗另一方的波吕尼克斯甚至都没有登场,而只是在对话中被提及。在两兄弟双双殒命之前,剧情也并无任何实质进展。厄忒俄克勒斯先是以忒拜城主身份出场,面对来犯的七路敌军一一布防;随后剧本从军事维度转移到家族宿命维度,前半部分主动作为的王者厄忒俄克勒斯到了后半部分沦为了命运面前无可奈何的俄狄浦斯后人。而拉辛的改编依循的主要是《腓尼基妇人》。欧里庇德斯的这部剧作不仅人物设置更为完整,剧情的张力也更为突出。一方面,两兄弟之间有了激烈的话语交锋,同时,母亲伊俄卡斯忒也登场斡旋①,请求两人止戈。尽管这一切都没能改变悲剧的结局,但却大大强化了过程的戏剧性。如果说拉辛选择《忒拜纪》是因为它呈现了一个"兄弟杀死或企图杀死兄弟"的经典"悲剧"故事,那么他自然也会想要凸显这种发生在亲人之间的暴力;而因为母亲的登场,这种特定暴力的层次将变得更为丰富:手足相残固然是血淋淋的兄弟暴力,但对于苦劝无果而被迫目睹悲剧、进而自杀的母亲伊俄卡斯忒而言,这一切又何尝不是发生在母子间的暴力呢?② 当然,拉辛的这一选择也并非孤例,事实上,后世几乎所有针对这一主题的改编都以《腓尼基妇人》为模板。

---

① 甚至在得知两人即将决斗分胜负时,还带上了女儿安提戈涅一同前往战场尝试阻拦。而在《七将攻忒拜》里,安提戈涅、伊斯墨涅两姐妹直到兄长双亡后才出现。

② 需要指出的是:自荷马以来,人们通常认为伊俄卡斯忒在乱伦一事真相大白后就选择了自杀,索福克勒斯的《僭主俄狄浦斯》正是作了如此处理,《七将攻忒拜》里也没有母亲的身影。欧里庇德斯显然没有遵循这一传统。

与历史上的种种版本一样，拉辛笔下的伊俄卡斯忒在劝说时也是情理兼备，但她所笃信的根本原则其实只有一条，那就是亲情至上。这也是让她在一次尝试无果后，萌生二度劝解念头的原因。为此，她还作了一个特殊的安排：让两兄弟在忒拜王宫中重聚（选段四）。在伊俄卡斯忒看来，那是一个无处不"诉说着爱与和平"的地方，两人曾在此出生、成长；里面充满了应当能化解当下仇恨的温情回忆。然而，在兄弟重逢之前的第四幕第一场戏里，厄忒俄克勒斯刚刚在克瑞翁面前坦露了内心的想法（选段三）：他对于波吕尼克斯的敌视由来已久，并非因此次战争而起；这种"根深蒂固的恨意"自童年时代就已经存在，甚至可以说在两人出世前就已经埋下了种子；比起一个充满敌意的波吕尼克斯，他更害怕一个友善的兄弟，因为来自后者的暴力有助于他名正言顺地维系仇恨，因为他"不愿恨得半途而废"。然而，伊俄卡斯忒对此却一无所知；她以为自己把两个儿子带回了孕育兄弟之爱的故地，事实上，那却只是让两人重游了见证仇恨诞生的宫墙。王宫重聚的决定在第三幕尾声作出，而当第四幕第一场结束，处于全知视角的观众看到波吕尼克斯向舞台上的厄忒俄克勒斯走来，自然将因为这场重逢可预见的收场而揪心，为一个正在上演的悲剧讽刺情境而哀叹。也许有人会心生疑问：促成这一切的伊俄卡斯忒是否过于天真？为什么她没有更早地意识到两个儿子已经"再无法倾听自然本性"？

事实上，在第二幕第三场苦劝波吕尼克斯无果之后，安提戈涅就已经感叹"自然本性于他已然只是过眼云烟"，对于在后者身上找回曾经"敬重母亲"、"疼惜妹妹"的那颗"温厚宽仁的灵魂"不再抱有希望。那么,与女儿相比,伊俄卡斯忒是否缺乏洞察和判断呢? 如果我们阅读伊俄卡斯忒在剧中的其他戏份,就会发现答案是否定的。比如她从第一幕第五场开始就表达了对于克瑞翁篡位野心的警惕;而当克瑞翁的小儿子墨诺叩斯①回应神谕牺牲自己阻止两军交战之后,她也没有像他人一般表现出乐观,反而认为神明只是暂停了自己的报复,很快就将卷土重来(第三幕第三场)。她成了舞台上唯一的悲观者,只因作为俄狄浦斯乱伦的受害者之一,她深知宿命的可怕。由此可见,亲历了人伦崩塌悲剧的伊俄卡斯忒远非缺乏洞见之人,也并不天真。只是如此一来,我们又该如何解释她无法洞悉两个儿子之间的仇恨已经无法缓解这一点呢? 要解答这一问题,我们有必要先思考,欧里庇德斯选择违背传统让伊俄卡斯忒在乱伦真相揭开后活了下来,是基于什么样的预设或理由? 如果说在索福克勒斯的笔下,意识到真相的伊俄卡斯忒在自己的"儿丈夫"知晓一切之前就匆匆选择了自尽,是因为无法面对这段被诅咒的婚姻以及母子乱伦所生下的儿女;那么,一个选择了生路的伊俄卡斯忒应当就抱有一种改变的信念,相信家族的悲惨命运可以在下一代身上得到改变,相信自己可以像一个正常母亲那样,以亲情来修复这个在命运重击后千疮百孔的家庭。在这样的逻辑预设下,我们就能理解为什么伊俄卡斯忒会在劝解两兄弟的路上毅然决然地走下去:她并非被现实蒙在鼓里,而是在这一问题上主动选择"失明",对命运的诅咒视而不见。然而,这样的坚持在命运面前却显得格外讽刺:她相信自然本性可以感化被

---

① 与其祖父,即克瑞翁和伊俄卡斯忒共同的父亲同名。

仇恨绑架的两兄弟,然而两人却都出自一段有违自然本性的婚姻。换句话说,从俄狄浦斯的悲剧开始,伊俄卡斯忒就再无法成为正常的母亲。

我们再把目光转移到两个儿子身上。俄狄浦斯退位后,忒拜由厄忒俄克勒斯和波吕尼克斯两兄弟轮流执政,在保留了这一背景的同时,拉辛在自己的《忒拜纪》里作出了一个重大的改编:他把轮流执政、一人一年写成了俄狄浦斯的决定,而历史上任何版本都没有这样的记载;不仅如此,这一决定在拉辛笔下还成了这位不幸的父亲在临终前留下的遗命(选段一)。然而依照传统,俄狄浦斯活到了兄弟开战之后。最后一个细节上的变化在于原本有长幼之分的两人变成了孪生兄弟。在乔治·弗莱斯提看来,这几处针对两兄弟的改编均是为了让情节不违背法国历来所遵循的长子继位法:厄忒俄克勒斯和波吕尼克斯冲突的根源在于两人共同享有王位,然而,如果两人一长一幼,那么在长子继位观念深入人心的 17 世纪法国,观众对于轮流执政的做法将完全无法理解;孪生的设计解决了这一问题。正是在这种缺乏先例和参照的继承局面下,享有同等权利的两兄弟才有可能像在拉辛剧中那般隔空捍卫各自的政治意识形态。

在第一幕第三场戏里(选段一),面对母亲的责问,拒绝让出王位的厄忒俄克勒斯强调自己只是听从了忒拜民众的意见,贵为王者的他"受制于"忒拜,而非"凌驾其上"。塑造一个具有共和思想的厄忒俄克勒斯的做法并非拉辛的原创,在其 1639 年出版的《安提戈涅》里,17世纪上半叶法国著名剧作家洛特鲁就让自己笔下的同一角色说出了"我曾向他让出城邦,城邦却将我留下"以及"民众乐见我掌权,害怕他的暴政"这样的台词①。到了第二幕第三场里(选段二),当母亲伊俄卡斯忒以不得民心为由来试图规劝时,波吕尼克斯不屑一顾,宣称民众无权选择自己的君王,并强调"若是任由民众来裁决我的权利,那就是背弃了为王者的尊严和威望"。同时,"tyran"(或"tyrannie")一词的双重内涵也帮助他巧妙地回应了关于他施"暴政"的指责。在他看来,真正的"tyran"是任期已至却不肯让位的"僭主"②厄忒俄克勒斯,而非被民众视为"暴君"③的自己。在两兄弟之间这场"共和"和"君主"的意识形态之争里,有一个易被忽略,却颇有深意的细节:1664年首版的《忒拜纪》第一幕第三场戏里,厄忒俄克勒斯有如下这一段后来被删去的台词:

> 的确,我曾应允父亲之所想,
>
> 事关王座,岂有可拒之事?
>
> 夫人,为了登位,人可以承诺一切,
>
> 登上之后便只想着如何久留。
>
> 曾经我只是臣子,只能听命,
>
> 而今我手握至高无上之权力:
>
> 彼时的作为无法约束今日之我。
>
> 臣子与君王本就有着不同的义务。

---

① 第一幕第三场。Jean de Rotrou, *Théâtre choisi: Venceslas*, *Antigone*, *Le Véritable Saint Genest*, Paris:STFM, 2007, p.266.

② 希腊意义上的 tyrannos。

③ 现代意义上的 tyran。

从加冕那一刻起，

君王便不再属于自己，

而当以民众为己任，

一切从此皆属城邦，半点不留自身。①

在 1664 年的版本里，上述这段话是厄忒俄克勒斯面对母亲的质问所作出的首度回应。只是母亲并未被说服，继续规劝，才有了选段一里关于自己只是被动听从忒拜民意的论述。尽管在以上这段最终被删去的台词最后，厄忒俄克勒斯的自证逻辑开始转向"共和"意识形态，然而在大部分时间里，他却是以一个野心家的姿态为自己辩解。这种立场并非拉辛自创，欧里庇德斯笔下的他就已是如此。而对于路易十四亲政后绝对君权彻底确立的法兰西王国而言，这样的论述也是合理合法：新王有权推翻先王的遗命。1643 年，摄政太后奥地利的安妮正是以新王路易十四之名推翻了先王路易十三的遗嘱②。既然在现实的法理上并无不妥，又有希腊母本作参照，拉辛为什么还要删去这段台词呢？我们有理由认为，这与角色形象的塑造有关。在拉辛之前诸多以"兄弟相残"为主题的文学作品里，执政期满背弃约定，拒绝让出王位的厄忒俄克勒斯形象上偏负面，而被剥夺了合法权利的波吕尼克斯则更像一个受害者。拉辛固然可以选择维持这种近似"迫害—受害"的兄弟关系，然而，对于旨在挖掘亲人之间特殊暴力的他而言，把

① Jean Racine, *Théâtre complet I*, *ibid.*, p.480, n.8.
② Georges Forestier, *Jean Racine*, Paris：Gallimard, 2006, p.208.

兄弟间的"暴力"由单向转为双向，将大大强化剧本的悲剧性。从这一角度出发，我们就能理解拉辛对于厄忒俄克勒斯一角的被动化改造：他拒绝让位，只因受制于民众；他仇恨孪生兄弟，乃宿命使然；除此之外，他还遭受了真正的野心家克瑞翁的唆摆①。与此同时，拉辛还在剧中相应地强化了波吕尼克斯的蛮横暴力形象，让他成为传统里与之关系最为亲密的安提戈涅口中"无视妹妹"、"鄙夷母亲"的麻木不仁者。这样的处理无疑让这对"敌兄弟"②的悲剧更令人扼腕叹息。

① 我们会在下篇中展开这一问题。
② "敌兄弟"(frères ennemis)也是拉辛版本《忒拜纪》的副标题。

下篇

选段一

Jocaste

Mais avouez, Créon, que toute votre peine

C'est de voir que la paix rend votre attente vaine;

Qu'elle assure à mes fils le trône où vous tendez,

Et va rompre le piége où vous les attendez.

Comme, après leur trépas, le droit de la naissance

Fait tomber en vos mains la suprême puissance,

Le sang qui vous unit aux deux princes mes fils,

Vous fait trouver en eux vos plus grands ennemis;

Et votre ambition, qui tend à leur fortune,

Vous donne pour tous deux une haine commune.

Créon

Je ne me repais point de pareilles chimères;

Mes respects pour le roi sont ardents et sincères;

Et mon ambition est de le maintenir

Au trône où vous croyez que je veux parvenir.

Le soin de sa grandeur est le seul qui m'anime;

Je hais ses ennemis, et c'est là tout mon crime :

Je ne m'en cache point. Mais, à ce que je voi,

Chacun n'est pas ici criminel comme moi.

Jocaste

Je suis mère, Créon ; et si j'aime son frère,

La personne du roi ne m'en est pas moins chère.

De lâches courtisans peuvent bien le haïr ;

Mais une mère enfin ne peut pas se trahir.

Antigone

Vos intérêts ici sont conformes aux nôtres :

Les ennemis du roi ne sont pas tous les vôtres ;

Créon, vous êtes père, et dans ces ennemis,

Peut-être songez-vous que vous avez un fils.

On sait de quelle ardeur Hémon sert Polynice.

Créon

[…]

Et je souhaiterais, dans ma juste colère,

Que chacun le haït comme le hait son père.

[…]

Antigone

Écoutez un peu mieux la voix de la nature.

Créon

Plus l'offenseur m'est cher, plus je ressens l'injure.

Antigone

Mais un père à ce point doit-il être emporté.

Vous avez trop de haine.

Créon

Et vous, trop de bonté.

C'est trop parler, madame, en faveur d'un rebelle.

Antigone

L'innocence vaut bien que l'on parle pour elle.

Créon

Je sais ce qui le rend innocent à vos yeux.

Antigone

Et je sais quel sujet vous le rend odieux.

Créon

L'amour a d'autres yeux que le commun des hommes.

(I,5)

伊俄卡斯忒

承认吧,克瑞翁,您的全部苦痛

在于目睹您的期待因和平而落空;

在于和平令我儿留住您所觊觎的王位,

并将由此打破您给他们所布下的陷阱。

毕竟一旦他们死去,那至高的权位

便会因为血统而落入您的手中,

我那两位王儿与您的血脉联系,

反倒让他们成了您最大的敌人;

您觊觎他们的地位,这野心

让您对两人生出了同样的仇恨。

克瑞翁

我可没有半点这样的幻想:

对于国王,我满怀敬畏和赤诚;

我的"野心"只在助他维系

您以为我有意篡夺的王位。

他的荣耀,便是我心之唯一所系;

我罪之所在,无非仇恨他的敌人而已:

对此我并不回避。然而在我看来,

这里却并非人人都与我同罪。

伊俄卡斯忒

我是母亲,克瑞翁;我固然爱他的兄弟,

但国王本人,我也并没有少爱半分。

阿谀的廷臣自然能对他报以仇恨;

但作为母亲,我却无法背叛自身。

安提戈涅

此处,您与我们本就利益相关:

国王的敌人并非都是您的仇家;

克瑞翁,您是父亲,在这些敌人里,

也许您该想到还有您的一个儿子。

海蒙对波吕尼克斯的忠诚无人不晓。

克瑞翁

［……］

而我在正义的怒火中期望

人人都如他父亲那般恨他。

［……］

安提戈涅

听一下自然本性的声音吧。

克瑞翁

冒犯者愈是与我亲密，我所受的冒犯愈深。

安提戈涅

身为父亲，难道该失控至此。

您仇恨太重。

克瑞翁

　　　　　您过于仁慈。

夫人，您为一位叛臣说了太多好话。

安提戈涅

无辜之人理应得到辩护。

克瑞翁

我知道为何他在您眼中无辜。

安提戈涅

我也知道您为何觉得他可憎。

克瑞翁

情人的眼睛异于常人。

（第一幕第五场）

选段二

Attale

Et qui n'admirerait un changement si rare?

Créon même, Créon pour la paix se déclare!

Créon

Tu crois donc que la paix est l'objet de mes soins?

[…]

Créon

[…]

Le trône fit toujours mes ardeurs les plus chères:

Je rougis d'obéir où régnèrent mes pères;

Je brûle de me voir au rang de mes aïeux,

Et je l'envisageai dès que j'ouvris les yeux.

Surtout depuis deux ans ce noble soin m'inspire;

Je ne fais point de pas qui ne tende à l'empire:

Des princes mes neveux j'entretiens la fureur,

Et mon ambition autorise la leur.

D'Étéocle d'abord j'appuyai l'injustice;

Je lui fis refuser le trône à Polynice.

Tu sais que je pensais dès lors à m'y placer,

Et je l'y mis, Attale, afin de l'en chasser.

Attale

[...]

Et puisque leur discorde est l'objet de vos vœux,

Pourquoi, par vos conseils, vont-ils se voir tous deux?

Créon

[...]

Mais leur éloignement ralentit leur colère:

Quelque haine qu'on ait contre un fier ennemi,

Quand il est loin de nous, on la perd à demi.

[...]

(Ⅲ,6)

阿塔勒

如此罕见的转变，谁不为之欣喜？
克瑞翁，就连克瑞翁都宣告议和！

克瑞翁

所以你认为我心系和平？

[……]

克瑞翁

[……]

我最真挚的热情皆为王座而生：
我耻于在父辈曾统治之处屈尊；
与先人们并驾齐驱刻不容缓，
自出生起我就已经开始谋算。
近两年尤是，因这高尚念想的启迪；
我迈出的每步皆是向着这江山而去：
我掌控着这两位王侄的肝火怒气，
为自己的野心，释放他们的权欲。
我力挺厄忒俄克勒斯的不义之举；

怂恿他拒绝让位于波吕尼克斯。

你知我想的是此后自己即位，

我扶他上位，方能取而代之。

阿塔勒

［……］

既然他们的不睦为您所愿，

为何您又要力主两人相见？

克瑞翁

［……］

然而他们的怒火因远离而减缓：

无论我们对一个高傲的敌人抱有何等恨意，

只要他不在身旁，那恨意也就消解了大半。

［……］

（第三幕第六场）

选段三

Antigone

À quoi te résous-tu, princesse infortunée?

Ta mère vient de mourir dans tes bras ;

Ne saurais-tu suivre ses pas,

Et finir, en mourant, ta triste destinée?

[...]

Dois-je vivre? dois-je mourir?

Un amant me retient, une mère m'appelle ;

Dans la nuit du tombeau je la vois qui m'attend ;

Ce que veut la raison, l'amour me le défend

Et m'en ôte l'envie.

Que je vois de sujets d'abandonner le jour!

Mais, hélas! qu'on tient à la vie,

Quand on tient si fort à l'amour!

[...]

(V,1)

安提戈涅

不幸的公主啊,你如何决断?

你的母亲刚刚在你怀中咽气;

你不该追随她的脚步,

用死亡来结束自己悲惨的命途?

［……］

我该求生? 还是寻死?

情人要将我挽留,母亲却正在召唤;

我望见她翘首以盼,在那坟窟的夜里;

理性之所愿,爱情却要封禁

令我将念头打消。

我有如此多理由与这世界诀别!

然而,无法割舍爱情之人,

必眷恋生命!

［……］

（第五幕第一场）

Antigone

Ah! vous régnez, Créon,

Et le trône aisément vous console d'Hémon.

Le trône vous attend, le peuple vous appelle;

Goûtez tout le plaisir d'une grandeur nouvelle.

Adieu. Nous ne faisons tous deux que nous gêner:

Je veux pleurer, Créon; et vous voulez régner.

[...]

Créon

Je sais que ce haut rang n'a rien de glorieux

Qui ne cède à l'honneur de l'offrir à vos yeux.

D'un si noble destin je me connais indigne:

Mais si l'on peut prétendre à cette gloire insigne,

Si par d'illustres faits on la peut mériter,

Que faut-il faire enfin, madame?

Antigone

M'imiter.

(V,3)

Créon

[...]

Le nom de père, Attale, est un titre vulgaire :

C'est un don que le ciel ne nous refuse guère :

Un bonheur si commun n'a pour moi rien de doux ;

Ce n'est pas un bonheur, s'il ne fait des jaloux.

Mais le trône est un bien dont le ciel est avare ;

Du reste des mortels ce haut rang nous sépare,

Bien peu sont honorés d'un don si précieux :

La terre a moins de rois que le ciel n'a de dieux.

D'ailleurs tu sais qu'Hémon adorait la princesse,

Et qu'elle eut pour ce prince une extrême tendresse.

S'il vivait, son amour au mien serait fatal.

En me privant d'un fils, le ciel m'ôte un rival.

[...]

Parle-moi de régner, parle-moi d'Antigone ;

J'aurai bientôt son cœur, et j'ai déjà le trône.

Tout ce qui s'est passé n'est qu'un songe pour moi :

J'étais père et sujet, je suis amant et roi.

(V,4)

安提戈涅

啊！您成了执政之人，克瑞翁，

这王位足以抚慰您失去海蒙之痛。

王位等待着您，民众呼唤着您；

尽情享受这新生荣耀所带来的快乐吧。

永别了。我们在此只会令彼此难堪：

我只求流泪；而您想的却是继位。

[……]

克瑞翁

我深知这尊位最荣耀之处

只在于将它进献于您。

我自认难以奢求如此高贵的境遇：

但这无尚的荣耀若是可以追逐，

若是有壮举能与之匹配，

那么夫人，我该做些什么？

安提戈涅

步我后尘。

（第五幕第三场）

克瑞翁

［……］

阿塔勒,父亲的名头平庸无奇:

想要拥有,上苍不会拒绝半分:

如此普通的幸福毫无吸引我之处;

若是不能招人嫉羡,就难称幸福。

而对于王位,上苍却堪称吝啬;

这殊荣将我们与芸芸众生区分,

世间鲜有人能享此珍贵厚礼:

地上王者之数尚不及天上神明。

何况你也知道海蒙深爱公主,

公主对海蒙同样情意浓浓。

若他在世,这爱情便意味着我的死刑。

上苍固然夺去了我一个儿子,却也替我消除了一个情敌。

［……］

跟我谈这江山,谈安提戈涅;

她的心即将归顺于我,而我已经拥有王位。

曾经我只是父亲和臣子,如今却成了情郎和国君:

其间发生的一切于我只是梦境一场。

（第五幕第四场）

解读

　　"洛特鲁曾以这一主题创作了《安提戈涅》；然而他让两兄弟在第
三幕开场时死去。余下的部分有如一出新悲剧的开端，带来了全新的
利害关系；他在一部作品里纳入了两段不同的情节，一段出自欧里庇
德斯的《腓尼基妇人》，另一段则由索福克勒斯的《安提戈涅》而来。
我认为正是情节的这种双重性损害了他这部原本满是亮点的作
品。"①几个世纪以来，拉辛在 1675 年"序言"里所写下的这段批评文
字几乎等同于后人对洛特鲁版本《安提戈涅》的全部印象。然而，用
古典主义剧作法已趋成熟的 1670 年代对于情节统一的理想化追求来
评判一部 1637 年首演②的作品，显然存在争议。《安提戈涅》现代注
疏本的作者贝内迪克特·卢瓦(Bénédicte Louvat) 女士明确地指出了
这一点③。在她看来，这一批评存在两大错位：首先，拉辛眼中单一情
节(action simple) 的理想模型与 1630 年代戏剧规则化运动初期剧作
家对于情节统一的理解完全不同，后者意义上的"统一"(unité) 强调
的是不同情节之间关联的"必要性"(nécessité) ，而非情节本身的"单
一性"(simplicité) ；事实上，洛特鲁在创作中最大限度地强调了兄弟

---

① Jean Racine, *Théâtre complet I*, éd. Jean-Pierre Collinet, Paris：Gallimard, 1982,
　　p.54.
② 剧作出版的时间为 1639 年。
③ Jean de Rotrou, *Théâtre choisi: Venceslas*, *Antigone*, *Le Véritable Saint Genest*,
　　Paris：STFM, 2007, p.220 – 224.

相残和如何处置波吕尼克斯尸首这两个片段之间的必要联系。其次，在拉辛的思考里，洛特鲁的剧本源于对两部情节独立的希腊悲剧的拼接整合；然而，尽管欧里庇德斯和索福克勒斯的作品是俄狄浦斯子女悲剧的源头，但洛特鲁却并未直接参考借鉴。与1630年代不少剧作家一样，他所创作的《安提戈涅》的直接模板是16世纪法国悲剧作家罗贝尔·加尼耶(Robert Garnier)的同名悲剧①；同时，他的改编也大量参考了斯塔提乌斯的拉丁史诗《忒拜纪》，加入了加尼耶剧本里并未采纳的元素，构建了不同于前人的版本②。

由此可见，拉辛在1675年"序言"里对于洛特鲁的批评有失公允，然而，我们不能忽视的是，这一论断的价值在于其体现了拉辛自己在处理《忒拜纪》主题时对于"情节统一"的高度重视。事实上，在指出了洛特鲁剧本存在的问题之后，他立即写道："我是大致依照欧里庇德斯的《腓尼基妇人》来确立剧本大纲的。"③这意味着拉辛的剧本只聚焦兄弟相残，并不涉及两人死后安提戈涅违背新王克瑞翁禁令坚持埋葬兄长波吕尼克斯，被捕后拒绝在不见天日的石窟里孤独终老，从而自尽，而海蒙又为其殉情的后续。为了情节的"单一性"而作出这样的取舍固然是拉辛的自由；然而他无法改变的是，就情节而言，拉伊奥斯的家族悲剧终于索福克勒斯的《安提戈涅》，而非欧里庇德斯

---

① 加尼耶版本的《安提戈涅》主要参照了罗马悲剧作家塞涅卡的《腓尼基妇人》、索福克勒斯的《安提戈涅》以及斯塔提乌斯的拉丁史诗《忒拜纪》。

② Jean de Rotrou, *Théâtre choisi: Venceslas*, *Antigone*, *Le Véritable Saint Genest*, *ibid.*, p.205 – 211.

③ Jean Racine, *Théâtre complet I*, *ibid.*, p.54.

的《腓尼基妇人》；对于这一点，无论是拉辛本人还是 17 世纪的观众和读者，相信都十分清楚。换句话说，舍弃索福克勒斯，并不意味着拉辛能够在主要角色命运尚未得到交代的情况下就草草收尾，尤其是在古典主义剧作法已然深入人心的 17 世纪下半叶。当然，拉辛可以选择照搬欧里庇德斯剧本的结局，让请求葬兄不成的安提戈涅陪同遭到克瑞翁驱逐的失明父亲俄狄浦斯一起踏上流浪之路；然而，他的《忒拜纪》却完全背离了希腊母本的这一处理方式。可见拉辛并不满意这样的收尾，这一点也并不费解：比起索福克勒斯版本里安提戈涅和克瑞翁在尸首处理上的针锋相对，以及夹在父亲和爱人之间的海蒙的殉情，《腓尼基妇人》的结局显然平淡了许多；但另一方面，碍于对情节"单一性"的追求，他又无法像洛特鲁那样合二为一。那么是否有可能在坚守规则的同时尽可能强化戏剧冲突呢？拉辛用他创造性的收尾方式为我们提供了解答。

　　在笔者看来，拉辛并没有真正舍弃索福克勒斯留下的素材，而是以一种更为隐蔽，或者说象征性的方式将其纳入了自己的改编逻辑之中。具体说来，他一方面保留了《腓尼基妇人》的情节框架，尤其是突出了伊俄卡斯忒一角的悲剧命运，另一方面又成功地嫁接了《安提戈涅》的部分故事内核，比如亲情和政治、家庭和城邦之间的对立。区别在于，在索福克勒斯笔下，这两种立场的代表人物分别是安提戈涅和克瑞翁；而到了拉辛的剧本里，伊俄卡斯忒取代了女儿与克瑞翁完成了话语交锋。这点在第一幕第五场两人的对话里尤为明显（选段一）：当克瑞翁暗讽伊俄卡斯忒所疼爱的波吕尼克斯是城邦的敌人时，后者以一句"我是母亲"开启了自己的反驳；而当安提戈涅提醒克瑞翁海蒙也在他的敌人阵中时,"您是父亲"这四个字非但没能令他动摇,反而招来他对于自己视儿子为敌这一举动合法性的大肆渲染,直至希望所有忒拜人都像他这位父亲一般仇视海蒙。一边是亲情高于一切的"母亲",另一边是只论敌友、不念亲情的"父亲",古希腊悲剧《安提戈涅》里的家城对立在17世纪法国悲剧《忒拜纪》里得到了重现。

　　拉辛在改编中对于索福克勒斯的第二处参考体现在克瑞翁身上。首先需要指出的是,拉辛所塑造的这一人物与《腓尼基妇人》中的对应角色相去甚远。在欧里庇德斯的剧本里,克瑞翁是一位沉浸在丧子之痛中的父亲和被动继位的新王,就连禁止埋葬波吕尼克斯的命令也是由厄忒俄克勒斯在生前所下达,他只是先王遗命的执行者。而在索福克勒斯的《安提戈涅》里,这一禁令就由新王主动颁布;同时,克瑞翁在和儿子海蒙的对话中也明确表达了忒拜是他一人之城邦的独裁者立场①。17世纪《忒拜纪》中的克瑞翁,显然更接近索福克勒斯版本中的同名角色,只是拉辛在角色"黑化"的道路上走得更为极端。剧本第三幕第六场戏(选段二)里吐露内心真实想法的克瑞翁令他自己的心腹阿塔勒都感到害怕。野心勃勃的他多年来一直尝试激化厄忒俄克勒斯与波吕尼克斯之间本就存在的矛盾,前者拒绝在执政期满之后让位也是他怂恿所致,为的就是令手足相残,自己渔翁得利。

　　如果说野心家克瑞翁的形象还能在索福克勒斯的《安提戈涅》里找到源头,那么情人克瑞翁的想法则完全来自于拉辛自己的创造。

---

① 洛特鲁的版本也在第四幕第六场里照搬了这场导致父子决裂的对话。

《忒拜纪》里的他爱江山也爱美人,对于安提戈涅的感情令他和海蒙之间的关系变得更为复杂:两人既是父子又是情敌。从接受的角度来看,这段三角恋情一定程度上回应了 1660 年代观众对于悲剧里爱情元素的期待,但从 1675 年"序言"里拉辛自己的分析来看,观众依旧没有得到满足,爱情戏份的不足或多或少也导致了剧本的遇冷①。从创作角度而言,正是借助这段畸恋②,拉辛才得以在颠覆《腓尼基妇人》结尾的同时,为自己剧中的所有角色找到了合理的、凄凉的出路。首先,索福克勒斯的剧情主线,即尸首处理问题,在《忒拜纪》里彻底被这条全新的爱情支线所取代。希腊版本里的安提戈涅只挂念着埋葬兄长,与未婚夫海蒙没有任何交流,在海蒙赶到石窟发现她的尸体前,两人甚至都没有在舞台上见过一面。而拉辛笔下的安提戈涅与海蒙之间则有着大量同台的时间③,其中第二幕第一和第二场戏更是由两人的对话所主导。在两位兄长和母亲先后死去之后,尸首安置的问题并未被提及,唯一令安提戈涅挣扎的是究竟该步母亲的后尘结束生命,还是为了情人留在人间(选段三)。当她从克瑞翁口中得知海蒙也在劝阻两兄弟的过程中不幸遇难,便彻底打消了生的念头。面对以情人口吻向自己示好的舅舅,忒拜的新王,安提戈涅在走上殉情之路

---

① "悲剧中通常占据大量篇幅的爱情在这里几乎可以忽略不计;若是可以重来,我也不确定自己是否会加以扩充;因为那意味着两兄弟中的一人将陷入爱河,或者双双成为情人。但众所周知,仇恨已经占据了两人,若是再加入其他利害关系,剧本又将以何种面貌示人?〔……〕简言之,我深信:在乱伦、弑亲以及俄狄浦斯家族故事里的其他种种可怕行径之间,情人间的温存或是嫉妒几无安放之处。"Jean Racine, *Théâtre complet I*, *ibid.*, p.54.

② 克瑞翁对于安提戈涅的爱也重现了俄狄浦斯系列悲剧中的乱伦元素。

③ 剧本第二幕全部三场戏以及第四幕第三场戏,两人都同时出现在舞台上。

前,以一句充满反讽的"步我后尘"(选段四)令拉辛笔下这个魔鬼般的克瑞翁最终在自以为达到人生巅峰的一刻崩溃,只得"去地狱寻找慰藉"①。

---

① 全剧的最后一句台词。

Jean Racine *Andromaque*

让·拉辛《安德洛玛克》

情节梗概

第一幕：作为希腊诸邦使节，俄瑞斯忒斯向庇须斯索要赫克托的遗孤。希腊人希望将孩子处死，以免他长大后为父亲复仇。庇须斯拒绝。他试图通过保护特洛伊王族的这一血脉让被俘的安德洛玛克对其产生好感，接受他的爱意。然而后者却忠于自己的亡夫赫克托，拒绝庇须斯的示爱。另一方面，俄瑞斯忒斯此行也是为了面见自己爱慕已久的艾尔米奥娜，后者虽与庇须斯订有婚约，但却一直遭到冷遇。俄瑞斯忒斯希望说服她与自己一起离开。

第二幕：艾尔米奥娜表示若庇须斯同意交出赫克托的遗孤，自己就跟俄瑞斯忒斯一起回希腊。然而庇须斯却在同意交出孩子的同时，告知俄瑞斯忒斯自己将履行婚约迎娶艾尔米奥娜。

第三幕：俄瑞斯忒斯意图强行掳走艾尔米奥娜。得知庇须斯即将把自己的孩子交给希腊人后，安德洛玛克央求艾尔米奥娜为其向庇须斯求情。后者对此不屑一顾。倒是庇须斯自己再次心软，承诺只要安德洛玛克同意与自己成婚，便保住其孩子的性命。安德洛玛克不知该如何选择。

第四幕：为了保护儿子，安德洛玛克最终决定先答应与庇须斯成婚，再在婚礼现场自尽，从此和亡夫在地下团聚。艾尔米奥娜得知此消息后要求俄瑞斯忒斯在婚礼上杀了庇须斯为自己解恨。俄瑞斯忒斯对这一要求感到震惊，但在艾尔米奥娜的激将之下最终同意。

第五幕：艾尔米奥娜终究心里还是爱着庇须斯。因此当刺杀得手的俄瑞斯忒斯前来邀功时，遭到她疯狂责骂。此举令俄瑞斯忒斯彻底崩溃，陷入疯癫。

上篇

选段一

Hermione

［…］

Tant de raisonnements offensent ma colère.

J'ai voulu vous donner les moyens de me plaire,

Rendre Oreste content; mais enfin je vois bien

Qu'il veut toujours se plaindre, et ne mériter rien.

Partez: allez ailleurs vanter votre constance,

Et me laissez ici le soin de ma vengeance.

De mes lâches bontés mon courage est confus,

Et c'est trop en un jour essuyer de refus.

Je m'en vais seule au temple, où leur hymen s'apprête,

Où vous n'osez aller mériter ma conquête.

Là, de mon ennemi je saurai m'approcher:

Je percerai le cœur que je n'ai pu toucher;

Et mes sanglantes mains, sur moi-même tournées,

Aussitôt, malgré lui, joindront nos destinées;

Et tout ingrat qu'il est, il me sera plus doux

De mourir avec lui que de vivre avec vous.

(Ⅳ,3)

艾尔米奥娜

[……]

如此多理性论述冒犯了我的怒火。

我本想给予您取悦我的手段，

让俄瑞斯忒斯满意；然而我最终看到

他只是甘于抱怨，实则一无是处。

离开吧，去别处吹嘘您的忠诚，

把我的复仇留在此处，由我自己照看。

卑贱的善意让我的勇气蒙羞，

一天之内，我遭受了太多次拒绝。

就由我独自走向为他们婚礼而备的神殿，

那本是您证明自己的良机，您却放弃。

而我会在那儿，靠近我的敌人：

刺穿那颗我没能打动的心；

接着，沾满鲜血的双手便会

调转方向，我们终将归于一处；

即便他如此薄情，对我而言，

与他一同死去，也胜过与您一起苟活。

（第四幕第三场）

选段二

Hermione

Tais-toi, perfide,

Et n'impute qu'à toi ton lâche parricide.

Va faire chez tes Grecs admirer ta fureur:

Va, je la désavoue, et tu me fais horreur.

Barbare, qu'as-tu fait? Avec quelle furie

As-tu tranché le cours d'une si belle vie?

Avez-vous pu, cruels, l'immoler aujourd'hui,

Sans que tout votre sang se soulevât pour lui?

Mais parle: de son sort qui t'a rendu l'arbitre?

Pourquoi l'assassiner? Qu'a-t-il fait? À quel titre?

Qui te l'a dit?

(V,3)

艾尔米奥娜

閉嘴，叛徒，

你才是这卑劣弑君行为的罪魁。

去你的希腊人那儿炫耀这疯狂的暴行吧：

去吧，我可不会认同，你让我感到恐惧。

野蛮之人，你做了什么？是怎样的疯狂

让你斩断了如此美妙的一条生命？

残忍之徒们，难道将他屠戮之后，

你们的鲜血不会涌起抗议吗？

你说话呀：是谁让你成为他命运的判官？

为何要行刺？他做了什么？以何种名义？

谁对你说的？

（第五幕第三场）

解读

这两段诗文来自艾尔米奥娜在剧中两个不同时刻与俄瑞斯忒斯的对话。在这两场戏之间,《安德洛玛克》的剧情出现了一个决定性的、触发结局的转变:庇须斯(Pyrrhus)之死。在第四幕第三场戏里,因为无法忍受与自己订有婚约的庇须斯背弃誓言,艾尔米奥娜利用俄瑞斯忒斯对她的爱慕,怂恿后者前去刺杀负心人;然而到了第五幕第三场,当成功完成使命的俄瑞斯忒斯回来向艾尔米奥娜邀功时,艾尔米奥娜却非但没有感激,反而痛斥俄瑞斯忒斯,言语之间更是流露出自己对行刺一事全然不知,且坚决反对。前后两场戏之间巨大的态度反差构成了艾尔米奥娜这一角色心理上的复杂性。相较于剧中同名女主角安德洛玛克扁平的忠贞遗孀形象,艾尔米奥娜在性格塑造上显然丰满了许多。事实上,艾尔米奥娜是第一位拉辛式的女主角:嫉妒和疯狂背后,暗藏脆弱和敏感;让人心生恐惧,却又不免怜惜。只是这与欧里庇德斯版本的《安德洛玛克》相去甚远:古希腊悲剧作家笔下的艾尔米奥娜对于庇须斯并无多大恨意,反倒是极度畏惧;而俄瑞斯忒斯也并非复仇的工具,相反,在艾尔米奥娜眼中,他的到来像是"让海上经受暴风雨的船员看到了港湾",她盼望俄瑞斯忒斯将她带离那块属于庇须斯的是非之地。对于法国古典主义时期创作的一部受到一系列剧作法则制约的悲剧作品而言,这种角色塑造上的"背叛"并不具备天然的合法性。然而,《安德洛玛克》却又是奠定拉辛的悲剧作家地位,让他一跃成为比肩高乃依的新生力量的作品。无论是要解开拉辛创作拐点上的这一谜团，还是理解上述选段里艾尔米奥娜的矛盾立场，我们都有必要先厘清拉辛对于剧本主题的选择、继承和改编。

1667年12月在御前首演的《安德洛玛克》是拉辛的第三部戏剧作品。经历了处女作，黑暗血腥的《忒拜纪》(*La Thébaide*)带来的失败之后，凄美哀怨的"爱情悲剧"(tragédie galante)《亚历山大大帝》(*Alexandre le Grand*)为拉辛赢得了观众，以及和当时巴黎长于悲剧表演的勃艮第府(L'Hôtel de Bourgogne)剧团长期合作的机会①。拉辛显然清楚自己成败背后的原因：以俄狄浦斯的两个儿子，厄忒俄克勒斯(Étéocle)和波吕尼克斯(Polynice)兄弟相残的故事为主题的《忒拜纪》②是17世纪罕见的一部几乎不含爱情元素，且剧中所有主角在结尾处全部死亡的惨烈悲剧，它和17世纪50年代就确立下来的风雅文化③以及对于文学的柔和审美都格格不入。然而，拉辛的选择却彰显了年轻的他在剧坛的野心。《忒拜纪》上演于1663年，而四年前，剧作家高乃依在封笔多年后，应当时如日中天的法国财政大臣、知名的

①17世纪的法国，剧作家通常都有固定合作的剧团，后者享有新剧本在一定时期内的专演权；在这一时期结束后，剧本将会出版，任何剧团都可以自由获取并进行表演。演出《忒拜纪》的剧团是著名喜剧作家、演员莫里哀领导的亲王府剧团。《亚历山大大帝》的前五场也是在同一剧院演出。但此后，拉辛在却在保护期内把剧本同时提供给了亲王府剧团的竞争对手，更为擅长悲剧演出的勃艮第府剧团；给莫里哀剧团造成了巨大的损失。依照法国17世纪戏剧专家乔治·弗莱斯提的看法，这一反常行为的幕后推手是国王路易十四本人，后者很有可能认为由勃艮第府剧团来演出《亚历山大大帝》更有利于展现作品的魅力。

②参见本书对于该剧的选段解读。

③简单来说，以爱情为中心话题的文化。

文艺保护者尼古拉·福盖之邀复出写作的第一个剧本,便是《俄狄浦斯》(*Œdipe*),仿佛宣告这位当代"索福克勒斯"的回归;而《忒拜纪》在剧情上恰恰就紧随其后,初出茅庐的青年作家比肩大师的雄心不可谓不明显。尽管后来的《亚历山大大帝》选择了向当时观众的审美趣味妥协,并且成效颇佳,拉辛依然渴望得到主流文人的认可。无独有偶,这一群体里的代表人物之一,圣-艾弗蒙(Saint-Évremond),在其对《亚历山大大帝》一剧的评论文章①里恰恰就把当时的拉辛定义为有才思,却缺乏"古代品味"(goût de l'Antiquité)的作家。选择《安德洛玛克》,正是拉辛彰显自己古典审美的表现。

与同样取材自希腊悲剧的《忒拜纪》不同,《安德洛玛克》的故事以爱情为基础。而对于爱情元素的重视,恰恰是《亚历山大大帝》一剧获得成功的原因。当然,拥有爱情主线的古典悲剧众多,索福克勒斯的《特拉基斯妇女》、欧里庇德斯的《美狄亚》和《希波吕托斯》均是其中的代表。这三部剧不仅曾被古罗马悲剧作家塞涅卡改写,16 和 17 世纪时更是不乏法国剧作家将它们搬上法语舞台。比如拉辛所追逐的高乃依,第一部悲剧作品即是《美狄亚》(*Médée*);而《特拉斯基妇女》也曾得到 17 世纪早期知名剧作家洛特鲁的改编,并以《濒死的赫丘利》(*Hercule mourant*)之名在 1635 年出版。选择《安德洛玛克》,意味着拉辛决意抛弃前辈的经验,成为改编这一古典主题的法国第一人。

---

① *Dissertation sur le Grand Alexandre*. Jean Racine, *Œuvres complètes*, éd. G. Forestier, Paris: Gallimard, 1999, t.I, p.183 – 189.

　　需要指出的是,尽管有欧里庇德斯的版本作为参考,但该剧相对简短甚至单薄的情节却不足以、也不允许撑起这部拉辛为 1660 年代的法国读者和观众所构想的《安德洛玛克》。在剧本前几版的篇首,拉辛索性直接引用了古罗马大诗人维吉尔《埃涅阿斯纪》的第三章里,特洛伊后人埃涅阿斯遇到安德洛玛克那段诗文的拉丁原文,随后宣称:"这短短十数行诗便是这部悲剧的全部主题。"事实上,如法国17 世纪戏剧专家、权威的"七星文丛"版《拉辛全集》的编撰人乔治·弗莱斯提所言,拉辛的这句申明并没有道出他构建剧本所用到的全部历史素材;除了《埃涅阿斯纪》里的这段文字,欧里庇德斯的同名剧本,包括《伊利亚特》的结尾(安德洛玛克亡夫赫克托的葬礼),乃至奥维德的《拟情书》都为拉辛提供了构建情节和塑造人物的必要参考。用弗莱斯提的话说,拉辛继承的并不是一个现成的主题,而是一个围绕着安德洛玛克其人其事形成的主题的"概念"。这个概念可以被视作所有历史素材叠加后在 17 世纪法国人心中留下的一个总体印象。我们可以从中提炼出四个核心人物:庇须斯、安德洛玛克、艾尔米奥娜、俄瑞斯忒斯;以及三个核心情节元素:一,庇须斯爱上了身为战俘的安德洛玛克;二,庇须斯和艾尔米奥娜订有婚约;三,俄瑞斯忒斯出于对艾尔米奥娜的爱杀了庇须斯,并成功带着后者离开。最后一条构成了这个观念主题的结尾。而拉辛的改编,也正是从结尾开始。

　　弗莱斯提对于法国古典主义戏剧研究的一个巨大贡献在于提出了"逆向写作"(écriture à rebours)的观点,即 17 世纪剧本的创作从确定结局开始,一步步逆向前推,进而让整个剧本的脉络逐渐清晰起来。对于悲剧而言,这种写作方式的优势尤其明显:因为逆向推导意味着读者和观众在正向阅读和观赏的过程中，更容易体会到剧中角色的每一次选择和选择所引发的结果之间因果联系的必然性，并目送着悲剧主角不可避免地坠入深渊。就《安德洛玛克》而言，拉辛的创作所面临的第一个困境恰恰也来自结尾。1637 年"《熙德》论战"之后彻底确立下来的古典主义剧作法以"逼真"（la vraisemblance）为核心原则。它要求剧作家在情节设定和角色塑造两个层面上尊重当时法国人的普遍认知，也就是"逼近"17 世纪法国背景下的"真实"。基于这一点，杀害庇须斯的凶手俄瑞斯忒斯就无法全身而退，更不可能带着心爱的艾尔米奥娜远走高飞。因为绝对君权制度下的 17 世纪法国无法容忍弑君者逍遥法外的剧情在巴黎最富盛名的剧院之一公开上演，更何况受害的庇须斯还不是僭主或者暴君，而是地位合法的王。因此，结局的这一部分内容必须得到修正；但与此同时，拉辛又必须保留结局的主干部分，即俄瑞斯忒斯为爱行刺庇须斯得手。换句话说，新版的俄瑞斯忒斯只可能成为一个结局悲惨的弑君者。为了做到这一点，拉辛作出了第一个重大改动：重塑艾尔米奥娜的性格。

在与"安德洛玛克"主题概念相关的历史素材里，真正刻画了艾尔米奥娜一角的作品只有欧里庇德斯的《安德洛玛克》。拉辛在自己的改编中无限放大了希腊悲剧里这一角色性格中的嫉妒成分[1]，而隐去了她面对未来的惊恐和无助。同时，拉辛版本的艾尔米奥娜对于俄瑞斯忒斯也不再拥有任何感情，而是固执地爱着庇须斯；当然，这并不妨碍她利用俄瑞斯忒斯对自己的爱实施报复计划。事实上，艾尔米奥

---

[1] 艾尔米奥娜嫉妒安德洛玛克与庇须斯育有一子，而自己却未能生养。

娜的因妒生恨成了整个新版剧情得以成立的基础：因为嫉恨庇须斯置两人婚约于不顾，转投安德洛玛克怀抱，艾尔米奥娜萌生了报复的念头，试图假借对她痴心一片的俄瑞斯忒斯之手惩罚负心人，并向后者承诺事成后以身相许。然而这种因爱而生的恨意却无法持续，当庇须斯的死讯传来，且真实性得到确认之后，艾尔米奥娜情绪彻底崩溃，不仅矢口否认一切，还将所有罪责加诸仅仅作为执行者的俄瑞斯忒斯一人之身，这便有了上述两个选段中那些自相矛盾的诗文。艾尔米奥娜在爱情左右下的失控也让俄瑞斯忒斯随后陷入疯狂：以希腊诸邦使节的身份来到庇须斯所在之处的他，起初坚决反对以行刺手段对付这位他自己毫无好感的情敌；然而，这一高贵的立场最终还是敌不过第四幕第三场里艾尔米奥娜所采用的终极激将（"即便他如此薄情，对我而言，／与他一同死去，也胜过与您一起苟活"），毅然决定刺杀庇须斯。怎料事成之后，欣喜的他换来的竟是艾尔米奥娜的严词责难，于是便在一段描述幻觉的简短独白（第五幕第四场）之后彻底陷入癫狂，留下了那两句经典的哀叹："是何等深重的夜瞬间将我包围？／从何处脱身？又为何颤栗？"（第五幕第五场）拉辛版本《安德洛玛克》的结局也就此确立：俄瑞斯忒斯因为庇须斯的死而堕入疯癫的深渊；弑君者终得惩戒。

下篇

选段一

Pyrrhus

Madame, demeurez.

[...]

Au nom de votre fils, cessons de nous haïr.

À le sauver enfin c'est moi qui vous convie.

Faut-il que mes soupirs vous demandent sa vie?

Faut-il qu'en sa faveur j'embrasse vos genoux?

Pour la dernière fois, sauvez-le, sauvez-vous.

Je sais de quels serments je romps pour vous les chaînes,

Combien je vais sur moi faire éclater de haines.

Je renvoie Hermione, et je mets sur son front,

Au lieu de ma couronne, un éternel affront.

Je vous conduis au temple où son hymen s'apprête;

Je vous ceins du bandeau préparé pour sa tête.

Mais ce n'est plus, Madame, une offre à dédaigner:

Je vous le dis, il faut ou périr ou régner.

Mon cœur, désespéré d'un an d'ingratitude,

Ne peut plus de son sort souffrir l'incertitude.

C'est craindre, menacer et gémir trop longtemps.

Je meurs si je vous perds, mais je meurs si j'attends.

(Ⅲ,7)

庇须斯

夫人，请留步。

［……］

看在您儿子的份上，停止我们之间的仇视吧。

我终于还是成了那个敦促您救他的人。

难道该让我哀声恳求您保住他的性命吗？

难道该让我为了他俯身亲吻您的双膝吗？

救救他，救救您，我就说这最后一次。

我清楚自己为了您击碎了怎样的誓言之链，

我清楚此举将使得多少恨意冲我而生。

我遣退了艾尔米奥娜，在她本应佩戴

王冠的额头，我烙下了永世的耻辱。

我领着您去往她婚礼的殿堂；

我用为她而备的后冠为您加冕。

夫人，这已不是一项您可以无视的提议了：

不共享江山，就身首异处。

因您的寡情在绝望中度过了一年，

我的心无法再承受命运的悬而不决。

恐惧、威胁、呻吟，这一切已经太久，

失去您我固然无法苟活，等待同样让我生不如死。

(第三幕第七场)

选段二

Andromaque

[…]

Mais son fils périssoit : il l'a fallu défendre.

Pyrrhus en m'épousant s'en déclare l'appui ;

Il suffit : je veux bien m'en reposer sur lui.

Je sais quel est Pyrrhus. Violent, mais sincère,

Céphise, il fera plus qu'il n'a promis de faire.

Sur le courroux des Grecs je m'en repose encor :

Leur haine va donner un père au fils d'Hector.

Je vais donc, puisqu'il faut que je me sacrifie,

Assurer à Pyrrhus le reste de ma vie ;

Je vais, en recevant sa foi sur les autels,

L'engager à mon fils par des nœuds immortels.

Mais aussitôt ma main, à moi seule funeste,

D'une infidèle vie abrégera le reste,

Et sauvant ma vertu, rendra ce que je doi

À Pyrrhus, à mon fils, à mon époux, à moi.

(IV, 1)

安德洛玛克

[……]

然而他的儿子命悬一线,必须要守护他。

迎娶我,庇须斯就宣告了成为他的依靠;

这已足够:我愿意信赖他。

塞菲斯,我了解庇须斯。粗暴,却也真诚,

他所做的会比他承诺得更多。

我仰仗的还有希腊人的怒气:

他们的仇恨会让赫克托的儿子多一位父亲。

既然我必须牺牲,那么就将

我残余的生命托付给庇须斯;

当我在神坛上接受他的誓言,

这场不朽的婚姻便将他与我儿联结。

但随后,我的手,那仅对我致命的手,

就将结束这段不忠的日子,

挽救我的品行,将我所亏欠的一一还清,

无论是对庇须斯,对儿子,对丈夫,还是我自己。

(第四幕第一场)

解读

　　这两段诗文分别呈现了庇须斯对安德洛玛克所下达的最后通牒以及后者所作出的最终决定。在上篇的解读中,我们讲到了拉辛通过重塑艾尔米奥娜一角完成了对于主题结局的修正。事实上,一个被嫉妒吞噬的艾尔米奥娜除了让痴情的俄瑞斯忒斯发狂之外,也牵动了剧情的主体部分。依照"安德洛玛克"的主题概念,庇须斯与赫克托的遗孀成婚在先,迎娶艾尔米奥娜在后;而为了让海伦之女的嫉妒之心更为合理,拉辛调整了这两段婚姻的先后顺序:在他的版本里,庇须斯和艾尔米奥娜两人早在特洛伊战争时期就已经在双方父亲的安排下订立婚约。然而,按照剧中庇须斯自己的说法(第四幕第五场),他只是遵从父命,对艾尔米奥娜并无感情;倒是身为阶下囚的安德洛玛克俘获了他的心。后者的魅力让他情难自抑,终于不惜背弃婚约,也要娶她入门。艾尔米奥娜的嫉恨便由此而来。然而,这样的改编却存在隐忧:理论上说,深爱庇须斯却又遭弃的艾尔米奥娜为了报复,更有可能把矛头率先指向情敌安德洛玛克;但俄瑞斯忒斯却绝无可能在艾尔米奥娜的指示下杀害安德洛玛克,否则将构成对于历史共识的严重篡改,从而违背"逼真"这一剧作法的核心原则。为了避免这一点,安德洛玛克必须回避、拒绝庇须斯的示爱,让艾尔米奥娜无从责怪;这也正是拉辛的选择。在他的版本里,安德洛玛克自始至终都活在对于亡夫赫克托的思念之中,宛如一块活生生的贞节牌坊。只是既然忠贞,为什么还要甘为阶下囚,并忍受与自己有着杀夫之仇的阿喀琉斯的儿子,庇须斯的频频示爱和威逼利诱呢?难道不该结束生命与亡夫在地下团聚吗?那是因为另一方面,出于情节的需要,安德洛玛克又必须活着,否则艾尔米奥娜的嫉妒也就失去了源头。为此,拉辛作出了又一个重大的改编。

尽管依照史诗的记载,在特洛伊城被攻陷之后,赫克托和安德洛玛克的儿子被希腊士兵杀害,但拉辛却在剧中将他"写活";而正是这个遗孤的存在,让身为母亲的安德洛玛克有了牵挂以及活下去的理由,也让掌握了孩子生杀大权的庇须斯有了逼迫特洛伊公主就范的重要筹码。上述第一段诗文里的最后通牒,正是庇须斯以儿子性命要挟母亲的例证。在拉辛的攻击者眼中,这样的角色塑造极为不妥。写作了三幕喜剧《疯狂的论战:安德洛玛克批评》的苏博里尼(Subligny)在该剧的序言里写道:"他[高乃依]定会在保留庇须斯粗暴、狂躁性格的同时,维持其君子之风,因为无论何种性情之人都可能成为君子:通过减少这位王子的卑劣行径所带来的憎恶感,他定会让观众为其命运担忧,避免让人期盼艾尔米奥娜复仇成功。"[1]言下之意,拉辛笔下的庇须斯贵为王者,却毫无君子之风,是一个失败的角色。而以高乃依为模板对拉辛的创作加以批判,从某种程度上说,也体现了《安德洛玛克》公演后拉辛在法国剧坛如日中天的势头;这是连他的敌人们也无法否认的事实。17世纪末年,当文人夏尔·贝霍(Charles Perrault)回忆起1667年尾《安德洛玛克》的轰动效应时,感叹只有30

---

[1] Jean Racine, *Œuvres complètes*, éd. G. Forestier, Paris: Gallimard, 1999, t. I, p.262.

年前(1637)《熙德》上演后的境况可以与之相提并论,而《熙德》恰恰是高乃依的成名之作。评论过《亚历山大大帝》的圣-艾弗蒙也在写给里奥纳伯爵(comte de Lionne)的一封信中写道:尽管《安德洛玛克》尚有不少可完善之处,"但总体看来,与其他任何人相比,拉辛都应该享有仅次于高乃依的更佳的名声"①。

对于苏博里尼的批评,拉辛在自己剧本的"序言"里作出了长段的回应:

> 有些人抱怨他[庇须斯]怒向安德洛玛克,并且不惜任何代价试图娶她。我承认他不够顺从情人的意愿,而塞拉同②(Céladon)比他更懂何为完美爱情。但那又有什么办法呢?庇须斯可没有读过我们的这些小说;他天性粗暴。并不是所有主角都得塑造成塞拉同。

> 无论如何,公众对我的追捧让我完全不必纠结于两三个人的哀怨,他们希望我们把所有古代的英雄都改造成完美英雄③。我觉得他们想要在舞台上仅仅呈现完人的意愿极好,但我也请他们记得:戏剧的规则不由得我来改变。贺拉斯建议我们把阿喀琉斯刻画得像原本那样狂躁、无情、粗暴,而他的儿子也是如此。至于亚里士多德,则非但没有索要完美的英雄,反而要求那些用自身的不幸为悲剧写

---

① Charles de Saint-Évremond, *Oeuvres mêlées*, Paris: J. Léon Techener fils, 1865, Lettre XXII au Comte de Lionne.

② 17 世纪法国著名爱情小说《阿斯特蕾》(*Astrée*)的男主角。

③ 这恰恰是高乃依的习惯做法。

下结局的悲剧性人物既不能完美无瑕,也不能十恶不赦。[……]①

从这段文字里,我们可以看到:拉辛没有正面回答苏博里尼对于庇须斯一角的批评,尤其是君子可以有不同性情这一点。事实上,苏博里尼并不是像拉辛宣称的那样要求把庇须斯塑造成一个性情温和的完美英雄,而只是希望在保留粗暴狂躁性情的同时,守住君子的底限。换句话说,庇须斯不应该拿赫克托遗孤的性命来要挟安德洛玛克,逼其就范,因为那是小人所为,有失王者身份。然而,这恰恰是拉辛改编策略里一个无解的难题。因为安德洛玛克对亡夫的忠贞不二和庇须斯在求婚一事上的步步紧逼,都是全剧通向结局的必经之路;无论是安德洛玛克在最后通牒到来之前屈服,还是庇须斯守住君子底限,放弃以孩子性命要挟,都会影响艾尔米奥娜报复庇须斯这条悲剧导火索,剧本也就此不再成立。尽管如此,拉辛的回应对我们而言依然十分重要,它直接指出了古典主义剧作法的核心原则,"逼真"所包含的两个可能自相矛盾的维度:"相似"(ressemblance)和"得当"(convenance)。所谓"相似",意为悲剧主角的性格特征必须与他所对应的历史(或传说)人物近似;拉辛在"序言"里所举的阿喀琉斯的例子正是遵循了这一维度。至于"得当",则要求悲剧中角色的行为符合该角色的身份,而对于得当与否的界定,则取决于 17 世纪观众的认知。以庇须斯为例,他具有双重身份:身为地位合法的王者,他行事必须展现君子之风;身为情人,他又得像小说里的塞拉同那样顺从心

---

① Jean Racine, *Œuvres complètes*, *ibid.*, p.262.

爱之人的意愿。然而在拉辛的剧本里，无论从哪一重身份来看，他都违背了"得当"原则。拉辛对于剧情的设计决定了庇须斯只能遵循"相似"，再无法做到"得当"。

除了庇须斯之外，女主角安德洛玛克同样遭到了苏博里尼的诟病：

> 我要说，高乃依先生定不会让安德洛玛克如此冒失，在婚姻成为既成事实之前选择自杀是一种判断失误，而他会把这次失误变成作品的一个闪光之处；他会让庇须斯交出阿斯迪亚纳克斯（Aastyanax）①，以便她［安德洛玛克］不至于白白牺牲，遭受轻信于人的指责。②

平心而论，安德洛玛克在第二段诗文里表现出来的对于庇须斯的绝对信任的确有些天真，如果后者真如她所想象那样信守诺言，又怎会打破与艾尔米奥娜的婚约呢？将孩子托付给这样的一个庇须斯显然存在风险。当然，苏博里尼为高乃依所设想的解决之道也同样儿戏：即便安德洛玛克在死前成功让庇须斯交出孩子，试问她又如何保证孩子在自己死后能逃离庇须斯所统治的邦国呢？事实上，讨论这个遗孤的未来并无多大意义，庇须斯也好，安德洛玛克也罢，终究只是拉辛笔下的角色；对于一个古典主义剧本而言，纸面上的故事随着纸面剧情的完结而告终，它不像真实事件那般拥有自己的未来，因此也无需多加

---

① 即安德洛玛克和赫克托的儿子。
② Jean Racine, *Œuvres complètes*, *ibid.*, p.262.

判断揣测。倒是安德洛玛克这一角色的单一性值得我们关注。如我们在上篇的解读中所言,艾尔米奥娜才是第一个,也是剧中唯一一个拉辛式的女性角色。而安德洛玛克尽管拥有着特洛伊战俘、赫克托遗孀和阿斯迪亚纳克斯母亲这三重身份,但拉辛在塑造时却并没有挖掘角色潜在的复杂性,而是提炼出了安德洛玛克在三重身份下做抉择的共同精神基础,也就是"牺牲"。剧本第四幕第一场里,安德洛玛克有两行台词完美地点出了拉辛的这一处理原则:"但为了这残留的血脉,我在一天之内 / 牺牲了我的鲜血、我的仇恨、我的爱情。"换句话说,为了保住儿子的性命,她牺牲了自己的生命,牺牲了作为特洛伊公主对于敌人的恨意、作为赫克托遗孀对于杀夫仇人阿喀琉斯之子的恨意,也因为同意下嫁庇须斯而牺牲了自己对于亡夫忠贞不渝的爱情。最后,拉辛在设计这个集俘房、妻子和母亲三重身份于一身,伟大却单一的安德洛玛克时,也还有着一层现实考量。拉辛在初入剧坛时一直和莫里哀领导的亲王府剧团合作,但在《亚历山大大帝》的前四场演出大获成功之后,拉辛却匪夷所思转地转投勃艮第府剧团。依弗莱斯提所见,这一举动并非拉辛本人有意为之,国王路易十四应该才是幕后推手,因为后者认为长于悲剧表演的勃艮第府剧团更能表现拉辛作品之美。而拉辛在离开的同时,还从莫里哀剧团带走了那位与自己相恋的女演员①,安德洛玛克一角正是为她而设计。由于这位女演员缺乏悲剧表演经验,与艾尔米奥娜这样心理层次丰富的角色相比,一个行事逻辑单一的安德洛玛克显然更易揣摩和演绎。

---

① 杜·帕尔克夫人(La Du Parc)。

Jean Racine *Iphigénie*

让·拉辛《伊菲格涅亚》

情节梗概

第一幕：阿伽门农秘密令仆人阿尔加斯转交一封家书给妻女，并阻止两人前来奥里德。此前，他从先知卡尔夏口中得知必须献祭伊菲格涅亚才能确保希腊联军出海攻打特洛伊。于是以提前阿喀琉斯与女儿的婚事为由，打算将后者骗至前线。然而，阿喀琉斯却已听闻此事，在阿伽门农反悔之际出现求证，并表示完婚后即刻出征。阿伽门农劝其放弃参战，阿喀琉斯不从。此后，随从告知母女二人已抵达奥里德的消息，同行的还有阿喀琉斯俘虏而来的女囚艾丽菲尔。

第二幕：艾丽菲尔向亲信承认自己爱上了自己的征服者阿喀琉斯，并对即将和后者成婚的伊菲格涅亚心生嫉妒。另一方面，伊菲格涅亚却遭到了父亲的冷遇。与此同时，克吕泰涅斯特拉收到了阿尔加斯代送的家书，里面提到阿喀琉斯希望将婚礼推后。在这位母亲看来，那是阿喀琉斯悔婚的先兆，便试图带女儿离开奥里德。这一决定让随后登场的阿喀琉斯陷入困惑。

第三幕：克吕泰涅斯特拉和阿喀琉斯澄清了各自的误会，但不解阿伽门农的做法。后又传来这位希腊联军首领同意举行婚礼的消息。母亲和准新人遂欣喜不已。然而，阿尔加斯却因为不忍伊菲格涅亚献祭，而向蒙在鼓里的众人道出了实情。克吕泰涅斯特拉请求阿喀琉斯保护女儿。后者欲报复阿伽门农。伊菲格涅亚则坚持由她去说服父亲改变主意。

第四幕：与母女二人的交锋令阿伽门农再度陷入了摇摆之中。随后，阿喀琉斯又出现与其展开了一番激烈的舌战。尽管对后者不满，阿伽门农最终依然放弃了献祭女儿，欲将母女二人送离奥里德。另一方面，一直嫉恨伊菲格涅亚的艾丽菲尔先是主动向希腊将士公开了神谕内容，后又打算向卡尔夏告密。

第五幕：阿喀琉斯试图将伊菲格涅亚带离险境，后者却不愿意背叛自己的父亲，后又向母亲表态愿意接受献祭。所幸结尾只是一场虚惊，神谕中提及的伊菲格涅亚并非阿伽门农之女，而是此前一直身份成谜的艾丽菲尔，后者原为海伦与忒修斯的私生女，本名亦是伊菲格涅亚。

上篇

选段一

Agamemnon

Surpris, comme tu peux penser,

Je sentis dans mon corps tout mon sang se glacer.

Je demeurai sans voix, et n'en repris l'usage

Que par mille sanglots qui se firent passage.

Je condamnai les dieux, et sans plus rien ouïr,

Fis vœu sur leurs autels de leur désobéir.

Que n'en croyais-je alors ma tendresse alarmée?

Je voulais sur-le-champ congédier l'armée.

Ulysse, en apparence, approuvant mes discours,

De ce premier torrent laissa passer le cours.

Mais bientôt, rappelant sa cruelle industrie,

Il me représenta l'honneur et la patrie,

Tout ce peuple, ces rois à mes ordres soumis,

Et l'empire d'Asie à la Grèce promis.

[...]

Ce nom de roi des rois et de chef de la Grèce

Chatouillait de mon cœur l'orgueilleuse faiblesse.

[...]

Agamemnon

Arcas, je t'ai choisi pour cette confidence;

[...]

Prends cette lettre; cours au-devant de la reine;

Et suis sans t'arrêter le chemin de Mycène.

Dès que tu la verras, défends-lui d'avancer,

Et rends-lui ce billet que je viens de tracer.

Mais ne t'écarte point; prends un fidèle guide.

Si ma fille une fois met le pied dans l'Aulide,

Elle est morte: Calchas, qui l'attend en ces lieux,

Fera taire nos pleurs, fera parler les dieux;

Et la religion, contre nous irritée,

Par les timides Grecs sera seule écoutée,

Ceux même dont ma gloire aigrit l'ambition

Réveilleront leur brigue et leur prétention,

M'arracheront peut-être un pouvoir qui les blesse…

(I,1)

阿伽门农

    我的惊诧你当能想见，

我感到体内热血全然冻结。

我无力开口，只剩下

来来回回，那无尽抽泣之声。

我谴责神明，于祭坛前立誓抵抗，

却再无听得任何回响。

来自温情的预警，我岂能不明？

刻不容缓，我意欲将军队遣返。

然尤利西斯佯作应许，

任这初始情绪的洪流散去。

后又用他那无情的话术，

在我眼前呈现：荣誉和国家，

全体民众，听命于我的诸王，

和那志在必得的亚细亚之疆。

［……］

这王中之王、希腊领袖的名号，

撩拨着我内心高傲的软肋。

［……］

阿伽门农

阿尔加斯，这密函就交付于你；

[……]

拿上此信；顺着通往迈锡尼之路，

马不停蹄，赶到王后身前。

一见面即阻止她继续前行，

将我方才写下这信函交付于她。

寻一位良导，切勿在途中迷失。

小女一旦踏足奥里德①，

则必死无疑：在此等候的卡尔夏

将抑制我们的泣声，并道出神明之话；

而畏怯的希腊士众，也只会听从

那被我们激怒的苍穹，

原本因我的荣耀而燃起壮志的他们

将转而唤醒心中的野心和算计，

将这不利于他们的权力，从我手中夺去……

（第一幕第一场）

---

① 即欧里庇德斯母本中的奥里斯（Aulis）。

选段二

Ulysse

[...]

Songez-y: vous devez votre fille à la Grèce,

Vous nous l'avez promise; et sur cette promesse,

Calchas, par tous les Grecs consulté chaque jour,

Leur a prédit des vents l'infaillible retour.

À ses prédictions si l'effet est contraire,

Pensez-vous que Calchas continue à se taire,

Que ses plaintes, qu'en vain vous voudrez apaiser,

Laissent mentir les dieux sans vous en accuser?

Et qui sait ce qu'aux Grecs, frustrés de leur victime,

Peut permettre un courroux qu'ils croiront légitime?

Gardez-vous de réduire un peuple furieux,

Seigneur, à prononcer entre vous et les dieux.

[...]

Quand la Grèce, déjà vous donnant son suffrage,

Vous reconnaît l'auteur de ce fameux ouvrage,

Que ses rois, qui pouvaient vous disputer ce rang,

Sont prêts pour vous servir de verser tout leur sang,

Le seul Agamemnon, refusant la victoire,

N'ose d'un peu de sang acheter tant de gloire?

Et dès le premier pas se laissant effrayer,

Ne commande les Grecs que pour les renvoyer?

Agamemnon

Ah, Seigneur! qu'éloigné du malheur qui m'opprime

Votre cœur aisément se montre magnanime!

Mais que si vous voyiez ceint du bandeau mortel

Votre fils Télémaque approcher de l'autel,

Nous vous verrions, troublé de cette affreuse image,

Changer bientôt en pleurs ce superbe langage,

Éprouver la douleur que j'éprouve aujourd'hui,

Et courir vous jeter entre Calchas et lui!

Seigneur, vous le savez, j'ai donné ma parole,

Et si ma fille vient, je consens qu'on l'immole.

Mais, malgré tous mes soins, si son heureux destin

La retient dans Argos, ou l'arrête en chemin,

Souffrez que sans presser ce barbare spectacle,

En faveur de mon sang j'explique cet obstacle,

[...]

(I,3)

尤利西斯

[……]

思量一下：您可欠了希腊一个女儿，

您本已允诺将她献出；因这承诺，

卡尔夏，在全体希腊人日复一日询问之下，

向他们预言大风必将到来。

若此预言最终落空，

难道您认为卡尔夏会继续缄默？

既然由此而生的怨念您无力平抚，

难道他会任神明食言，却不怪罪于您？

谁又知这情理之中的怒火，

会令祭品遭夺的希腊人作何反应？

大人，切勿逼使恼羞成怒的民众

在您和神明之间选择。

[……]

如今您已众望所归，

希腊视您为缔造这伟业之人，

那些本可以与您争雄的王者，

也甘愿为您血染疆场，

唯独您阿伽门农自己却拒绝辉煌，

竟不愿牺牲一丝血脉以换取荣光?

这首步便迈得如此畏缩,

坐上统帅之位,莫非只为了撤退?

阿伽门农

大人啊! 远离那将我压迫的厄运,

您果真能轻而易举地展现高贵!

然而,若是您目睹亲儿忒勒玛科斯

束着死亡的头带走近祭坛,

或许我们就会见着,因这可怕景象

而失神的您,用泪水代替了高论,

感受今日我所感受的痛苦,

飞奔而去,出现在卡尔夏和他之间!

大人,您知我已作出承诺,

若是女儿在此出现,我定同意将其献祭。

但若是命运使然,

留其在阿尔戈斯,或是阻其在途中,

还请勿要催促这残忍的一幕上演,

容我对这阻滞,作出有利于她的诠释,

[……]

(第一幕第三场)

选段三

Agamemnon

[...]

Encor si je pouvais, libre dans mon malheur,

Par des larmes au moins soulager ma douleur!

Triste destin des rois! Esclaves que nous sommes

Et des rigueurs du sort et des discours des hommes,

Nous nous voyons sans cesse assiégés de témoins,

Et les plus malheureux osent pleurer le moins!

(I,5)

阿伽门农

[……]

厄运之中，即便我能

用泪水缓解苦痛也好！

为王者注定悲苦！我们同时沦为

严酷的命数和他人言论的奴仆，

我们无时无刻不活在注视之下，

最不幸之人竟连哭泣都无门！

（第一幕第五场）

解读

依照法国古典主义戏剧专家乔治·弗莱斯提在《拉辛传》中的说法①，1674 年 8 月，当《伊菲格涅亚》在凡尔赛王宫中首演时，法国已经没什么人记得 10 年前那部反响平平的《忒拜纪》了。在时人眼中，拉辛并非我们今天所以为的欧里庇德斯传人，而是继高乃依之后又一位长于历史题材悲剧的大师。因为在 1665 至 1673 年间，他创作了一部希腊历史背景的《亚历山大大帝》(1665)，一部东方历史题材的《巴雅泽》(1672)，以及三部罗马历史剧，分别为《布里塔尼古斯》(1669)、《贝蕾妮丝》(1670)、《米特里达特》(1672)。唯一一部取材自希腊神话传说的《安德洛玛克》(1667)在它们中间反倒是显得有几分另类了。鉴于这些历史剧为他所赢得的名声，拉辛似乎本无理由重拾希腊神话题材。然而，音乐家吕利(Lully)②和剧作家基诺(Quinault)③野心勃勃的歌剧合作计划却令他必须作出回应。要理解拉辛此时的选择以及《伊菲格涅亚》的创作缘起，我们有必要简单回顾一下法国歌剧的诞生。

1669 年 6 月 28 日，法国作家皮埃尔·佩兰(Pierre Perrin)得到了一纸在巴黎创办歌剧院(Académie d'Opéra)的"王家许可"(privilège

---

① Georges Forestier, *Jean Racine*, Paris：Gallimard, 2006, p.482.
② 吕利(Jean-Baptiste Lully, 1632—1687)是 17 世纪著名的巴洛克作曲家，意大利出生的他常年生活在法国，成名于法国国王路易十四的宫廷。
③ 基诺(Philippe Quinault, 1635—1688)是 17 世纪中后期法国知名剧作家，擅长创作爱情悲剧。

du roi），用于演出仿照意大利歌剧而创作的伴有音乐的诗体戏剧作品。1671年，名为《波莫娜》（*Pomone*）①的首部法语歌剧在佩兰和作曲家罗贝尔·冈贝尔（Robert Cambert）的合作下诞生。然而不久之后，佩兰因欠债而入狱，不得已在1672年将自己的演出许可转让给了吕利，后者将歌剧院更名为"王家音乐学院"（Académie royale en musique），并由此开启了自己与知名剧作家基诺之间的合作。两人的首部作品《卡德摩斯和哈耳摩尼亚》（*Cadmus et Hermione*）②于次年上演。虽然同为歌剧作品，佩兰和冈贝尔的《波莫娜》被称为"音乐牧歌剧"（Pastorale mise en musique）；而吕利和基诺的作品却被定义为"音乐悲剧"（Tragédie mise en musique）。称谓上的这一细小变化其实颇有深意：自《卡德摩斯和哈耳摩尼亚》起，两人合作的所有作品均被冠上了"音乐悲剧"之名。正是通过这些"音乐悲剧"，亦称"抒情悲剧"（tragédie lyrique），吕利和基诺开创了有别于意大利歌剧的法式歌剧。然而，两人的野心还不止于此。"音乐悲剧"虽然是古典主义悲剧和音乐的结合，但却恢复了早已为法国古典主义悲剧所舍弃的歌队，大量加入了芭蕾舞蹈，并且使用了少数追求场面的古典主义剧作里才会出现的机械装置③。吕利和基诺希望通过这些形式上的编排来宣告

① 波莫娜是罗马神话中的宁芙，水果女神。
② 卡德摩斯为忒拜城的创立者，他的妻子哈耳摩尼亚是希腊神话中的和谐之神。
③ 从1640年代中期开始，在总理大臣马扎然（Mazarin）的推广下，巴黎开始流行以舞台场面呈现为特色的"机械装置剧"（pièce à machines），代表作品有皮埃尔·高乃依的《安德洛墨达》（*Andromède*）和《金羊毛》（*Toison d'or*）。巴黎三大职业剧院之一的玛黑剧院（Théâtre du Marais）便以这类演出为经营特色。

新生的"音乐悲剧"为古希腊悲剧的真正继承者;他们的作品也得到了路易十四的欣赏。对于以拉辛为代表的传统剧作家而言,这无疑是巨大的威胁。当时正流亡英国的资深剧迷兼批评家圣-艾弗蒙就曾写道:"人们对于歌剧的执着最令我不快之处在于它会摧毁悲剧,而后者才是我们所拥有的最为优美,最能升华灵魂、塑造精神之物。"①1673年秋,巴黎又传出了吕利和基诺合作改编欧里庇德斯的《阿尔刻提斯》(Alceste)的计划。如果说取材自奥维德《变形记》的《卡德摩斯和哈耳摩尼亚》尚属实验,那么将目光转向拉辛本人在创作早期曾两度改编的欧里庇德斯,则可以视为对于传统法国悲剧诗创作的直接挑衅。拉辛所面对的,分明是一场没有硝烟的悲剧保卫战;他需要向世人证明:没有音乐、舞蹈元素的"话剧"(tragédie parlée)才是希腊悲剧在法国的正统传人。

从《伊菲格涅亚》"序言"后半部分借《阿尔刻提斯》改编一事讽"厚今派"(les Modernes)无知,误解欧里庇德斯这一点②可以看出,拉辛对于这部希腊名剧了如指掌。只是他并没有选择就同一主题改编作为回应,而是把目光转移到了欧里庇德斯笔下另一位与阿尔刻提斯一样令人动容的女性角色——伊菲格涅亚身上,这才有了我们将要展开解读的这部同名悲剧。欧里庇德斯写过两部以她为主角的作品:分别是《伊菲格涅亚在陶洛人里》和《伊菲格涅亚在奥里斯》。拉辛的

---

① Georges Forestier, *Jean Racine*, *ibid.*, p.880, n.11.
② "崇古派"(les Anciens)的拉辛也由此参与到了正在兴起的"古今之争"之中。

版本改编自后者①。当然,如这位《诗学》忠实读者在《安德洛玛克》首版"序言"里所总结的那样:亚里士多德意义上的悲剧性主角"既不能太善亦不能太恶";而无辜被献祭却勇敢接受命运的同名主角伊菲格涅亚显然并不符合这一条件,剧中真正的悲剧性主角是兼具父亲和国王双重身份,亲手将女儿送上祭坛的阿伽门农。从这个意义上说,后者与拉辛前一部剧的同名主角米特里达特、后一部剧《费德尔》中的忒修斯都有相似之处:两人也都是亲手将孩子送上死亡之路的父亲。区别在于二者都以为自己儿子有罪,因此死亡成了一种极端的惩戒;而阿伽门农则是明知女儿无辜,且又深爱着她,却不得不将她献祭。讽刺的是,这一无奈之举恰恰源于他口中"王中之王、希腊领袖"(选段一)这重与父亲的立场不可兼容的至尊身份。作为父亲的他自然是不忍将爱女献祭;但身为希腊盟军首领,他却不得不放下私情,为了己方舰队能顺利出海,赢得特洛伊之战而将伊菲格涅亚送上祭坛,这一近在咫尺的荣耀成了他"内心高傲的软肋"(选段一)。阿伽门农的悲哀同时也是角色"崇高"(sublime)之所在,这一点在第一幕第五场的感叹里体现得淋漓尽致(选段三):无力抵御厄运的他只求以"泪水缓解苦痛",却也成了遥不可及的奢想;生存在"严酷的命数"和"他人言论"夹缝中的为王之人,"注定悲苦"。

尽管拉辛笔下的阿伽门农有着如此完美的悲剧主角形象,但需要指出的是,伊菲格涅亚的命运并不真正取决于这位父亲的内心挣扎,

---

① 拉辛也曾想过改编《伊菲格涅亚在陶洛人里》,并留下了一份记载了第一幕大纲的手稿。

至少在剧本开场之后是如此。因为在听闻卡尔夏的神谕之后，他就已经作出了牺牲女儿的承诺。无论是欧里庇德斯的母本还是拉辛的改编版本，均以阿伽门农试图反悔，命仆人送信阻止母女到来开场。更为重要的是，如尤利西斯在第一幕第三场里所言（选段二）：已经向希腊将士承诺大风将起的卡尔夏绝不会容许阿伽门农反悔，致使神明食言；一旦情况有变，这位先知必然会将神谕内容公开，而求战心切的希腊将士在了解实情后也必然会迫使阿伽门农就范。后者事实上对此心知肚明，于是才在第一幕第一场戏里向仆人坦言：女儿"一旦踏足奥里德，则必死无疑"（选段一）。

在阿伽门农一角的刻画上，拉辛针对希腊母本的开场作出了一个并不十分显眼却意义重大的改动。在欧里庇德斯笔下，当阿伽门农向老仆解释完献祭女儿一事的来龙去脉，并嘱其连夜上路阻拦妻女之后，墨涅拉俄斯突然出现，破坏了兄长的计划。依照弟弟的说法，野心勃勃的阿伽门农在听闻神谕后欣然同意了献祭伊菲格涅亚的要求，并立即写信谎称要让后者与阿喀琉斯成婚，以此为借口将她骗来前线；而在此前的主仆对话里，阿伽门农却告诉老仆自己当初听闻神谕后的第一反应便是要将希腊盟军遣返，放弃出征以保全爱女性命，是墨涅拉俄斯想尽一切办法劝服了他牺牲小我。可见，两种说法必有一种失实。鉴于墨涅拉俄斯是当着兄长之面作出了这番指责，且兄长并没有否认；而阿伽门农那番话却是在弟弟不在场的情况下说出，该受质疑的显然是阿伽门农，即便他没有完全撒谎，至少也对自己的决定进行了严重美化。明白了这一点，我们就能理解为什么拉辛在自己的改编版本里要以尤利西斯一角来取代墨涅拉俄斯：弟弟的存在和指控令兄长露出了伪善的面目①。诚然，阿伽门农以虚假婚姻为名将妻女骗至营中是无法改变的事实，也构成了角色的"原罪"，然而它却发生在剧本开场之前；开场之后，拉辛极力塑造的却是一个在自己双重身份的裹挟之下悲苦无助的可怜人。换言之，正是"原罪"和"无助（无辜）"的中和才成就了拉辛笔下这个完美的悲剧主角；希腊母本中的伪善面貌显然会打破法国版本里阿伽门农角色塑造方案的内部平衡。

---

① 当然，就伪善而言，欧里庇德斯笔下的墨涅拉俄斯也可谓不遑多让。首先，墨涅拉俄斯不顾一切地让兄长牺牲女儿，所图者并非希腊盟军的凯旋，而只是夺回妻子海伦。其次，在兄弟两人的对话过程中，另一位仆人登场报告克吕泰涅斯特拉和伊菲格涅亚母女已经抵达。正是在听闻这一消息后，墨涅拉俄斯突然改口称理解兄长的立场，并支持他保护女儿，甚至提议立即解散军队。这一转变显然并非出自真心，而只是因为墨涅拉俄斯和兄长一样，都深知一旦来到了奥里斯港，伊菲格涅亚再无生还的可能。

下篇

选段一

Achille

Seigneur, honorez moins une faible conquête,

Et que puisse bientôt le ciel qui nous arrête

Ouvrir un champ plus noble à ce cœur excité

Par le prix glorieux dont vous l'avez flatté!

[...]

Daignez-vous avancer le succès de mes vœux?

Et bientôt des mortels suis-je le plus heureux?

On dit qu'Iphigénie en ces lieux amenée,

Doit bientôt à son sort unir ma destinée.

(I,2)

阿喀琉斯

大人,平平无奇的征讨,实不足道,

唯愿那将你我困于此处的上苍

向着这澎拜的胸膛,开启更高贵的战场,

追逐您所乐施的那份荣耀的奖赏!

[……]

您当真要将我心愿实现的时刻提前?

芸芸众生,我即将成为最幸运之人?

听闻伊菲格涅亚已被带到此处,

我与她从此就将命运相连。

（第一幕第二场）

选段二

Doris

Maintenant tout vous rit : l'aimable Iphigénie

D'une amitié sincère avec vous est unie ;

Elle vous plaint, vous voit avec des yeux de sœur,

Et vous seriez dans Troie avec moins de douceur.

[…]

Cependant, par un sort que je ne conçois pas,

Votre douleur redouble et croît à chaque pas.

Ériphile

[…]

Crois-tu que mes chagrins doivent s'évanouir

À l'aspect d'un bonheur dont je ne puis jouir ?

Je vois Iphigénie entre les bras d'un père ;

Elle fait tout l'orgueil d'une superbe mère ;

[…]

J'ignore qui je suis, et pour comble d'horreur

Un oracle effrayant m'attache à mon erreur,

Et quand je veux chercher le sang qui m'a fait naître,

Me dit que sans périr je ne me puis connaître.

Doris

[...]

Bientôt Iphigénie, en épousant Achille,

Vous va sous son appui présenter un asile;

[...]

Ériphile

Que dirais-tu, Doris, si passant tout le reste

Cet hymen de mes maux était le plus funeste?

Doris

Quoi, Madame?

Ériphile

Tu vois avec étonnement

Que ma douleur ne souffre aucun soulagement.

Écoute, et tu te vas étonner que je vive.

C'est peu d'être étrangère, inconnue et captive:

Ce destructeur fatal des tristes Lesbiens,

Cet Achille, l'auteur de tes maux et des miens,

Dont la sanglante main m'enleva prisonnière,

Qui m'arracha d'un coup ma naissance et ton père,

De qui jusques au nom tout doit m'être odieux,

Est de tous les mortels le plus cher à mes yeux.

Ériphile

[...]

Une secrète voix m'ordonna de partir,

Me dit qu'offrant ici ma présence importune,

Peut-être j'y pourrais porter mon infortune ;

Que peut-être, approchant ces amants trop heureux,

Quelqu'un de mes malheurs se répandrait sur eux.

Voilà ce qui m'amène, et non l'impatience

D'apprendre à qui je dois une triste naissance.

[...]

(II,1)

杜丽斯

如今一切都如您所愿：伊菲格涅亚

与您结下了深厚的友情；

她疼惜您，将您视为姐妹，

即便在特洛伊，也难遇此等温情。

［……］

然而不知何故，

您的痛楚却日日上浮。

艾丽菲尔

［……］

面对我所无法享受的幸福，

你认为我的哀伤该就此止步？

我见到伊菲格涅亚依偎在父亲怀中；

如一位高傲的母亲般洋溢着自豪；

［……］

我不知自己是何人，而世间恐怖之事，

莫过于被一则可怕的神谕困于迷途，

当我想要找寻血脉之所属，

竟答道，只有死亡才能换来答复。

杜丽斯

［……］

眼看伊菲格涅亚就将与阿喀琉斯成婚，

您将得以在他的庇护下生存；

［……］

艾丽菲尔

杜丽斯，与其他一切不幸相比，若这婚姻

才是我最大噩梦，你又会作何感想？

杜丽斯

夫人，您说什么？

艾丽菲尔

　　　　　　你既惊讶于

我的痛楚无法得到任何平抚。

那么听着，你将更惊讶我此刻依然偷生。

漂泊异乡、无人知晓、沦为俘虏又何妨：

那摧毁了莱斯沃斯之人，

我和亲人苦难的始作俑者，

那用染血的双手将我掳走，

夺去你父亲性命和我的身世之谜，

那个我本该恨之入骨的阿喀琉斯，

却是芸芸众生里我最爱之人。

艾丽菲尔

［……］

一重神秘的声音说道，我这缠人的身影

若是出现在此，或可散播我的厄运，

若是接近这对幸福眷侣，

或许我的不幸，他二人也会沾染少许。

于是我才听命出行；

这便是我来此的缘由，并非

急于查实，我那可怜的身世。

［……］

（第二幕第一场）

选段三

Doris

Ah! que me dites-vous? Quelle étrange manie

Vous peut faire envier le sort d'Iphigénie?

Dans une heure elle expire. Et jamais, dites-vous,

Vos yeux de son bonheur ne furent plus jaloux.

[...]

Ériphile

[...]

Favorables périls! Espérance inutile!

N'as-tu pas vu sa gloire et le trouble d'Achille?

J'en ai vu, j'en ai fui les signes trop certains.

Ce héros, si terrible au reste des humains,

Qui ne connaît de pleurs que ceux qu'il fait répandre,

Qui s'endurcit contre eux dès l'âge le plus tendre,

Et qui, si l'on nous fait un fidèle discours,

Suça même le sang des lions et des ours,

Pour elle de la crainte a fait l'apprentissage:

[...]

Et quoique le bûcher soit déjà préparé,

Le nom de la victime est encore ignoré:

Tout le camp n'en sait rien. Doris, à ce silence,

Ne reconnais-tu pas un père qui balance?

Et que fera-t-il donc? Quel courage endurci

Soutiendrait les assauts qu'on lui prépare ici:

Une mère en fureur, les larmes d'une fille,

Les cris, le désespoir de toute une famille,

Le sang à ces objets facile à s'ébranler,

Achille menaçant, tout prêt à l'accabler?

Non, te dis-je, les dieux l'ont en vain condamnée:

Je suis et je serai la seule infortunée.

[...]

Doris

            Quoi? Que méditez-vous?

Ériphile

Je ne sais qui m'arrête et retient mon courroux,

Que par un prompt avis de tout ce qui se passe,

Je ne coure des dieux divulguer la menace,

Et publier partout les complots criminels

Qu'on fait ici contre eux et contre leurs autels.

                                        (IV, 1)

杜丽斯

啊！您在说什么？究竟是何种古怪的心理，

让您对伊菲格涅亚的命运羡慕不已？

一小时后她就将死去。而您却宣称，

从未对她的幸福，如此嫉恨。

［……］

艾丽菲尔

［……］

何等幸运的劫难！何其徒劳的期盼！

莫非你未曾目睹她的光耀，阿喀琉斯的困扰？

这些我都曾见到，我曾回避那太过明显的征兆。

这位令所有人胆寒，

只会令他者落泪，

自幼便冷酷无情，

甚至，若传言非虚，

能舔舐狮熊鲜血之人，

却为了她，学会了恐惧：

［……］

干柴固然已经堆起，

献祭何人却依然成谜：

营中无人知晓。一片寂静之中，

莫非你看不出父亲的犹疑？

他将如何抉择？何等坚定的勇气

才能抵挡此处他将面对的冲击：

母亲的怒火，女儿的泪水，

一整个家族的绝望和嘶喊，

在这些面前，亲情太易被唤醒，

更不论那阿咯琉斯，来势汹汹，欲将其制服。

不，即便神明降罪于她又如何？听着，

我才是，并永远将是，那唯一不幸之人。

［……］

杜丽斯

　　　　什么？那您意欲何为？

艾丽菲尔

我不知谁人还会阻我，压制我的怒火，

不知有何理由不即刻奔走，

道出一切，公开神明遭受的威胁，

揭露那些正在计划中的罪恶，

针对神明和祭祀而来的阴谋。

　　　　　　　　　　　　　（第四幕第一场）

解读

　　"既然伊菲格涅亚有着如此美德,如此令人生爱,我为何要用她惨遭杀害的故事玷污舞台? 而靠女神和机械的相助来结束我的悲剧,又何来理性可言? 至于变形,在欧里庇德斯的时代,人们或许还会相信,但如今看来却是何其荒谬?"①这段出自《伊菲格涅亚》"序言"的文字事实上总结了古希腊戏剧里对于伊菲格涅亚命运的两种不同演绎:一是最终命丧祭坛②,二是在阿尔忒密斯的介入下得救,由母鹿代其献祭③。然而在拉辛看来,这两种结局在 1670 年代的法国都无法令人接受。因为强调"恐惧"和"怜悯"这两大悲剧要素的他,自然不会采纳亚里士多德所明确反对④的无辜者受害的主题。而借助"外来神力"(Deus ex machina)解开困局的做法,也在《诗学》第 15 章里遭到了否定:"情节的解显然也应是情节本身发展的结果,而不应借'机械'⑤的作用。"⑥那么,是否有可能在不依靠外力的前提下保全伊菲格涅亚的性命呢? 此前未曾在任何戏剧改编中出现过的第三种说法

---

① Jean Racine, *Théâtre complet II*, éd. Jean-Pierre Collinet, Paris: Gallimard, 1983, p.202.

② 见埃斯库罗斯的《阿伽门农》和索福克勒斯的《厄勒克特拉》。

③ 见欧里庇德斯的《伊菲格涅亚在奥里斯》。

④ "悲剧不应表现好人由顺达之境转为败逆之境,因为这既不能引发恐惧,亦不能引发怜悯,倒是会使人产生反感。"亚里士多德,《诗学》,陈中梅译注,北京:商务印书馆,1996 年,第 97 页。

⑤ 指借助机械将解决困局的神送至舞台。

⑥ 亚里士多德,《诗学》,第 113 页。

为拉辛提供了宝贵的依据和启发。按照这种来自于古希腊抒情诗人斯特西克鲁斯的说法：献祭给阿尔忒密斯的伊菲格涅亚并非阿伽门农之女，而是海伦与忒修斯秘密生下的另一个同名女孩。后者最终成为了剧中艾丽菲尔这个"巧妙角色"①的原型。当然，并非所有与拉辛同时代的人都愿意承认艾丽菲尔的巧妙之处。

"拉辛以为若是不为伊菲格涅亚设置一位情敌，主题就将过于单薄；而我却觉得一位处在自然情感和军事义务夹击下的父亲的犹疑[……]，一位母亲的绝望[……]，那位向希腊人慷慨地自我献祭的女儿，以及她察觉阿喀琉斯爱意后的暗喜，还有身为情人的后者合理的怒气[……]，所有这一切已经足够丰富，足以在五幕里牢牢吸引观众，也足以制造悲剧最为本质的恐惧和怜悯，无需再加入爱情的情节和嫉妒的插曲，它们只会破坏主体情节，后者的美恰恰在于其单一，以及各个组成部分之间的联结[……]"②。这段批评文字来自与拉辛几乎同一时间改编了《伊菲格涅亚在奥里斯》的米歇尔·勒·克莱克（Michel Le Clerc）。里面所提到的"情敌"正是艾丽菲尔。拉辛笔下的她是一位透着王族的高傲，却对自己身世一无所知的女子；莱斯沃斯陷落后沦为希腊人俘虏，然而又默默爱上了征服者阿喀琉斯。也由此成为了伊菲格涅亚的"情敌"，因为后者同样爱着希腊首席英雄。借着艾丽菲尔一角，拉辛创造了一条希腊母本里并不存在的爱情线。在欧里庇德斯笔下，伊菲格涅亚和阿喀琉斯之间子虚乌有的婚事没有

---

① 拉辛在"序言"中的说法。

② Georges Forestier, *Jean Racine*, Paris：Gallimard, 2006, p.496.

任何事实上的爱情基础,只是阿伽门农为了将女儿诱骗至奥里斯而编造的一个借口。阿喀琉斯的出场也并非因为婚姻,而是想要针对希腊联军迟迟没有离港出征一事发起质询。到了拉辛的改编版本里,这位令敌人闻风丧胆的英雄不仅提前了许多登台,而且还是因为听到婚事提前的传言才特地前来求证。第一幕第二场里初见阿伽门农的那段台词完全体现了他的情人口吻(选段一)。当然,在30多年前由洛特鲁所改编的《伊菲格涅亚》①里,阿喀琉斯就已经爱上了剧中的同名女主角。这种感情或许可以视作对于《伊菲格涅亚在奥里斯》里阿喀琉斯其中一段台词的放大和演绎。在得知被要求牺牲自己以换取希腊顺利出征之后,欧里庇德斯笔下的伊菲格涅亚曾经两次表态②:第一次是央求,试图以亲情来打动父亲,免去一死;第二次则是慷慨地接受,甚至表达了对于父亲立场的同情,还嘱咐母亲不要对其心怀怨恨,好好将弟弟俄瑞斯忒斯抚养长大。这后一次表态里所体现出来的高贵和无私令阿喀琉斯动容,以至于他说出:"若是上天真的让我娶你为妻,那会是我的幸福。"③17世纪法国的两个改编版本里阿喀琉斯的情人身份或许就是受了希腊母本里这句感叹的启发。洛特鲁和拉辛的不同之处在于女主角的态度:前者笔下的伊菲格涅亚是一位高傲冷漠的公主,不为情人所动;后者则将他们写成了两情相悦的完美

---

① Jean de Rotrou, *Iphigénie*, Paris: Toussainct Quinet, 1641.

② 亚里士多德在《诗学》第15章的开头提到人物"性格应该一致"时,就举了此处伊菲格涅亚的态度转变作为反例。亚里士多德,《诗学》,第112页。

③ 译自该剧的法译本。Euripide, *Tragédies complètes II*, éd. Marie Delcourt-Curvers, Paris: Gallimard, 1962, p.1353.

眷侣。正是这一重要变化和新增的"情敌"角色之间相互配合，拉辛才解开了既不借助"外来神力"又保全女主角性命的剧作法难题。

解题的突破口其实也不难想象，那就是勒·克莱克所说的"嫉妒的插曲"。而嫉妒恰恰就是与"情敌"相伴的负面激情。如选段二所示，第二幕第一场首次出现时，艾丽菲尔被亲信杜丽斯问及愁苦的缘由。因为后者无法理解为什么伊菲格涅亚的温情厚爱未能缓解前者内心的苦痛。而原本还以自己的不幸身世作为借口回复的艾丽菲尔，在杜丽斯提及伊菲格涅亚的婚事时，终于吐露了真实的原因：令她饱受折磨的，恰是这桩意外提前了的婚姻，因为那个"本该［被］恨之入骨的阿喀琉斯，却是芸芸众生里［她］最爱之人"。而她之所以跟随母女二人来到奥里斯，是因为有"一重神秘的声音"令她相信，不幸缠身的自己会给身边这对准新人带去厄运。至此，嫉妒作为一种隐患在观众眼前正式暴露。此后，尽管伊菲格涅亚的献祭危机逐渐加深，艾丽菲尔却没有感到丝毫解脱；因为后者眼中只有"父亲的犹疑"、"母亲的怒火"、"女儿的泪水"、"一整个家族的绝望和嘶喊"，也就是一切在她看来可能改变危机走向的元素（选段三）。更令她饱受折磨的是，伊菲格涅亚和阿喀琉斯之间的爱情因为这场危机而再次升华，于是就有了第四幕第一场里那句惹人怜惜，却又令人生畏的总结式哀叹："我才是，并永远将是，那唯一不幸之人。"随之而来的便是向卡尔夏告发的终极决定。从这一刻起，拉辛对于斯特西克鲁斯两个伊菲格涅亚说法的妙用将彻底显现。艾丽菲尔只是这位身份成谜的"情敌"的化名，她的本名同样是伊菲格涅亚，而阿尔忒密斯要求献祭的，也正是海伦和忒修斯的这个私生女。只是除了卡尔夏，没有任何人知晓神谕的正确解读方式。为了确保阿伽门农的女儿死去而前往告发后者一家的艾丽菲尔,事实上弄巧成拙地将自己送到了唯一能认出她这件"祭品"的先知面前。正所谓玩火自焚,加害者最终成了受害之人。那个无辜的伊菲格涅亚也由此在临上祭坛前幸免于难。可见,拉辛对于"嫉妒的插曲"以及"情敌"角色的运用,非但没有像勒·克莱克所说的那样"破坏主体情节",反而是在没有借助"外来神力"的情况下,实现了内化于剧本主题、情节发展所必然触发的反转;心系伊菲格涅亚命运的观众原本紧绷的情绪也终于能在最高处得到释放。

Jean Racine *Phèdre*

让·拉辛《费德尔》

情节梗概

第一幕：父亲泰塞埃迟迟未归，伊波利特声称要去找寻后者下落，实则为了躲避阿里西，生怕自己爱上这位敌对家族的后人。另一方面，费德尔向乳母承认了自己爱上了继子伊波利特。饱受负罪感折磨的她有意一死了之。然而，城中突然传来泰塞埃的死讯；并由此引发了王位继承的争议。乳母劝服费德尔暂且放下寻死的念头，以保护亲儿的利益为先。

第二幕：伊波利特告知阿里西父亲的死讯，同时解除了对她的幽禁，并承诺会努力让雅典立阿里西为女王。对于命运的极端转变，阿里西感到难以置信。伊波利特随后向她坦白了自己的爱慕之情。费德尔的到来打断了两人的对话。她原本只是来请求伊波利特保护自己的孩子，却最终情绪失控，向继子承认了自己罪恶的爱情。伊波利特震惊之余，耻于将此事告诉自己的老师泰拉梅纳。

第三幕：泰塞埃回归。费德尔担心伊波利特会向父亲揭露她的罪恶，便想一死了之。乳母阻止，怂恿其反告继子，泰塞埃定会信她。费德尔本不敢答应，但见到丈夫远远走来又陷入慌乱，声称全听乳母安排。另一方面，伊波利特也向父亲请辞，声称要外出建立自己的功业。

第四幕：伊波利特找泰塞埃坦白自己对阿里西的爱。然而，已经听信了乳母诬陷之词的父亲痛斥儿子对继母图谋不轨，随后将其流放，并呼唤海神为他复仇。伊波利特否认父亲的指责，却无法得到后者的信任。父子分别后，费德尔鼓起勇气试图还伊波利特清白，却从丈夫口中得知继子爱着阿里西，便由自责转为了妒恨，继续隐瞒真相，任凭伊波利特遭受惩罚。离开丈夫后重新陷入悔恨的她将绝望的处境归罪于乳母，痛斥后者一步步诱导她堕入深渊，甚至诅咒其必遭天谴。

第五幕：阿里西向泰塞埃承认了自己与伊波利特之间的爱情，试图捍卫情人的清白。泰塞埃却不愿相信，认为她已遭爱情蒙蔽。鉴于伊波利特禁止其说出真相，阿里西最后只得默默离去。然而，得知乳母投海自尽，费德尔也一心求死之后，泰塞埃终于感到真相或许并非如他此前所想那般，便立刻命人召回伊波利特，并恳请海神勿急于为其复仇。只是一切为时已晚，泰拉梅纳随后登场细述了伊波利特遇难的经过。费德尔也在服毒后利用生命最后一刻向丈夫忏悔，还继子清白。

选段一

Phèdre

[...]

Ainsi donc jusqu'au bout tu veux m'empoisonner,

Malheureuse! voilà comme tu m'as perdue;

Au jour que je fuyais c'est toi qui m'as rendue.

Tes prières m'ont fait oublier mon devoir;

J'évitais Hippolyte, et tu me l'as fait voir.

De quoi te chargeais-tu? pourquoi ta bouche impie

A-t-elle, en l'accusant, osé noircir sa vie?

[...]

(IV,6)

费德尔

[……]

所以你果真要毒害我到底，

不祥之人！看看你如何将我毁灭；

我本已迈向黄泉，是你将我拉回。

是你的恳求，让我忘却义务；

我回避伊波利特，你却让我们相见。

你为何要操心？为何要用控诉，

玷污他的生命，如此亵渎神灵？

[……]

（第四幕第六场）

选段二

Phèdre

[...]

C'est peu de t'avoir fui, cruel, je t'ai chassé;

J'ai voulu te paraître odieuse, inhumaine;

Pour mieux te résister, j'ai recherché ta haine.

De quoi m'ont profité mes inutiles soins?

Tu me haïssais plus, je ne t'aimais pas moins;

[...]

Cet aveu si honteux, le crois-tu volontaire?

Tremblante pour un fils que je n'osais trahir,

Je te venais prier de ne le point haïr:

Faibles projets d'un cœur trop plein de ce qu'il aime!

Hélas! je ne t'ai pu parler que de toi-même!

[...]

(II,6)

费德尔

[⋯⋯]

不只回避，残酷之人，我还将你驱逐；

在你面前刻意表现出无情和可憎；

为了抵御，我寻求你的恨意。

费尽苦心，我赢到了什么？

你恨我更甚，我爱你之心却未减半分；

[⋯⋯]

这可耻的告白，你以为是我所愿？

为了我那不敢背弃的亲儿而颤抖，

我本是来央求你，莫对他心怀恨意：

呜呼！孱弱的念想被爱情湮没在心头！

在你面前，除了你，一切都难说出口！

[⋯⋯]

（第二幕第六场）

选段三

Phèdre

Ô haine de Vénus! ô fatale colère!

Dans quels égarements l'amour jeta ma mère!

[...]

Puisque Vénus le veut, de ce sang déplorable

Je péris la dernière et la plus misérable.

[...]

Je reconnus Vénus et ses feux redoutables,

D'un sang qu'elle poursuit tourments inévitables!

Par des vœux assidus je crus les détourner:

Je lui bâtis un temple, et pris soin de l'orner;

De victimes moi-même à toute heure entourée,

Je cherchais dans leurs flancs ma raison égarée:

D'un incurable amour remèdes impuissants!

[...].

Ce n'est plus une ardeur dans mes veines cachée:

C'est Vénus tout entière à sa proie attachée.

J'ai conçu pour mon crime une juste terreur;

J'ai pris la vie en haine, et ma flamme en horreur;

Je voulais en mourant prendre soin de ma gloire,

Et dérober au jour une flamme si noire:

[...]

(I,3)

费德尔

啊！维纳斯的恨意！啊！致命的怒气！
爱情曾让我的生母，陷入怎样的迷途！

［……］

既然是维纳斯之意，这可悲的一脉里
我便要成为那最后死去，最凄惨之人。

［……］

我见识了维纳斯，和那可怕的爱火，
还有她追剿下，那无可避免的折磨！
我以为勤加祈愿就能逃脱：
便建了神殿，并精心装点；
我的周身时刻为祭品所环绕，
借它们来找寻，我迷失的理性：然而，
爱已病入膏肓，这是何其无力的药方！
［……］
这已不再是潜藏于我体内的欲望：

维纳斯与她的牺牲品已完全捆绑。

对于我的罪恶，我心怀正当的恐惧；

我对生命报以仇恨，对爱欲心生憎恶；

我曾想一死以保清白名声，

将这黑暗的爱欲带离人间：

［……］

（第一幕第三场）

解读

1677 年,我们如今熟知的《费德尔》以《费德尔和伊波利特》之名
出版时,"序言"结尾处有如下这段乍看有些令人费解的话:

> 我能肯定的是,这部剧对于美德的彰显胜过以往任何一部。
> 再细小的错误也在其中得到了严厉的惩罚。罪行即便只停留在想
> 象层面,同样招来憎恶。爱情面前的软弱被视为真正的软弱。
> [……]这才是所有为公众写作之人应该设定的目标。也是最初
> 的悲剧诗人们一切书写的依归。在传授美德上,他们的戏剧并不
> 亚于哲人的作品。因此亚里士多德才乐于为戏剧诗定立规则;最
> 具智慧的哲人苏格拉底,才不介意翻开欧里庇德斯的悲剧。真希
> 望我们的作品也能像这些诗人的作品那般实在,充满有益的教诲。
> 如果作者们在娱乐观众的同时也能想到教诲,如果他们能在这上
> 面遵循悲剧的真正意图,那也许不失为和此前声讨悲剧,为数众多
> 的因虔敬和渊识而闻名之人①的一种和解之法。②

《费德尔》是拉辛的第 10 部戏剧作品③,也是他职业剧作家生涯的最

----

① 以皮埃尔·尼科勒(Pierre Nicole)为代表的奥古斯丁主义者。尼科勒在 1667
　年出版了针对戏剧本质加以批判的《论戏剧》(*Traité de la comédie*)。
② Jean Racine, *Théâtre complet II*, éd. Jean-Pierre Collinet, Paris: Gallimard, 1983,
　p.278－279.
③ 除了 1669 年出版的喜剧《讼棍》(*Les Plaideurs*)之外,其余 8 部均为悲剧。

后一部①作品。上述引文的令人费解之处并不在于文字本身，而是因为在此前9部剧作的"序言"里，拉辛不仅从未如此不惜墨地表达对于戏剧教化功能的重视，甚至都没有提及"教诲"（instruction）二字。令我们印象深刻的，反倒是他对于悲剧主角应当介于善恶之间这一问题的反复强调。那么，曾经在《贝蕾妮丝》"序言"里宣称"（悲剧的）主要规则就是愉悦和感动"的他，此时为何又要把教化视为"悲剧的真正意图"加以捍卫呢？显然，这与拉辛所有"序言"的论战色彩直接相关。强调《费德尔》的教化意义之所以必要，是因为对于17世纪基督教的法国而言，这部自欧里庇德斯以来多次被重写的作品包含了巨大的道德风险。

1677年3月，即剧作上演两个月后，一篇题为《论悲剧费德尔和伊波利特》的文章匿名出版。我们可以在里面读到如下这段话：

> 欧里庇德斯和塞涅卡笔下的费德尔可原谅之处，也是拉辛和普拉东②先生的版本需被批判之处，在古人那里，堕入深渊非其所愿，依照他们的宗教，费德尔在上天的操控下被迫犯下罪行；[……]由于这些故事就是他们的神学，这样的爱情在他们眼中也就不如我们看来那么可怖，而我们则无法感受所谓的维纳斯的

---

① 此后的《艾斯德尔》（1689）和《阿塔里雅》（1691）都是应曼特农夫人之邀为圣西尔女子学园而作，演出不对公众开放。参见本书《艾斯德尔》篇的解读。

② 普拉东（Pradon）是17世纪中后期的剧作家，与拉辛交恶。得知后者写作《费德尔和伊波利特》的计划后，便决定以同一主题创作与其竞争。拉辛的版本于1677年1月1日在勃艮第府剧院首演，两天后，普拉东的版本在盖内阁剧院（Théâtre Génégaud）上演。

怒火,也不会信服于他们为那些虚幻神明的全知全能所讲述之事,我们知道人有犯罪的自由,以犯罪为耻,罪恶只与罪人的意志联结,因此始终直面这样的可怖之举,不为其寻找借口,也从不原谅。①

继母对继子表达不伦之爱遭拒后诬陷后者侵犯,致使父亲将亲儿流放,并诅咒其致死。依照文章作者的逻辑,这样的主题不应该被搬上基督教法国的舞台。那么拉辛为何依然要改编呢? 在乔治·弗莱斯提看来,拉辛的这一选择依然离不开"话剧"与新生的法国"歌剧"争锋的背景②。1676 年,作曲家吕利和剧作家基诺合作的《阿蒂斯》(Atys)上演。两人在新作中削减了饱受戏剧理论家们批评的爱情段落,再一次彰显了通过自我调整完善来取代传统悲剧的野心。为了再次强调后者代表了古代悲剧的正统,继《伊菲格涅亚》之后,拉辛又一次把目光投向了欧里庇德斯。改编后者的《希波吕托斯》所带来的最大挑战,在于如何把一个充满道德风险的主题写成一部"彰显美德"的典范之作,同时又不破坏拉辛本人反复强调的建立在恐惧和怜悯之上的悲剧性。一切又回归到了剧作法层面。

首先需要指出的是,即便在古代雅典,悲剧诗人也不能肆无忌惮地呈现费德尔的故事。《欧里庇德斯悲剧全集》的译者和编纂者,比利时著名古典学家玛丽·德尔库尔-科尔维尔(Marie Delcourt-Curvers)在

---

① Georges Forestier, *Jean Racine*, Paris：Gallimard, 2006, p.567.
② 可参见本书的《伊菲格涅亚》上篇对于这一背景的解读。

《希波吕托斯》一剧的"简述"中告诉我们①,欧里庇德斯曾两度就这一主题创作。首版里的费德尔因为过于放纵自己的情感,亲口向继子表白而引起观众哗然;于是在第二版②,即保存至今的版本里,作者安排由乳母向希波吕托斯③转述这一禁忌之爱。此外,爱神阿弗洛狄特也在开场时从天而降,解释了自己因希波吕托斯的不敬(对爱情无动于衷)而利用费德尔和忒修斯对其加以惩罚的来龙去脉,并指出费德尔"无可指责"④。然而,不仅匿名作者所说的这一"维纳斯的怒火"在拉辛的改编里不复存在,我们还惊讶地发现他笔下的费德尔亲口向继子表明了爱意(第二幕第五场)。关于删去爱神登场这一点,我们可以从剧本创作背景出发去理解。法国古典主义戏剧里有一类以运用舞台机械,呈现大场面为特色的作品,被称为"机械装置剧"(théâtre à machines),风靡于 17 世纪中叶,代表作有皮埃尔·高乃依的《金羊毛》(La Toison d'Or)和《安德洛墨达》(Andromède),两者都取材自希腊-罗马神话,包括朱庇特、朱诺、维纳斯在内的多位奥林波斯神都作为角色在剧中通过舞台机械庄严登场。1670 年代,新生的"抒情悲剧",即法式歌剧,除了强调音乐之外,也取代了"机械装置剧"成为精于呈现宏大神话场面的剧种。既然拉辛的目的在于捍卫传统的"话剧",那么自然需要在形式上与歌剧加以区别,放弃爱神登场的片段

---

① Euripide, *Tragédies complètes II*, éd. Marie Delcourt-Curvers, Paris: Gallimard, 1962, p.201.

② 该剧在公元前 428 年 4 月获得了戏剧比赛的头奖。

③ 即拉辛剧中的伊波利特。

④ 法语译文为"Pour Phèdre, elle est sans nulle reproche"。Euripide, *Tragédies complètes II*, *ibid.*, p.212.

也就不难理解了。两年前的《伊菲格涅亚》，拉辛也正是基于同一理由而放弃了结尾处阿尔忒密斯的现身。

爱神不再登场，并不意味着拉辛笔下的费德尔不再值得原谅。如其在"序言"中所言："费德尔既非完全有罪，亦非完全无辜。"①拉辛依然坚持刻画介于善恶之间的悲剧主角，在他的版本里，费德尔对自己内心的罪恶有着清醒的意识，并且由始至终活在深切的自责中。这也是为何她一登场便表达了寻死的念头。然而与她最为亲密的乳母却改变了她的想法，并且一步步将她拉下深渊。包括诬蔑伊波利特，也是由这位关键的"插曲角色"完成②。这才有了第四幕第六场戏，大错铸成后，悔恨不已的费德尔痛斥乳母的那段台词（选段一）。从某种程度上说，乳母取代欧里庇德斯版本里的爱神为费德尔承担了绝大部分罪过。虽然爱神不再作为登场的角色之一，但拉辛的剧本里却七次出现了维纳斯的名字。第一幕第三场费德尔首度现身舞台时，提到了自己在爱上继子伊始如何通过建神庙、献祭品来祈求爱神助她摆脱罪恶的情愫（选段三）。然而这一切努力最终却徒劳无功。这段并不起眼的回忆在我们看来却意义重大。依照欧里庇德斯笔下爱神的开场白所示，费德尔的不幸源于爱神惩罚伊波利特的计划；既然禁忌之爱是计划的开端，那么任凭费德尔如何表达虔敬，也

---

① Jean Racine, *Théâtre complet II*, *ibid.*, p.277.
② 在欧里庇德斯的剧本里，费德尔留下了一纸诬蔑继子将其强暴的遗书，然后自尽。拉辛在"序言"里指出这样卑劣的行径与费德尔女王高贵的身份不符，便让乳母来承担诬告的责任。需要指出的是，拉辛版本里的伊波利特被指对继母心怀不轨，但并未付诸行动。

不可能逃脱①。然而，这一解释看似合理，实则并不成立。因为拉辛笔下的伊波利特并非如希腊版本中的希波吕托斯一般厌恶爱情，而是心有所属。换言之，爱神即便存在，也没有了惩罚后者的理由。如此一来，费德尔徒劳的虔敬之举又该如何解释呢？在我们看来，这一疑问恰恰揭示了拉辛版本《费德尔》的现代意义：因为在17世纪的法国，支撑爱神行为价值和支配力的多神宗教体系已经不复存在，剧中反复出现的"维纳斯"，成了爱情难以名状、令人失智的魔力的代名词；或许可以说，"维纳斯"不再是能够从天而降、在舞台显容的神明，而是费德尔在初见伊波利特之后由心底而生的魔障。

我们说回主导了费德尔行为的乳母。需要指出的是，后者在拉辛剧中并非魔鬼，有意加害伊波利特；她为费德尔所做的每个决定事实上都不乏合情合理之处。这条地狱之路之所以走得令主角们浑然不觉，完全归功于拉辛在剧本前半部分所埋下的一条政治引线。毋庸置疑，《费德尔》呈现的是爱情如何将人毁灭的故事；但触发锁链式悲剧反应的，却是一场始于开场的雅典政治危机。危机的导火索是国王泰塞埃②已死的消息（第一幕第四场）。这一传言瞬间引发了一场潜在的王位继承权之争（第一幕第四场）：有人支持现任王后费德尔与国王所生之子，有人支持泰塞埃与亚马逊王后所生的伊波利特，还有人

---

① 爱神的开场白里也提到了费德尔在爱上希波吕托斯之后为其建庙。然而，依照玛丽·德尔库尔-科尔维尔的法语译本，建庙只是为了向爱神承认自己陷入了爱情，并无祈求摆脱之意。而拉辛彻底改变了这一细节的意义，用其来强化费德尔的无辜形象。
② 即希腊版本中的忒修斯。

密谋扶持剧中伊波利特的爱人阿里西(Aricie),后者的兄长曾在与泰塞埃争夺王位的过程中败亡。以自己的罪恶爱情为耻的费德尔之所以暂时放弃寻死的念头,是因为乳母劝其首先确保亲儿在这场突如其来的政治危机中的利益;而同样是在乳母劝导下实现的那场与伊波利特的会面(第二幕第六场),也是出于保全自己的儿子,与伊波利特结盟对抗阿里西的目的(选段二)。正是在这场灾难性的会面过程中,费德尔逐渐失控,直至亲口向继子表露了自己的心意。剧作法层面与乳母一角功能相似的阿里西,也是作为政治引线的其中一环影响了爱情悲剧的最终走向。第二幕第二场里伊波利特与其会面的原因本是为了应对政治危机,却以前者的表白而终。作为插曲,这对年轻情侣的爱情对于主线情节的发展和剧本结尾的到来起了决定性的作用。在泰塞埃听信了乳母的诬告之后,良心不安的费德尔原本打算向丈夫澄清一切,却因为从后者口中得知伊波利特与阿里西两情相悦而放弃了这一念头(第四幕第四场),情有可原的嫉妒之心使得一场无人幸免的悲剧失去了挽救的最后机会。

历史主题篇

Pierre Corneille *Le Cid*

皮埃尔·高乃依《熙德》

情节梗概

第一幕: 席美娜得知父亲应许了她和情人罗德里格之间的婚事。对罗德里格怀有好感的卡斯蒂利亚公主也希望促成这段婚姻,以便自己不为禁忌之爱所困扰。然而,唐·迭戈(罗德里格之父)与伯爵(席美娜之父)因太傅头衔归属而起了争端。遭到对方掌掴的唐·迭戈要求儿子杀了伯爵为自己报仇。罗德里格陷入了两难。

第二幕: 席美娜担忧之事终于发生:情人和父亲之间完成了决斗。罗德里格胜出,父亲遇难。席美娜觐见国王,请求国王为父亲报仇,缉拿罗德里格。

第三幕: 罗德里格带着流淌着伯爵鲜血的剑来到席美娜家中,求情人为父报仇。席美娜终究无法抑制内心对罗德里格的爱,向后者坦言自己只希望复仇计划没有成功之日。另一方面,唐·迭戈指责罗德里格不该一心求死,为爱情牺牲名誉;并敦促他去前线抗击来犯的摩尔大军,或战死疆场,或立下大功换取国王的赦免。

第四幕: 罗德里格凯旋。国王赐其"熙德"之名。席美娜觐见,提出以一场决斗来决定罗德里格的命运,并表示任何愿意为她而战并击败罗德里格之人将成为自己的夫君。国王应允。

第五幕：决斗前，罗德里格面见席美娜，表达自己将放弃战斗，死在决斗场，以完成情人的复仇计划。席美娜嘱其当为自己的名誉而战。决斗结束后，当对手唐·桑丘拿着罗德里格的剑来见席美娜时，后者误以为情人已死，顿时情绪激动地对其加以痛斥，并表示自己绝不会下嫁于他。唐·桑丘没有得到任何解释的时间。最后国王出现消除了误会，罗德里格才是决斗的胜利者，并令两人成婚。席美娜虽接受赐婚，但请求将婚礼延后。

选段

Don Rodrigue

Eh bien! sans vous donner la peine de poursuivre,

Assurez-vous l'honneur de m'empêcher de vivre.

Chimène

Elvire, où sommes-nous, et qu'est-ce que je vois?

Rodrigue en ma maison! Rodrigue devant moi!

Don Rodrigue

N'épargnez point mon sang: goûtez sans résistance

La douceur de ma perte et de votre vengeance.

[...]

Chimène

 Ôte-moi cet objet odieux,

Qui reproche ton crime et ta vie à mes yeux.

Don Rodrigue

Regarde-le plutôt pour exciter ta haine,

Pour croître ta colère, et pour hâter ma peine.

Chimène

Il est teint de mon sang.

Don Rodrigue

> Plonge-le dans le mien,

Et fais-lui perdre ainsi la teinture du tien.

Chimène

Ah! quelle cruauté, qui tout en un jour tue

Le père par le fer, la fille par la vue!

Ôte-moi cet objet, je ne puis le souffrir:

Tu veux que je t'écoute, et tu me fais mourir!

Don Rodrigue

Je fais ce que tu veux, mais sans quitter l'envie

De finir par tes mains ma déplorable vie;

Car enfin n'attends pas de mon affection

Un lâche repentir d'une bonne action.

[...]

Tu sais comme un soufflet touche un homme de cœur;

J'avais part à l'affront, j'en ai cherché l'auteur:

Je l'ai vu, j'ai vengé mon honneur et mon père ;

Je le ferais encor, si j'avais à le faire.

[...]

Qui m'aima généreux me haïrait infâme ;

Qu'écouter ton amour, obéir à sa voix,

C'était m'en rendre indigne et diffamer ton choix.

[...]

Chimène

Malgré des feux si beaux, qui troublent ma colère,

Je ferai mon possible à bien venger mon père ;

Mais malgré la rigueur d'un si cruel devoir,

Mon unique souhait est de ne rien pouvoir.

Don Rodrigue

O miracle d'amour !

(III, 4)

唐·罗德里格

您无需费力追捕，

亦有幸取我性命。

席美娜

艾尔维尔，我们身在何处，我见到了什么？

罗德里格在我家中！罗德里格在我眼前！

唐·罗德里格

请勿吝惜我的鲜血：尽情品尝

除去我之后，那复仇的甜蜜。

[……]

席美娜

　　　　　拿开这可憎的物件，

它在我眼前，指责着你的罪行和生命。

唐·罗德里格

你倒是该看着它，激起你的仇恨，

将怒火升温,莫让我的毁灭迟来半分。

席美娜

它上面染着我的鲜血。

唐·罗德里格

　　　　　　　　将它浸入我的鲜血,

就此将你的鲜血盖过。

席美娜

啊!这是何等的残忍,在一天之内

挥剑杀害父亲,又呈上凶器折磨女儿!

拿开这可憎的物件,我无法承受:

你要我听你说话,无异于取我性命!

唐·罗德里格

我会随你所愿,亦会坚持己见:

让我可悲的生命,在你的手里终结;

因为终究,你不必寄望情意会让我

为一个正确举动,陷入怯懦的悔恨。

[……]

你知道掌掴对于男儿的打击;

既遭冒犯,便要寻那始作俑者:

我见到了他，挽回尊严，报了父仇；

如有必要，我依然会有此举动。

[……]

因高贵而爱我之人，必在我名誉无存时憎恨；

听从爱意，遵循你的声音，

便是辜负你的选择。

[……]

席美娜

尽管爱情如此壮美，扰乱了我的怒火，

我依然会为报父仇，尽我所能；

尽管所背负之责任如此残忍严苛，

我唯一的心愿始终是一无所成。

唐·罗德里格

噢！爱情的奇迹！

（第三幕第四场）

解读

　　1637 年初上演的《熙德》毫无疑问是 17 世纪法国戏剧史上最重要的作品之一。它所引发的那场著名论战把各路剧作家此前以自己作品的"序言"为阵地而展开的关于戏剧创作的讨论推向了一个全新阶段：以乔治·德·斯库德里为代表，高乃依的同行们借着规则之名，对《熙德》里的每一个细节都加以放大、检视、批判。显然，这个过程远非单纯的文人论道，而是带着极大的敌意。这与高乃依自己的过于张扬也不无关系：《熙德》上演后的巨大成功让作者忘乎所以，以至于在《致歉阿里斯特》一文里公然宣称"我的一切名声都只因我自己而生"。这一轻狂的举动自然会激怒其他剧作家，尤其是同样自视甚高的斯库德里：他的作品《慷慨的情人》(*L'Amant libéral*) 与《熙德》几乎同时上演，却被后者的光芒所掩盖。于是，一篇洋洋洒洒，题为《〈熙德〉之观察》(Observations sur *Le Cid*) 的文章便把高乃依和他的新作推到了戏剧批评的风口浪尖。

　　选段所在的第三幕第四场堪称全剧最具理论争议，而演出时又最让观众着迷的场次。罗德里格的父亲在和席美娜的父亲争执过程中遭受了掌掴之辱；经历了一番内心斗争之后，罗德里格决定为父报仇，与自己的准丈人决斗，并在决斗中击杀了对方。家族荣誉固然得以挽回，爱情却遭到重创。在第三幕第四场戏里，罗德里格带着那柄流淌着席美娜父亲鲜血的剑来到了后者家中，主动要求爱人为父报仇，结束他的生命。以死谢罪？事实上，罗德里格这一举动的实质在于用生命换取名声：宣称自己不会"为一个正确举动,陷入怯懦的悔恨",意味着他完美地履行了为人子的责任,捍卫了家族利益;而主动求死,表面看来似是为了弥补对于爱人的亏欠,实则如席美娜所言,残忍无比。罗德里格前后两个选择所遵循的,都是典型的英雄逻辑。这在以下这句表述里体现得尤为明显："因高贵而爱我之人,必在我名誉无存时憎恨。"在他看来,名誉不仅是他个人的终极追求,就连席美娜对他的爱也无法超越他的高贵,因此他有理由尽一切可能维系自己的光辉形象：哪怕是让爱人与自己结下杀父之仇,哪怕是要牺牲自己的生命。然而,现实却并非如此,席美娜无法做到像罗德里格那般理性：为父报仇,她义无反顾;想到爱人,又希望自己"一无所成"。以至于罗德里格不禁感叹这是"爱情的奇迹"。同样是面对爱情和责任的两难,他自己在经历了一段理性的心理斗争后选择了责任;而席美娜却不知何去何从,她的分裂和迷惘何尝不是对于爱情的某种默许?

女主角面对两难处境所表现出来的这种摇摆态度遭到了激烈批评。在《〈熙德〉之观察》里,斯库德里称席美娜为一个"有违本性的女儿","在本应该只谈论自己的不幸时,却一味谈论着自己的疯狂爱情①。因为在斯库德里看来,女儿的身份决定了席美娜必须将父亲的利益放在首位,对杀父仇人追究到底。然而,席美娜还有情人这另一重身份;更为不幸的是,杀父仇人恰恰是她所爱之人。这样的情节设置可以说直接挑战了首版《熙德》的悲喜剧属性。因为 1637 年版本的《熙德》并非后世所熟知的悲剧,而是这一时期颇为流行的悲喜

---

① Pierre Corneille, *Le Cid*, éd. Boris Donné, Paris：GF Flammarion, 2002, p.339.

剧。这一剧种名称的由来并非仅仅因其集悲喜于一体,而是在于它一方面沿用了悲剧角色高贵的身份定位(与喜剧角色的市民定位相对)和宏大的故事背景(与喜剧情节只涉及市民爱情这一点相对),另一方面又借鉴了喜剧独有的结尾形式,即男女主人公喜结良缘。换句话说,作为悲喜剧的《熙德》,必然以席美娜和杀父仇人罗德里格的婚姻作为结尾。为了使这样的情节得以成立,剧情的反转不可或缺。换言之,席美娜的父亲不能真正死于罗德里格之手。依照当时悲喜剧惯用的套路,两人的决斗结束之后,人们大可以认为伯爵①已死,并让情人一时陷入绝望;到了剧本临近结束时,又峰回路转,发现伯爵依然健在,只是负伤,有情人遂终成眷属。然而,高乃依却选择了让席美娜的父亲真正死去,并由此制造了一个无法化解的两难局面。

用一场确凿的死亡来代替一个可逆的表面障碍,《熙德》里这种挑战悲喜剧传统的做法并非高乃依的原创,后者只是借鉴了西班牙剧作家纪廉·德·卡斯特罗(Guillén de Castro)1618年的名剧《熙德的少年伟绩》(*Los Mocedades del Cid*)里对于男主角罗德里格和席美娜·戈麦斯(Jimena Gomez)爱恨情仇的处理。罗德里格是中世纪时期卡斯蒂利亚王国的英雄,能征善战,威震四方。对于他的生平和功勋,史书多有记载。只是,作为自己的第一部历史题材剧作,高乃依却并没有把《熙德》的重心放在罗德里格的武功层面,而是围绕后者和席美娜之间更具戏剧冲突性的情感纠葛来构筑剧本的核心情节。就两人之间的这段故事而言,有三个重要片段具备一定的史料支

———————————

① 剧本里席美娜父亲的身份头衔。

持：罗德里格杀死戈麦斯伯爵，席美娜请求国王主持公道，国王通过赐婚让两人达成和解。然而，席美娜是出于何种原因而接受与自己的杀父仇人成婚呢？对于这个关键疑点，没有任何史料作出过解释。这也给了以纪廉·德·卡斯特罗为代表的作家创作的空间，在《熙德的少年伟绩》里，席美娜在父亲死前就对罗德里格心存爱意，国王因为看透了她的心思，才促成了这桩她内心渴望，却因为父仇在身而无法主动提出的婚事。卡斯特罗的这一处理成了日后高乃依版本《熙德》的情节基础，而这一点也成了斯库德里嘲讽高乃依的另一个理由。

在《〈熙德〉之观察》里，斯库德里写道："鉴于《熙德》的主题出自一位西班牙作家，那么即便它是好的，也该归功于纪廉·德·卡斯特罗，而不是他的法国译者。"当然，更为重要的是，《熙德》的主题在斯库德里眼中"一文不值"，因为：

> 依照诗艺的规则而写成的悲剧，只能有一个主要情节，其他所有情节线都必须趋向它，并最终归入它［……］悲剧的情节出自历史或是知名的故事［……］出其不意并不是它的目的，因为观众了解所呈现的内容。然而悲喜剧就另当别论了［……］这类诗剧的第一幕得让情节变得难以捉摸，并一直保留悬念，直到作品结尾。［……］席美娜的父亲几乎一开场就死了，那么无论是她还是罗德里格，在整部剧里都只剩下一种行事的可能，没有任何多样性可言［……］再迷糊的观众，也能在一开头就猜到故事的结局。

也就是说,在斯库德里看来,如果高乃依创作的是一部悲剧,那么《熙德》也许还勉强符合规则;作为悲喜剧而言,就是彻底的失败之作。更何况,《熙德》主题的核心内容,即一个女儿嫁给了自己的杀父仇人,是有违"逼真"这一戏剧创作的基本法则。斯库德里的文章里有一段关于"逼真"和"真实"的经典论述:

> 诗人和历史书写者不能走同样的道路。比起一个真实但不逼真的主题,前者更应该处理一个逼真而不真实的主题。[……]席美娜嫁给熙德是真实的,但一个有名节的女儿嫁给自己的杀父仇人却是有违逼真的。这样的事件对历史书写者是好的,但对诗人而言一文不值。

在一个戏剧写作逐渐走向规则化乃至范式化的时代,斯库德里的论述可谓句句在理。然而,这一时期的高乃依仿佛一个异类,不断尝试着挑战规则的底线,试探剧种的边界:1637 的《熙德》可谓彻底打破了悲喜剧和悲剧之间的界限,并以一个反逼真的主题制造了"惊奇"(merveille),征服了观众。这一时期的知名文人和文学批评家盖·德·巴尔扎克(Guez de Balzac)显然清楚高乃依才华的可贵,才在一封回复斯库德里的信里言简意赅地道出了那个时代戏剧乃至文学的真相:"通晓取悦的技艺不如不通技艺地取悦。"

Pierre Corneille *Cinna*

皮埃尔·高乃依《西拿》

情节梗概

第一幕：艾米莉的父亲早年因遭到奥古斯都的流放而死去。尽管此后奥古斯都对艾米莉视如己出，后者依然对他怀恨在心。艾米莉要求自己的情人西拿刺杀奥古斯都为自己报仇。西拿同意，与朋友马克西姆一同策划谋反。

第二幕：对帝位有些厌倦的奥古斯都召见自己最信任的两位臣子，西拿和马克西姆，询问自己是否该退位。马克西姆支持其退位，西拿却表示了反对。因为西拿一心想着为情人复仇，并以为罗马除暴君之名召集了义士谋反，若奥古斯都此时退位，谋反便失去了合法性。奥古斯都最终听取了西拿的建议。赏赐了两人，并为西拿和艾米莉赐婚。

第三幕：马克西姆在得知西拿谋反的真正动机后陷入了犹疑。因为他也一直暗暗爱着艾米莉，与西拿一同谋反，刺杀奥古斯都，等于将艾米莉拱手送给西拿。亲信欧佛博怂恿他向奥古斯都告发谋反一事，但马克西姆拒绝出卖朋友。另一方面，西拿也陷入了内心挣扎。明知奥古斯都是明君的他不忍以德报怨，但又不愿违背自己对于情人的承诺。无奈之下，他决定刺杀奥古斯都，完成艾米莉的夙愿，然后自杀谢罪。

第四幕：欧佛博自作主张向奥古斯都告发了西拿谋反一事。皇后劝奥古斯都宽恕谋反者,以换取感激和尊重。奥古斯都则在严惩和宽仁之间摇摆,不知该作何选择。另一方面,马克西姆告知艾米莉西拿计划已经败露,同时表白心迹。艾米莉严词拒绝,责其为背信弃义之徒。

第五幕: 在奥古斯都面前,西拿和艾米莉都试图将罪责一人揽下,以便心爱之人得到赦免。遭到最信任之人背叛的奥古斯都最终却选择了宽仁,赦免了所有人。

选段一

Cinna

Eh bien! vous le voulez, il faut vous satisfaire,

Il faut affranchir Rome, il faut venger un père,

Il faut sur un tyran porter de justes coups;

Mais apprenez qu'Auguste est moins tyran que vous.

S'il nous ôte à son gré nos biens, nos jours, nos femmes,

Il n'a point jusqu'ici tyrannisé nos âmes;

Mais l'empire inhumain qu'exercent vos beautés

Force jusqu'aux esprits et jusqu'aux volontés.

Vous me faites priser ce qui me déshonore;

Vous me faites haïr ce que mon âme adore;

Vous me faites répandre un sang pour qui je dois

Exposer tout le mien et mille et mille fois:

Vous le voulez, j'y cours, ma parole est donnée;

Mais ma main, aussitôt contre mon sein tournée,

Aux mânes d'un tel prince immolant votre amant.

(III, 4)

西拿

罢了！既然您要如此，就必须满足您，

必须解放罗马，必须为父报仇，

必须对暴君挥出正义一击；

但请您记住：您比奥古斯都更像暴君。

如果说他肆意取走我们的财产，生命和女人，

那么至今为止他并没有奴役我们的灵魂；

但您的美貌却犹如毫无人性的帝国

强行控制了我们的心灵和意志。

您迫使我热衷于糟践自己的名誉；

您迫使我仇恨内心尊崇的对象；

您迫使我结束一条我本应

无数次舍身守护的生命：

既然您要如此，我即刻前往，虽然我有承诺在先；

但事成之后，我的手将转而对向自己的胸膛，

用您的爱人向这位明君的灵魂献祭。

（第三幕第四场）

选段二

Auguste

Ciel, à qui voulez-vous désormais que je fie

Les secrets de mon âme et le soin de ma vie?

Reprenez le pouvoir que vous m'avez commis,

Si donnant des sujets il ôte les amis,

Si tel est le destin des grandeurs souveraines

Que leurs plus grands bienfaits n'attirent que des haines,

Et si votre rigueur les condamne à chérir

Ceux que vous animez à les faire périr.

Pour elles rien n'est sûr; qui peut tout doit tout craindre.

Rentre en toi-même, Octave, et cesse de te plaindre.

Quoi! tu veux qu'on t'épargne, et n'as rien épargné!

Songe aux fleuves de sang où ton bras s'est baigné,

[...]

Et puis ose accuser le destin d'injustice

Quand tu vois que les tiens s'arment pour ton supplice,

Et que, par ton exemple à ta perte guidés,

Ils violent des droits que tu n'as pas gardés!

Leur trahison est juste, et le ciel l'autorise:

Quitte ta dignité comme tu l'as acquise;

Rends un sang infidèle à l'infidélité,

Et souffre des ingrats après l'avoir été.

Mais que mon jugement au besoin m'abandonne!

Quelle fureur, Cinna, m'accuse et te pardonne,

Toi, dont la trahison me force à retenir

Ce pouvoir souverain dont tu me veux punir,

[…]

Donc jusqu'à l'oublier je pourrais me contraindre!

Tu vivrais en repos après m'avoir fait craindre!

Non, non, je me trahis moi-même d'y penser：

Qui pardonne aisément invite à l'offenser；

Punissons l'assassin, proscrivons les complices.

Mais quoi! toujours du sang, et toujours des supplices!

Ma cruauté se lasse et ne peut s'arrêter；

Je veux me faire craindre et ne fais qu'irriter.

Rome a pour ma ruine une hydre trop fertile：

Une tête coupée en fait renaître mille,

Et le sang répandu de mille conjurés

Rend mes jours plus maudits, et non plus assurés.

Octave, n'attends plus le coup d'un nouveau Brute；

Meurs, et dérobe-lui la gloire de ta chute；

[…]

(IV, 2)

奥古斯都

上苍啊,从今往后,您让我向谁倾诉

内心的秘密? 我的生命又该托付何人?

如果权力带来臣子,却夺走了朋友,

如果为君者的命运,

在于承受以怨报德,

如果您苛刻到让他们珍视

那些您要他们处决之人,

那么请收回您赋予我的权力。

为君者毫无安全;无所不能之人必畏惧一切。

醒醒吧,屋大维,停止你的抱怨。

什么! 没有放过任何人,却想别人放过你!

想想你的双臂曾浸泡过的血海,

[……]

当你看到身边人揭竿而起,

竟还敢指责命运的不公,

他们循的是你的路线,

破坏的是你自己也没有守护的权利!

他们的背叛是正义的,得到上苍的许可。

放下你的尊严吧,以你攫取它的方式;

不忠之血就该还予不忠之人，

接受和曾经的你一样忘恩负义之人。

啊，我的判断力竟在我需要的时候离开了！

是什么样的狂热控诉我，却原谅你，西拿，

因为你的背叛，我不得已守住了

你想要夺走的王者权力，

［……］

难道我要强迫自己忘记这些！

让我陷入恐惧，你却逍遥法外！

不，不，哪怕这么想都是自我背叛：

轻易宽恕即是鼓励冒犯；

让我们将凶徒惩罚，将同党流放。

什么！还是鲜血，还是惩戒！

对于残忍，我已经倦怠，却无法停歇；

我想要众人的恐惧，却换来全民的怒气。

罗马如同想要置我于死地的九头蛇：

斩断一头，又有千头重生，

纵使让千万叛臣血流遍野，

我也只会遭到加倍诅咒，而非祝福。

屋大维，别再等待又一个布鲁图斯的到来；

死去吧，不要让你的覆灭成为他的勋章；

［……］

（第四幕第二场）

解读

高乃依的《西拿》取材自古罗马著名哲学家塞涅卡《论宽仁》一文中的著名典故,法国16世纪大作家蒙田在他的《随笔集》卷一中也作了引用。典故内容如下:罗马皇帝奥古斯都在得知重臣西拿意图谋反的消息之后,在是否惩罚后者的问题上犹豫不决。皇后建议他施仁政以得人心,宽恕谋反者。奥古斯都在单独召见西拿,就谋反一事对质之后,果真将其赦免,随后更委以重任,视其为挚友。西拿事件之后,罗马在奥古斯都一朝再无叛乱。要在塞涅卡描述的这一典故基础上创作悲剧,高乃依的挑战主要来自情节安排"得当"和人物塑造"合理"这两大法则。他必须解决的首要难题是如何在一部公开上演的戏剧中让普通观众和权力上层接受一个赦免谋反者的故事。熟悉17世纪法国历史的人都知道,在红衣主教黎塞留的影响下,王权对于层出不穷的谋反或者意图谋反之人(都是声名显赫的大贵族)从不姑息,一律严惩,甚至处以极刑,在这样的背景下改编塞涅卡的典故实在不易。

当然,巴黎并不是没有上演过以谋反为题材的悲剧。1635年,剧作家乔治·德·斯库德里的《凯撒之死》(*La Mort de César*)讲述的就是古罗马最著名的行刺事件:共和派人士布鲁图斯及其同志刺杀他们眼中的暴君凯撒[1]。在斯库德里笔下,凯撒以仁君的形象出现,拒

———————

[1]《西拿》里面也多次提到这一事件。

绝安东尼实施苛政的建议;而执着于共和理念的布鲁图斯则被刻画成受某种狂热情绪①控制的典型悲剧人物,这一处理符合君主专制体制下的17世纪法国礼法。反观塞涅卡的典故,虽然同为谋反事件,但高乃依显然不能复制斯库德里的处理方式,因为两个故事有着迥异的结局:凯撒死后,他的支持者们立即下令追缉以布鲁图斯为首的谋反者,这样的结局设置既尊重了历史事实,又回应了古典剧作法所要求的情节"得当"原则。然而,根据塞涅卡的典故,奥古斯都宽恕了西拿,这一举动决定了西拿在剧中不能成为一个布鲁图斯式的受共和理念驱使的谋反者:因为后者不容于君主专制的法国;而从另一个角度来说,一个真正的共和主义者也不会领受奥古斯都的善意。换言之,原谅一个布鲁图斯式的西拿既有违情节"得当"原则,又破坏了人物的"合理"性。尽管存在这一现实难题,高乃依依然选择以"奥古斯都的宽仁"(亦为《西拿》一剧的副标题)为主题创作悲剧,原因在于塞涅卡的典故事实上只构成了故事的结局,至于西拿为何谋反这样的重要问题,他并没有说明,这就为高乃依自行设计情节的开端和发展留下了较大的空间。由于西拿无法成为布鲁图斯式的共和主义者,高乃依选择用爱情来解释谋反的动机。这一看似简单的决定却意味着一系列情节和人物刻画上的精心安排。

高乃依首先在剧中设计了一个极为重要的女性角色:艾米莉(Émilie)。由于父亲曾遭到奥古斯都流放,并在流放中死去,她对奥古斯都一直满怀恨意。哪怕后者将其收养,呵护有加,视为己出,她依

①　在悲剧里通常为爱情引发的恨意,此处为共和意识形态。

然想要为父报仇。西拿作为她的情人,发誓召集人手,行刺奥古斯都,替她完成复仇大计。然而,在第一幕第三场戏中,西拿却向艾米莉描述道:他煽动罗马义士谋反的方式,在于让他们相信谋反的目的是为了将罗马从暴君手中解放,还城邦以自由。到了第二幕第二场戏时,西拿依然以同样的口吻回应来自马克西姆(Maxime)的质疑。后者在剧中是西拿的同僚,两人均为奥古斯都的亲信,却又共同策划了谋反。在前一场戏中,有些厌倦统治的奥古斯都在两人面前吐露心声,表达了退位的想法,并寻求建议。然而他所得到的却是截然相反的答案:马克西姆鼓励其退位,因为他谋反的本意是除掉君主,让罗马重归共和,既然皇帝自愿下台,便省了流血牺牲;而西拿则担心一旦奥古斯都下台,所有以共和为名召集的义士都会欣然接受,进而解散,他替情人报父仇的大计也就此破产,于是他力主奥古斯都留守帝位。最终奥古斯都听取了西拿的建议,且对他赞赏有加,甚至决定将艾米莉许配给他。这样一来,也就有了第二幕第二场戏里同为谋反者的两人之间的针锋相对:在舌战中,西拿以奥古斯都退位不足以为其曾经的暴行赎罪为借口替自己的立场辩解,声称无论如何,对待奥古斯都,只能杀之而后快,但马克西姆却无法接受这一想法。另一方面,对于了解西拿真正谋反动机的观众或者读者而言,在前两幕戏过后,西拿在他们心中很容易会沦为打着公共利益旗号为私情服务的小人。这便成了选择用爱情解释反叛的高乃依所要面对的新难题。

启用塞涅卡留下的这一典故,意味着《西拿》将成为 17 世纪戏剧史上罕见的一出"善终"的悲剧。然而,依照前两幕的思路发展下去,西拿将被塑造成执迷于情欲的典型悲剧角色,而这类角色无一例外都会因为丧失理智而犯下大错,最终死亡收场。从 17 世纪理论家们宣扬的悲剧教化功能来看,此种结局如同一声警钟,叫观者不敢过度放纵自己的情感和欲望。如果在这样的逻辑下,依然坚持塞涅卡的叙述,以"奥古斯都的宽仁"收尾,则会让整出悲剧严重违背情节"得当"的原则。因为一个悲剧性的西拿会背上两大污点:以罗马自由之名谋为情人复仇之实,此其一;明知奥古斯都并非暴君,且视其为亲信,却不知恩图报,反而意图加害,这种背弃尊严换取爱情的行为堪称卑劣,此其二。这两大污点一旦深入人心,奥古斯都最后的宽恕便非但不值得称道,反而显得荒谬;塞涅卡典故中的明君形象也会荡然无存。于是就有了剧本第三幕的峰回路转。谋反的决定让西拿备受煎熬,因为他深知奥古斯都待他不薄,也非贪恋权位的暴君,只是因为自己对爱人许下的承诺,才不得不密谋行刺。描绘西拿内心的脆弱和犹疑是高乃依为角色"洗白"的开始,这一手法到了第三幕第四场戏时发挥到了极致,选段一即由此而来。这段充满着愤懑和无奈的陈词描述了爱情的暴政。作为古典戏剧里常见的一种修辞手段,它在此处出现除了润色之外,更有着剧作法层面的双重意义。首先是通过渲染爱情中人的失控程度,表现西拿处境之艰难:被迫为爱牺牲尊严之下,慨然决定自戕谢罪。这般勇气,一扫前两幕留下的自私假象,消除了角色身上出现污点的可能。而将爱情喻为暴政的另一重意义在于从侧面为那个在艾米莉和前两幕的西拿口中作恶多端的奥古斯都平反:真正操控人自由意志的暴君,不是皇帝,而是爱情。

事实上,高乃依的这一处理方式考虑的是《西拿》一剧的主旨。与《熙德》、《贺拉斯》以及绝大多数古典悲剧不同,《西拿》的真正主角并不是那个同名的谋反者,而是奥古斯都大帝,即塞涅卡原始典故中的主角。西拿,包括艾米莉、马克西姆这些角色,戏份虽多,但无一不是为了让最后的宽恕显得顺理成章。他们的存在是铺垫,而非目的。剧中的许多情节设置都体现了这一主旨:比如第二幕第一场,奥古斯都首次登场,竟然是询问两位近臣自己是否应该退位,这与整个第一幕中艾米莉和西拿二人对其独断专权,剥夺罗马人民自由的指控形成鲜明对比,第一次树立起了明君的形象。西拿在第三幕中对于谋反决定所作的忏悔则是从反面再一次褒扬奥古斯都。然而,歌功颂德并不足以塑造一个真正的悲剧主角,按古典主义理论源头、亚里士多德的说法,悲剧中的主角,不能完美无缺,亦不能十恶不赦,而应与会犯错的常人无异。高乃依想必深谙这一法则,于是便有了选段二里奥古斯都那场著名的内心独白。

高乃依的天才之处,在于其一方面遵循了主角"不好不坏"的古典法则,另一方面却丝毫没有弱化对于帝王的颂扬。由于无法接受自己最信任、亦臣亦友的西拿背叛的事实,奥古斯都彻底陷入了迷茫和挣扎。独白以诘问上苍开场:他哀叹后者在赋予了他绝对权力的同时也剥夺了他拥有诚挚君臣之谊的可能。这不仅是奥古斯都个人的悲哀,更是所有帝王的共同宿命。在高乃依所处的那个云谲波诡的时代,《西拿》观众中那些位高权重者,想必对此深有体会。"无所不能之人必畏惧一切",独白的第一阶段就此以这句发人深省的警句作结。然而余音未散,话锋陡转:"醒醒吧,屋大维,停止你的抱怨。"众所周知,屋大维就是奥古斯都;然而在高乃依的修辞里,屋大维却不是奥古斯都:屋大维指代的是那个登上大位之前的普通人,而奥古斯都这一后世赋予的尊称才象征了他罗马皇帝的身份。称谓的区分事实上是高乃依在遵循古典法则和礼赞帝王宽仁之间找到平衡的关键。独白的第二阶段是角色对于自己为了征服权位犯下的杀戮所作的忏悔，因为这些罪行的存在，他没有资格责怪西拿的反叛。但这一忏悔只能透过屋大维的身份实现，不仅因为双手沾满政敌鲜血的是那个掌权之前的普通人，更是基于马基雅维利政治思想中君主和公民之间不同的道德标准：评价君主的行为，不能纠结于过程，而应着眼于目的；寻常道德体系认定的恶，在君主身上，只要是为了国家福祉而为，便可认为是通往善的必经之路，谈不上过错，更无需忏悔。鉴于屋大维掌权后为罗马作出的非凡贡献，大可不必为过去自责，独白第三阶段呼之欲出。此时的主角回归了奥古斯都身份，痛斥西拿意图弑君之罪，决定履行帝王职责，严惩主犯，流放党羽。但厌倦了仇恨和惩戒间无休止循环的奥古斯都，深知有帝王一日，罗马永远不缺布鲁图斯式的反叛者，独白也随即进入了出人意料的第四阶段：屋大维之名被再次呼唤，他希望以自己的生命换取这一血腥轮回的终止，平息罗马人民的仇怨。纵观整场内心戏的处理，可谓巧妙：作为君王，奥古斯都无可挑剔，在面对西拿谋反问题上的犹疑反而体现了他的宽仁，换作寻常统治者，盛怒之下，作出严惩的决定绝非难事。但作为普通人，屋大维并不完美，帝王的尴尬处境固然值得同情，但这却是杀戮所致，不能简单地怨天尤人。这种事出有因的无奈完美地回应了角色的悲剧性要求，让人在惋惜的同时保持警醒，这是高乃依的高明之处。而以大德回应大怨，以大德化解大怨，奥古斯都在全剧结尾处对于西拿等一众叛臣的宽恕则可视作对于自己本已近乎完美的帝业的升华。

Pierre Corneille *Rodogune*

皮埃尔·高乃依《罗德古娜》

情节梗概

第一幕：（前情：叙利亚前国王尼加诺尔在与帕提亚的战争中被俘。听闻丈夫遭遇不测后，王后克莱奥巴特拉改嫁亡夫的弟弟。后者率叙利亚军扭转了败局，后又再次出征帕提亚，不幸失败后自尽。随后更是传来惊人消息，前国王尼加诺尔并未遇难，并且因为改嫁一事而对克莱奥巴特拉十分不满，一怒之下决定娶帕提亚公主罗德古娜为妻，并携其同返叙利亚完婚。因爱生恨的王后在前夫返程途中发起突袭，并残忍将其杀害，罗德古娜也随之被俘。）克莱奥巴特拉和前夫育有二子：安提奥古斯和塞勒古斯。这一天，大权在握的王后声称要宣布两位王子的长幼身份。长子不仅将继承王位，还将与罗德古娜成婚。两兄弟先后向对方表达了自己无意继位，只想娶心爱之人为妻。鉴于意愿重合，两人最终决定静候母亲的宣布，并承诺无论结果如何，都会将手足情谊置于首位，而不会嫉恨对方。另一方面，作为俘虏受尽欺侮的罗德古娜对于王后的善意心存怀疑，同时也承认自己在两兄弟之间有偏爱之人，但坚持不公开后者身份，强调无论嫁给哪一位都会对其忠诚。

第二幕：王后心中对于罗德古娜的仇视果然未有丝毫减弱。她向两个儿子表示他们的父亲实为罗德古娜所杀，并声称取后者性命为父报仇者就能作为长子继位。对于母亲的这一要求，两兄弟纷纷感到不齿。塞勒古斯反应激烈，直言母亲眼中只有自己的利益，其余一切都是虚情假意,甚至提出联合安提奥古斯反抗,拯救罗德古娜,安提奥古斯并未应允。

第三幕:亲信将王后的阴谋告诉了罗德古娜。后者身边的帕提亚使节劝其利用两位王子对她的爱意来反制王后。罗德古娜不愿以此种方式自保。随后,安提奥古斯和塞勒古斯一同前来请求罗德古娜在他们之中选择一人成婚,另一人将发誓效忠。罗德古娜一方面拒绝,声称自己只会等待王后的宣布;另一方面又表示能配得上自己之人必须做出巨大牺牲。在两位王子的追问下,她说出了实情:前国王为王后所杀。她希望自己未来的丈夫,即叙利亚的新国王,是为尼加诺尔复仇之人。这一愿望令兄弟二人再次错愕不已。塞勒古斯更是坦言罗德古娜与母亲一样残忍。安提奥古斯依然表现得更为克制,盼能改变母亲和情人的决定。

第四幕:在安提奥古斯的苦劝之下,罗德古娜终于收回自己的要求,承认他是自己心中偏爱之人。至于克莱奥巴特拉,表面上似乎也被母子亲情所触动,决定放弃为前夫复仇的计划,并向安提奥古斯宣称他将作为长子继位,与罗德古娜成婚。然而,这一切依然只是伪装,王后只是换了一种方式来离间两位王子。她希望同时失去江山和美人的塞勒古斯会和安提奥古斯反目,然而预期中的兄弟相残却并未发生。

第五幕:王后在幕间将塞勒古斯毒杀,同时备好了毒酒,预备在婚礼上以同样的方式除掉另一个儿子。正当安提奥古斯接过酒杯之时,塞勒古斯的死讯传来,仪式遭到打断。关于凶手的身份,后者留下了模棱两可的遗言:"只因我们拒绝了她无情的要求,那双我们曾如此珍视的手便完成了复仇。"由于王后和罗德古娜都曾要求两位王子除去对方,因此两人都有可能是真凶。情绪激动的安提奥古斯打算结束自己的生命。遭到阻拦后,要求两人坦白。王后遂指控罗德古娜,后者虽强调自己清白,却也不愿意指控王后。安提奥古斯不知如何判断,便打算将婚礼完成,认为真凶不久必然显身。正当他重新拿起酒杯时,罗德古娜伸手阻拦,因为酒来自王后。罗德古娜让安提奥古斯莫要相信她们二人中任何一位,并让王后找人试饮,证明酒中无毒。王后自己喝了一口,安提奥古斯便以为错怪了母亲。然而罗德古娜发现王后面色已变,是中毒迹象,于是一切真相大白。挽救母亲无果后,安提奥古斯最后下令将婚礼改成葬礼。

选段一

Cléopâtre

[...]

Poison, me sauras-tu rendre mon diadème?

Le fer m'a bien servie, en feras-tu de même?

[...]

Je ne veux point pour fils l'époux de Rodogune,

Et ne vois plus en lui les restes de mon sang,

S'il m'arrache du trône et la met en mon rang.

Reste du sang ingrat d'un époux infidèle,

Héritier d'une flamme envers moi criminelle,

Aime mon ennemie et péris comme lui!

(V,1)

克莱奥巴特拉

[……]

毒液啊，你能否将我的王冠归还？

能否助我，一如曾经的利剑那般？

[……]

娶了罗德古娜，便不再是我子嗣，

置其于王后之列，将我的帝位夺走，

我再无法将他，视为仅存的骨肉。

这忘恩负义之徒，来自那不忠之夫，

他那罪恶的爱欲，由你这后人汲取，

爱我的敌人吧，然后像他一般死去！

（第五幕第一场）

选段二

Séleucus

O haines, ô fureurs, dignes d'une Mégère!

O femme que je n'ose appeler encor mère!

[...]

Antiochus

Gardons plus de respect aux droits de la nature,

Et n'imputons qu'au sort notre triste aventure.

[...]

Antiochus

[...]

Je conserve pourtant encore un peu d'espoir：

Elle est mère, et le sang a beaucoup de pouvoir；

Et le sort l'eût-il faite encor plus inhumaine,

Une larme du fils peut amollir sa haine.

(Ⅱ,4)

塞勒古斯

这仇恨和怒火啊，无异于毒妇！

如此女人，我岂能再称其为母！

［……］

安提奥古斯

对自然之法，当报以更多敬畏，

我们的可悲境遇，只可归罪命运。

［……］

安提奥古斯

［……］

我却依然存有一丝希望：

她是母亲，当念骨肉之情；

任命运如何将她人性扼杀，

亲儿之泪也能把仇恨软化。

（第二幕第四场）

Séleucus

Que le ciel est injuste! Une âme si cruelle

Méritoit notre mère, et devoit naître d'elle.

Antiochus

Plaignons-nous sans blasphème.

Séleucus

                    Ah! Que vous me gênez

Par cette retenue où vous vous obstinez!

Faut-il encor régner? Faut-il aimer encore?

Antiochus

Il faut plus de respect pour celle qu'on adore.

                                        (III,5)

塞勒古斯

上苍何等不公！一颗如此残忍的灵魂,

堪比我们的母亲大人,似是由她所生。

安提奥古斯

可抱怨,却勿亵渎。

塞勒古斯

　　　　　　啊！我已难忍受

您对于克制的坚守！

难道还要继位？难道还该爱她？

安提奥古斯

对倾慕之人,当多些尊重。

(第三幕第五场)

Antiochus

N'importe, elle est ma mère, il faut la secourir!

Cléopâtre

Va, tu me veux en vain rappeler à la vie：

Ma haine est trop fidèle, et m'a trop bien servie.

Elle a paru trop tôt pour te perdre avec moi；

C'est le seul déplaisir qu'en mourant je reçoi,

Mais j'ai cette douceur, dedans cette disgrâce,

De ne voir point régner ma rivale en ma place.

［…］

Antiochus

Ah! Vivez, pour changer cette haine en amour!

Cléopâtre

Je maudirois les dieux s'ils me rendoient le jour.

Qu'on m'emporte d'ici：je me meurs. Laonice.

Si tu veux m'obliger par un dernier service,

Après les vains efforts de mes inimitiés,

Sauve-moi de l'affront de tomber à leurs pieds.

(V,4)

安提奥古斯

无论如何，她是我母亲，理当施救！

克莱奥巴特拉

走开，想要救我，也只是徒劳：

我的仇恨太过忠诚，太过有效。

它来得太早，未能让你我双亡；

我死前若有憾事，那也就此一桩，

但无需目送仇敌取代我掌权，

也是这败局之中，我的一大慰藉。

［……］

安提奥古斯

啊！请活下去，将这仇恨化为爱意！

克莱奥巴特拉

若神明保我性命，我定将他们诅咒。

来人，将我带离此处，我命不久矣。

既然我的敌对之举一无所得，拉奥尼斯，

203

若你想为我效力最后一次，

就免我倒在他们脚下，屈辱而死。

（第五幕第四场）

解读

　　1660 年出版的三卷本《高乃依戏剧集》收录了自《梅里特》(喜剧)以来作者的全部 23 部剧作,是高乃依对于自己 30 余年创作的审视和总结,因此每一部作品的正文前都附上了一篇来自高乃依本人的"评述"(examen)。同时,我们还能在每一卷卷首读到一篇作者阐述自己戏剧理念的长文,分别是《论戏剧诗的用途和不同部分》、《论悲剧》和《论三一律》,并称"三论"(trois discours)。它们可以被视作高乃依版本的《诗艺》。兼具剧作家和理论家双重身份的他在文中用以支撑自己观点和论述的例子均来自集中所收录的剧作,其中又以《罗德古娜》和《熙德》这两部被引用最多。后者的历史意义显而易见:它不仅成就了高乃依迈向伟大的第一步,古典主义悲剧的范式也正是在由它所掀起的那场著名"论战"后才真正得以确立。与其相比,《罗德古娜》在戏剧史上的地位就显得逊色了不少。然而,高乃依自己却在该剧的"评述"里坦言这部 1644 年首演的悲剧是他最偏爱的作品,胜过无数人追捧的《熙德》和《西拿》①。抛开作者的个人喜好不谈,客观来说,《罗德古娜》是高乃依戏剧诗学的一次集中体现。

　　首先是人物塑造。在《诗学》第 13 章里,亚里士多德明确定义了能够激发恐惧和怜悯的那一类悲剧人物:"不具十分的美德,也不是

---

① Pierre Corneille, *Théâtre III*, éd. Christine Noille-Clauzade, Paris: GF Flammrion, 2006, p.18.

十分的公正,他们之所以遭受不幸,不是因为本身的罪恶或邪恶,而是因为犯了某种错误。"①在《安德洛玛克》的首版"序言"里,拉辛用"既不太好也不太坏"这一表述简洁明了地重申了亚氏的观点。而他的戏剧作品里给人留下最深刻印象的显然也是以费德尔为代表的"既非完全有罪,亦非完全无辜"的女性角色。然而,对于悲剧角色如何激发恐惧和怜悯这一问题,高乃依有着自己的看法。他在《论悲剧》一文中写道:"悲剧的完美之处在于通过首席角色来激发怜悯和恐惧,比如《熙德》里的罗德里格和《泰奥多尔》②里的普拉西德,就能做到;然而这并非绝对必要,我们并非不能借助不同人物来催生这两种情感,如《罗德古娜》所示;甚至可以像《波利厄克特》那样只把观众导向其中一种情感,后者在演出时便只激发了怜悯,无任何恐惧。"③《波利厄克特》④里的同名主角之所以只让观众心生怜悯,源于他为信仰而牺牲的无畏和无辜。换言之,他是一个与亚里士多德的悲剧人物定义相悖的完人。而《罗德古娜》的不同在于,除了完人之外,剧中还有一个大奸大恶的迫害者,叙利亚王后克莱奥巴特拉。按高乃依在首版前言里的说法⑤,因为害怕读者"望名生义",将剧中女主角误认为同名的埃及王后,才改由"插曲角色"罗德古娜来命名此剧。

---

① 亚里士多德,《诗学》,陈中梅译注,北京:商务印书馆,1996年,第97页。

② 继《波利厄克特》之后高乃依的第二部基督教主题悲剧,1645年首演。然而此剧没能延续《波利厄克特》的成功。

③ Pierre Corneille, *Trois discours sur le poème dramatique*, éd. Bénédicte Louvat et Marc Escola, Paris: GF Flammarion, 1999, p.103.

④ 参见本书中《波利厄克特》篇的解读。

⑤ Pierre Corneille, *Théâtre III*, *ibid.*, p.15.

克莱奥巴特拉的恶，早在大幕拉开之前就已经种下。诸多罪状之中，最严重者当属谋杀亲夫。第一幕第四场戏里，蒂玛耶纳和拉奥尼斯兄妹二人回顾前事时便提到了这一点。而在第五幕第一场的独白里，当王后本人呼唤手中的毒液助她一臂之力时，用来作比的那把"曾经的利剑"（选段一）正是夺去叙利亚前国王尼加诺尔性命的凶器。此时的她，事实上手中已经多了一条人命，来自第四、五幕幕间遭其毒害的亲儿塞勒古斯。而她还期望能在即将到来的婚礼上将双胞胎王子中的另一位——安提奥古斯毒杀。罗德古娜虽只是配角，却串联了克莱奥巴特拉的过去和现在，令她的恶得以延续。当年王后之所以对流落帕提亚的亲夫痛下杀手，是因为后者欲娶帕提亚国王之妹罗德古娜，并启程与其同返叙利亚；而这一决定将导致克莱奥巴特拉失去一切。如今，原本打算利用江山（叙利亚王位）和美人（罗德古娜）离间两位王子并从中得利的王后，却并没有见到预期中的手足相残；眼看罗德古娜即将因为与新王安提奥古斯成婚而再次成为王后，克莱奥巴特拉终于选择罔顾骨肉之情，动了杀害亲子的念头。对于王后这般弑夫杀子的角色，17 世纪的卫道士们向来诸多批判。高乃依的观点却恰恰相反。在《论戏剧诗的用途和不同部分》里，他在承认了克莱奥巴特拉为了满足权欲无恶不作的同时，也强调："她的所有罪行都伴有一种发自灵魂的伟大，某种崇高之感，让人在憎恶她行为的同时，又对行为之源心生敬意。"[1]可见，在高乃依的字典里，伟大是一种超越善恶的品格；他的悲剧和古希腊的许多杰作一样，能容下伟大的

---

[1] Pierre Corneille, *Trois discours sur le poème dramatique*, *ibid.*, p.79.

恶人。

高乃依认为《罗德古娜》借助不同人物激发了亚里士多德所强调的两大悲剧情感。然而依照亚氏的理论，伟大的恶人克莱奥巴特拉却应与悲剧性的恐惧无缘。在《诗学》第13章里，我们可以读到："怜悯的对象是遭受了不该遭受之不幸的人，恐惧的产生是因为遭受不幸者是和我们一样的人。"①因此，亚里士多德反对在悲剧中"表现极恶之人由顺达之境转入败逆之境"。换言之，叙利亚王后不容于亚里士多德式的悲剧，因为作为极恶之人，她在结尾处的死亡乃罪有应得，不会激起怜悯；也不会令人心生恐惧，因为观众不是弑夫杀子的极恶之人。然而，对于恐惧的生成机制，高乃依却有着自己的理解。他在《论悲剧》一文中写道：

> 没什么母亲会像《罗德古娜》里的克莱奥巴特拉那样，因为担心孩子收回自己的财产②而想要刺杀或毒害他们；但舍不得归还，想要尽可能久地把持孩子财产的母亲却不在少数。尽管她们无法像叙利亚王后那样犯下阴暗、有违人性的罪行，但驱使后者做出这一切的缘由，她们却多少沾染了一些；见到王后遭受应有的惩罚会让她们恐惧，惧的不是陷入同样的不幸，而是遭逢与她们自身所能犯下的错误程度相当的厄运。③

① 亚里士多德，《诗学》，第97页。
② 《罗德古娜》中的克莱奥巴特拉担心的是儿子要求继位、亲政。
③ Pierre Corneille, *Trois discours sur le poème dramatique*, *ibid.*, p.101.

高乃依对于恐惧所作的诠释不仅为伟大的恶人正了名,也揭示了他个人的悲剧观:悲剧是对于人心中恶念的无限放大。

《罗德古娜》建立在"迫害—受害"的经典情节框架上。与引发恐惧的迫害者克莱奥巴特拉相对立的,是激起观众怜悯的受害者安提奥古斯。当然,剧中的受害者其实并不止其一人。罗德古娜和塞勒古斯也都深受压迫;后者更是死在了王后手中。然而,作为一个衔接过去和现在的插曲角色,罗德古娜的不幸由来已久,自与前国王订下婚约开始,她便已经成了克莱奥巴特拉誓要打压之人。当然,这并不妨碍观众同情她的境遇;只是对于遭生母加害的孪生王子所产生的怜悯,很容易将这种同情盖过。而对于惨遭母亲毒害而亡的塞勒古斯,观众的怜悯则会被对于不公的愤慨①而取代。因此,真正由始至终引发观众怜悯的,只有安提奥古斯,也就是剧中的完美主角。与孪生兄弟相比,他在面对母亲和情人的残忍要求时表现出了最大限度的克制。当塞勒古斯因为克莱奥巴特拉提出以罗德古娜之命换王位而辱骂其为"毒妇"时,安提奥古斯依然维持了对于母亲的尊重,并坚信能以骨肉亲情将其打动(选段二)。同样,当罗德古娜提出希望两兄弟能除掉克莱奥巴特拉为他们的生父报仇时,无可奈何的塞勒古斯慨叹情人与母亲一丘之貉,安提奥古斯却依然不愿亵渎情人(选段二),而是希望以真爱化解仇恨,并最终如愿以偿(第四幕第一场)。即使到了全剧最后一场戏,王后因服毒而致使真相大白,高乃依笔下的安提奥古斯

_____

① 亚里士多德在《诗学》第 13 章里写道:"悲剧不应表现好人由顺达之境转入败逆之境,因为这既不能引发恐惧,亦不能引发怜悯,倒是会使人产生反感。"(商务印书馆 1996 年版,第 97 页)

想的依然不是自己的安危,而是如何挽救母亲的性命(选段三)。需要指出的是,史书上的安提奥古斯并非完美之人。依《叙利亚战争》的记载①,克莱奥巴特拉在杀害了塞勒古斯之后,又打算下毒除掉安提奥古斯,然而后者却成功迫使王后服下自己亲手准备的毒药,幸免于难之余,也让害人者受到了应有的惩罚。在高乃依看来,这个看似理想的结局却因为破坏了安提奥古斯的形象而留有瑕疵。因为无论动机如何,迫使王后服毒终究都等同于弑母;而 17 世纪剧作家十分注意维护主角的完美形象。出于这一原因,高乃依对史实作了细节上的调整②:他笔下的克莱奥巴特拉由被逼变为了主动服毒,为的是让儿子和儿媳卸下防备跟着喝下毒酒,最终三人同归于尽。如此一来,王后一角便至死都维持了恶人形象,而安提奥古斯唯一的瑕疵也不复存在。

---

① 参见《罗德古娜》首版的"前言"。Pierre Corneille, *Théâtre III*, ibid., p.14.
② 参见《论悲剧》。Pierre Corneille, *Trois discours sur le poème dramatique*, ibid., p.117.

Jean Racine *Britannicus*

让·拉辛《布里塔尼古斯》

情节梗概

第一幕:布里塔尼古斯是皇帝克劳狄的儿子,本应继承王位。然而,在克劳狄的第二任妻子阿格里皮娜的精心谋划下,后者的儿子多米狄乌斯不仅得以与公主奥克塔维成亲,并被克劳狄收为养子,更名尼禄。成功将儿子送上皇位后,为了稳住布里塔尼古斯,阿格里皮娜又极力促成后者与朱妮之间的爱情。然而,尼禄在夜间掳走朱妮的行为却让这位母亲陷入不安,不知儿子此举是出于嫉妒还是有意针对自己。尼禄的老师布鲁斯则为弟子的行为辩护,在他看来,作为奥古斯都的后人,朱妮的婚姻大事可能引发帝位之争,因此必须由皇帝本人亲自监管定夺。同时表示尼禄已经长大,无需再对母亲言听计从。爱人失踪后,布里塔尼古斯前去向阿格里皮娜打探消息;亲信纳尔西斯则提议他与后者联手反抗尼禄。

第二幕:纳尔西斯原来是皇帝安插在布里塔尼古斯身边的眼线。尼禄向他承认自己爱上了朱妮,并由此对自己这位名义上的弟弟心生妒恨。尽管如此,他依然让纳尔西斯转告布里塔尼古斯,允许后者面见朱妮。随后,尼禄向朱妮表白,后者婉拒,并承认自己爱着布里塔尼古斯。尼禄告诉朱妮布里塔尼古斯即将来探望的消息,但以后者的生命相要挟,强令朱妮冷漠回应,令后者知难而退,并声称自己将会躲在一旁监视两人。布里塔尼古斯到来后,果然遭到朱妮冷遇,朱妮试图暗示却无果,最后只得让爱人离开。

第三幕：布鲁斯劝尼禄放弃朱妮，因为他的行为会给阿格里皮娜阵营制造谋反的借口。尼禄拒绝。感叹无法再对弟子加以约束的布鲁斯转而劝说阿格里皮娜放弃谋反的计划。后者置若罔闻，宣称自己下一步就将带着布里塔尼古斯向军队认错，承认自己当年一手策划了尼禄继位，并请求军队重新效忠布里塔尼古斯。另一方面，布里塔尼古斯始终不能相信朱妮背弃了自己。正当纳尔西斯谎称朱妮已另觅新欢之时，朱妮出现并说出了实情。此后，尼禄到来打断了两人的对话，并将两人双双扣押，甚至要求布鲁斯将促成这段爱情的母亲阿格里皮娜也打入大牢。

第四幕：阿格里皮娜指责尼禄忘恩负义，且不念母子亲情。尼禄否认，表示母亲扶植他只是为了让他成为傀儡皇帝，而罗马需要的是一位真正的君主。母子对话结束时，尼禄假意答应了阿格里皮娜还布里塔尼古斯和朱妮自由的要求。随后又向布鲁斯承认自己内心已经决定杀布里塔尼古斯以绝后患。布鲁斯不敢相信，提醒尼禄这一做法会导致他众叛亲离，永无宁日。尼禄先是固执己见，见到布鲁斯以死相逼，又心生动摇，但坚持要面见布里塔尼古斯化解干戈。布鲁斯离开后，尼禄在纳尔西斯面前坦言自己不愿成为暴君，愿意和解，甚至放弃朱妮。然而，佞臣以激将法诱使尼禄继续自己的报复计划，毒杀布里塔尼古斯。尼禄终于屈从。

第五幕：布里塔尼古斯和阿格里皮娜对于尼禄提出的和解都深信不疑，唯有朱妮有不祥的预感。果然，依照布鲁斯的叙述，布里塔尼古斯在和尼禄宣誓和解后喝下了毒酒,当场暴毙。然而尼禄却面不改色地将布里塔尼古斯的死亡解释为突发顽疾。阿格里皮娜拦住离宫的尼禄,揭穿他毒害布里塔尼古斯的真相。尼禄矢口否认。阿格里皮娜预言自己将成为下一个受害者,而儿子也将成为罗马历史上最残忍的暴君,遭万世唾弃。

选段一

Albine

Depuis trois ans entiers, qu'a-t-il dit? qu'a-t-il fait,

Qui ne promette à Rome un empereur parfait?

Rome, depuis trois ans par ses soins gouvernée,

Au temps de ses consuls croit être retournée,

Il la gouverne en père. Enfin Néron naissant

A toutes les vertus d'Auguste vieillissant.

Agrippine

Non, non; mon intérêt ne me rend point injuste:

Il commence, il est vrai, par où finit Auguste;

Mais crains que, l'avenir détruisant le passé,

Il ne finisse ainsi qu'Auguste a commencé.

Il se déguise en vain: je lis sur son visage

Des fiers Domitius l'humeur triste et sauvage;

Il mêle avec l'orgueil qu'il a pris dans leur sang

La fierté des Néron qu'il puisa dans mon flanc.

[...]

Que m'importe, après tout, que Néron, plus fidèle,

D'une longue vertu laisse un jour le modèle?

Ai-je mis dans sa main le timon de l'État

Pour le conduire au gré du peuple et du sénat?

Ah! que de la patrie il soit, s'il veut, le père;

Mais qu'il songe un peu plus qu'Agrippine est sa mère.

Agrippine

[...]

Non, non, le temps n'est plus que Néron, jeune encore,

Me renvoyait les vœux d'une cour qui l'adore;

Lorsqu'il se reposait sur moi de tout l'État;

Que mon ordre au palais assemblait le sénat;

Et que derrière un voile, invisible et présente,

J'étais de ce grand corps l'âme toute-puissante,

Des volontés de Rome alors mal assuré,

Néron de sa grandeur n'était point enivré.

Ce jour, ce triste jour, frappe encor ma mémoire,

Où Néron fut lui-même ébloui de sa gloire,

Quand les ambassadeurs de tant de rois divers

Vinrent le reconnaître au nom de l'univers.

Sur son trône avec lui j'allais prendre ma place;

J'ignore quel conseil prépara ma disgrâce;

Quoi qu'il en soit, Néron, d'aussi loin qu'il me vit,

Laissa sur son visage éclater son dépit.

Mon cœur même en conçut un malheureux augure.

L'ingrat, d'un faux respect colorant son injure,

Se leva par avance; et courant m'embrasser,

Il m'écarta du trône où je m'allais placer.

Depuis ce coup fatal le pouvoir d'Agrippine

Vers sa chute à grands pas chaque jour s'achemine.

(I, 1)

阿勒比娜

整整三年了,他的一言一行,

何曾让罗马对他成为明君,失去期望?

三年来,在他父亲般的呵护和治理下,

罗马似是回到了执政官们的时代①。

总之,崛起中的尼禄身上,有着

奥古斯都步入晚年时的一切德行。

阿格里皮娜

不,不;我并未因自己的得失而变得不公:

初出茅庐的他,确似尘埃落定后的奥古斯都;

但未来必颠覆过往,只恐他尘埃落定时,

又变回初出茅庐的奥古斯都②。

无论如何伪装,我都能从他脸上读出

自负的多米狄乌斯一族阴郁蛮横的性情;

原本血液里流淌的傲慢,又掺入了

从我腹中汲取的尼禄们的狂妄。

---

① 即帝制之前共和制的罗马时代。
② 指奥古斯都在崛起的过程中也曾冷酷无情。

[……]

毕竟，一个对罗马的忠诚更胜预期的尼禄，

是否坚持德行，成为帝王楷模，于我又有何干？

我将治国重任交于他之手，

难道是为了让他取悦人民，向元老院称臣？

啊！我不介意他自诩罗马之父；

但他更应铭记，阿格里皮娜乃尼禄之母。

阿格里皮娜

[……]

不，不，尼禄不再是那个将爱戴他的

满朝文武的祝福转献于我的年轻人了；

当社稷安危仅仅仰仗我一人；

当元老们在我的号令下齐集宫中；

当隐身于帝幕之后的我，

还是这个庞大机体的绝对灵魂之时，

尼禄尚未有能力摆布罗马，

尚未在权位上得意忘形。

直至那一日，那一日凄凉，我记忆犹新，

当万国使节来朝，

向天下歌颂他的威望时

尼禄终因荣耀而迷眼。

我原本要和他分享王座：

但不知何人进谗令我失宠；

远远看到我，尼禄

便已面露愠色。

我不祥之感顿生。

这忘恩负义之徒故作尊重，以掩盖羞辱之实，

率先起身；匆忙与我相拥致意，

却将我从备好的王座支开。

此举直中要害，阿格里皮娜的权势，

此后便日复一日，急速下沉。

（第一幕第一场）

选段二

Burrhus

[...]

Vous savez que les droits qu'elle porte avec elle

Peuvent de son époux faire un prince rebelle :

Que le sang de César ne se doit allier

Qu'à ceux à qui César le veut bien confier ;

Et vous-même avouerez qu'il ne serait pas juste

Qu'on disposât sans lui de la nièce d'Auguste.

(I, 2)

布鲁斯

［······］

您知道她身上所享有的权利

能让她的夫婿成为叛乱之君：

凯撒血脉的联姻大事，

只能由凯撒亲自决定；

即便是您，也定会承认：奥古斯都后人的婚事

没有他的参与，将有失公允。

（第一幕第二场）

Néron

Caché près de ces lieux, je vous verrai, madame.

Renfermez votre amour dans le fond de votre âme:

Vous n'aurez point pour moi de langages secrets,

J'entendrai des regards que vous croirez muets;

Et sa perte sera l'infaillible salaire

D'un geste, ou d'un soupir échappé pour lui plaire.

(II, 3)

尼禄

夫人，我会藏身此处观察您。

请把您的爱意深藏于心底：

您不会有任何话能将我瞒过，

我能听懂您的眼神，即便您认为它无声；

您的任何举止，为他流露的任何惆怅

必然都会将他，推向死亡。①

（第二幕第三场）

---

① 拉辛的这一情节设计借鉴了 17 世纪上半叶著名戏剧诗人洛特鲁的悲剧《贝里塞尔》(*Bélisaire*, 1644)。在这部剧中，皇后泰奥多尔(Théodore)向男主角贝里塞尔示爱被拒之后，心生恨意，便以贝里塞尔的性命来威胁后者的情人安托妮(Anthonie)，禁止两人相爱。洛特鲁的作品本身也改编自西班牙作家米拉·德·梅斯古阿(Mira de Mescua) 1627 年的一部作品。

解读

从《忒拜纪》的失败中崛起的拉辛，似是把自己此后创作的每一部悲剧的"序言"都当成了向批评者证明自己的舞台。《亚历山大大帝》(1668)和《安德洛玛克》(1668)都是如此，1670年首次出版的《布里塔尼古斯》也不例外。借用这一版"序言"①开篇的话来说：它比此前的任何作品都"赢得了更多的掌声，也招来了更多的批评者"②。不同的是这一次，拉辛在自我辩护时将矛头公开指向了那座横亘在他面前的高山：皮埃尔·高乃依。批评者指责剧中的布里塔尼古斯和纳尔西斯比历史上多活了两年，拉辛回应道："对于这一反对意见，我本来无话可说，直到我知道它那狂热的始作俑者，竟让一个在位仅仅8年的皇帝统治了20年之久。"③这位"狂热的始作俑者"，正是在《赫拉克里乌斯》(*Héraclius*)里将福卡斯(Focas)一朝延长了12年的高乃依。批评者还指责拉辛把历史上风尘味颇重的朱妮亚·希拉纳(Junia Silana)变成了剧中温顺的年轻女孩朱妮(Junie)；对此，拉辛反驳道：

> 如果我对他们说，这个朱妮和《西拿》里的艾米莉，《贺拉斯》

---

① 日后拉辛还将为此剧写作第二篇"序言"，随剧一起收录于1675、1687和1697版本的《拉辛作品集》。

② Jean Racine, *Œuvres complètes*, éd. G. Forestier, Paris：Gallimard, 1999, t.I, p.372.

③ Jean Racine, *Œuvres complètes*, *ibid.*, p.373.

里的萨宾娜一样，纯属虚构，他们会怎么回答呢？但我要说，他们如果仔细阅读了历史的话，他们就该知道有一位朱妮亚·卡尔维纳（Junia Calvina）的存在，她是奥古斯都的后人，锡拉努斯（Silanus）的妹妹；而前者是克劳狄乌斯（Claudius）曾经为奥克塔维（Octavie）①指定的夫君。这位朱妮年轻貌美［……］她在我的笔下的确比历史上更为克制，但我从未听说禁止修正角色的性情，更何况角色还并不知名。②

言下之意是，在拉辛看来，调整不知名的真实人物的性格，胜过高乃依完全虚构一个重要配角的做法；而他的批评者们都是站在高乃依的角度上对他进行不公的指责。同样是在"序言"里，拉辛不无讽刺地写道：要让这些人满意，那就得呈现那些"想让天性愉悦的情人仇视自己的醉酒男主角，夸夸其谈的拉刻代蒙人③，只会说些爱情箴言的征服者，或者用自己的高傲来教育一众征服者的女人"④。显然，拉辛并非随机举例加以嘲讽，上述这些人物分别来自于《阿提拉》（Attila，1667）、《阿格西莱》（Agésilas，1666）、《塞托里乌斯》（Sertorius，1662）和《索福尼斯伯》（Sophonisbe，1664），而它们无一例外都是高乃依的作品。

　　借着新作的出版公开挑战高乃依绝不是拉辛意气用事，哪怕高乃

---

① 因为阿格里皮娜的介入，奥克塔维最终被许配给了尼禄。
② Jean Racine, *Œuvres complètes*, *ibid*., p.373.
③ 即斯巴达人。
④ Jean Racine, *Œuvres complètes*, *ibid*., p.374.

依在《布里塔尼古斯》首演后曾公然表达过自己的异议。事实上，从《亚历山大大帝》征服观众之后，外人针对拉辛和高乃依所展开的比较，无论出于善意还是恶意，都已经成了评价拉辛作品和才华的重要角度。1670年的这篇"序言"，无非是拉辛在这场被动的比较里选择了主动出击。这一做法其实不难理解：作为一部以罗马历史为背景的悲剧，《布里塔尼古斯》比拉辛以往的任何作品都更容易、也更适合拿来和擅长罗马主题悲剧的高乃依一较高下。当然，如学者弗莱斯提所言，这不见得就是拉辛有意在高乃依的领地上向后者发起挑战，因为纵观整个17世纪，罗马历史本身就是悲剧选题的最重要来源，并非高乃依一人的偏好。[①] 另一方面，《安德洛玛克》之后的拉辛，依然需要向文人群体证明自己并非只会以扭曲人物性格为代价（比如将历史上残暴不仁的庞须斯改为剧中为情所困的现代国王）将古代主题融入爱情悲剧，而是能像高乃依一样，在尊重人物历史真实性格的基础上创作出带有真正古代风范的作品。于是，古罗马著名历史学家塔西佗就成了拉辛选择主题的最重要来源。

从塔西佗的历史写作里提炼悲剧素材有很强的针对性：因为他与苏埃托尼乌斯或者普鲁塔克不同，后两者强调从史实中提炼出普遍道理，归纳出历史发展的趋势；而塔西佗更强调刻画具体历史事件背后的心理和政治动因，对于历史人物的性格描绘十分细致，这与《安德洛玛克》之后拉辛的创作方向完美契合。在为《布里塔尼古斯》所写作的第二篇"序言"里，拉辛称塔西佗为"古代最伟大的画师"，他剧

---

① Jean Racine, *Œuvres complètes*, *ibid.*, p.1397.

中的角色完全是从这位历史学家那里"复制"而来。[1] 言下之意是,他并没有像此前那样为了迁就爱情悲剧的范式而更改人物性格。但这并不意味着爱情这个新时代悲剧的必备元素可以被牺牲。在弗莱斯提看来,拉辛需要做的,是从塔西佗留下的历史素材里发掘出能够证明爱情潜在的毁灭性影响了政治和历史走向的事例,并由此来为自己所擅长的的悲剧模式正名,在《安德洛玛克》的基础上更进一步。[2] 如果把高乃依惯用的情节线索概括为外部(政治、家族等)原因束缚爱情导致情感危机;那么拉辛式的悲剧就恰恰相反:情感危机在他的作品里成为了改变外部(比如政治)事件走向的根源。《布里塔尼古斯》将这种新型的悲剧模式体现得淋漓尽致。

人们通常认为该剧的主题在拉辛的所有作品里最为政治,这并非没有道理。《布里塔尼古斯》的历史背景是古罗马著名暴君尼禄与一手培植自己的生母阿格里皮娜决裂,并将其处死这一事件。换句话说,母子间的政治斗争是这段历史的核心内容。选段一正是被一股阴郁的政治气氛所笼罩。如同阿格里皮娜在对话中所说,尼禄有着双重身份:原名多米狄乌斯的他在母亲的安排下先娶了皇帝克劳狄(Claude)之女奥克塔维,后被克劳狄直接收为养子,更名尼禄,并在后者死后继位。依照阿勒比娜的观察,励精图治的尼禄颇有奥古斯都遗风,让罗马回到了昌明的执政官时代。但处心积虑让儿子登上帝位的阿格里皮娜事实上却并不真正在乎后者是否能成为一代明君,而只希

---

[1] Jean Racine, *Œuvres complètes*, *ibid.*, p.443.

[2] Jean Racine, *Œuvres complètes*, *ibid.*, p.1400.

望"隐身于帷幕之后",号令天下。开场时的她之所以显得无比焦虑,正是因为感受到了失势的征兆;羽翼逐渐丰满的尼禄试图摆脱她的影响,竖立自己的个人权威。

　　阿勒比娜对于尼禄的描述与17世纪其他相关悲剧对于这一角色的刻画大相径庭。在拉辛的剧本里,尼禄不再是一个彻底成熟的暴君,而是一个"初生的恶魔"①;不仅治国有方,还在布鲁斯和塞涅卡等人的辅佐下试图摆脱权力欲熏心、将其视作傀儡加以摆布的母亲的不良影响。选段二里布鲁斯为尼禄下令深夜掳走朱妮一事所作的辩解,也从另一个侧面体现了这位年轻皇帝在政治上的高度睿智②:为了罗马帝国的政治稳定,尼禄不能让一位体内流淌着奥古斯都血液的公主脱离自己的控制。然而,正是这一举动成为了这出"恶魔养成记"的导火索;拉辛也就此成功地在一个政治斗争的框架内融入了爱情元素。第二幕第二场戏的开篇,当佞臣纳尔西斯庆贺尼禄在政治上已经居于有利位置时,心神不宁的后者却只应了一句:"完了,尼禄堕入了爱河。"爱情成了他变身恶魔的第一步。因为这段爱情,他与身边一切人为敌:布里塔尼古斯和朱妮两情相悦,自然竭力反对;阿格里皮娜是两人爱情的促成者,因此极力反对;至于布鲁斯,则出于为这位已婚皇帝的德行和美誉考虑而反对。然而,所有这些考量自然都没

---

① Jean Racine, *Œuvres complètes*, *ibid.*, p.444.
② 到了第四幕,在已经命纳尔西斯毒害布里塔尼古斯的情况下,尼禄还一度在母亲的苦劝下回归正途,同意罢手。我们发现,高乃依作品里那种悲剧主角不可避免地逐步滑向死亡的情况并没有出现,取而代之的是危机在加速和缓解之中来回摇摆,但悲剧爆发的要素却在开头就已经具备(布里塔尼古斯只要活着就是对于在位者尼禄的潜在威胁),这是拉辛式的爱情悲剧情节模式。

能阻止尼禄在第二幕第三场戏结束时（选段三）强迫朱妮冷对布里塔尼古斯，并以此来折磨后者的残忍决定。报复情敌成了这个在嫉恨中诞生的恶魔的首个罪行。剧本并没有明示尼禄的藏身之处，从某种程度上看，声称能"听懂"朱妮的眼神，察觉她"流露的任何惆怅"的尼禄，或许更像是无处不在的一个名为嫉妒的幽灵，拥有无穷的眼线，掌控、监视着宫中的一切，爱情的失意反衬出了权力的膨胀。

在《布里塔尼古斯》里，爱情催生罪恶这一点并非拉辛的臆造。按照塔西佗的记载，尼禄和阿格里皮娜的矛盾正是源于前者对一个平民女子的示爱。在身为母亲的后者看来，皇帝已婚，不能不忠，更不能公开向平民表白，于是斥责。但尼禄立即还击，将母亲身边最大的支持者帕拉斯（Pallas）流放。母亲反制：威胁要重新扶植克劳狄的亲生儿子、原本的帝位继承人布里塔尼古斯与尼禄抗衡。后者遂将自己这位法律意义上的兄弟残忍杀害。换句话说，布里塔尼古斯只是尼禄和母亲政治地位之争的牺牲品之一。在自己的剧本创作中，拉辛一方面保留了这条历史线索，只是偷梁换柱，把皇帝和民女之间的禁忌之爱改成了尼禄对于皇族血脉朱妮的单恋；另一方面，他又在不破坏母子之争历史框架的前提下，让布里塔尼古斯作为主角受害，而非母子斗争的牺牲品。这一改编是决定性的，它意味着爱情取代政治成为布里塔尼古斯之死的主因。与剧中深处政治漩涡的其他角色不同，布里塔尼古斯和朱妮只是一对单纯的恋人，两人均无任何野心。前者更是多次表现出自己的过分天真，无法明辨局势和是非；这一点让他不具有高乃依式主角的英雄主义光环。同时，也正因为年轻的布里塔尼古斯不够完美，观众才有可能因他的不幸遭遇产生恐惧和怜悯。值得一提的是，尽管剧本的开场和收尾呈现的都是阿格里皮娜的焦虑以及不祥预兆，但在拉辛的改编里，她只是失势，而非丧命，历史上发生的尼禄弑母、弑师（布鲁斯和塞涅卡）的片段并没有被纳入剧本；《布里塔尼古斯》终究还是这位年轻的同名男主角的悲剧。

Pierre Corneille *Tite et Bérénice*

皮埃尔·高乃依《蒂特和贝蕾妮丝》

情节梗概

第一幕：罗马皇帝蒂特在继位之前曾与犹太女王贝蕾妮丝相恋，但因为后者的身份，两人的爱情无疾而终。父亲令其娶罗马名门之后多米希为妻。多米希原本与蒂特的弟弟图密善相爱，但成为皇后的渴求让她毫不犹豫地放弃了爱人。唯一令她忧心的是继位后的蒂特推翻先帝安排的这桩婚事。另一方面，图密善则渴望多米希回心转意。得知贝蕾妮丝重返罗马后，他试图令蒂特对其旧情复炽，进而悔婚，自己从中得益。

第二幕：得知贝蕾妮丝重返罗马的蒂特内心再次陷入困顿，他对这位犹太女王依然存有爱意，然而自己却已经大婚在即。图密善希望他放弃多米希，与贝蕾妮丝鸳梦重温。但蒂特表示自己不希望以悔婚开始自己的统治，除非多米希主动放弃自己，选择图密善。多米希则不愿当着两兄弟的面作出明确选择。此时贝蕾妮丝出现，蒂特不知如何面对。多米希则陷入了对于情敌的嫉恨。

第三幕：图密善认为贝蕾妮丝与自己利益相同，因此希望贝蕾妮丝假装移情于他，激起蒂特的嫉妒，为了夺回旧爱而放弃多米希。贝蕾妮丝拒绝。此时多米希出现，图密善假称自己已经移情贝蕾妮丝。多米希陷入嫉妒。随后是两位女性之间的交锋。贝蕾妮丝意识到蒂特并没有真正爱上多米希，但依然对其心有不满。在她看来，如今大权在握的蒂特完全可以取消婚约。

第四幕：贝蕾妮丝从亲信口中得知罗马人对她的回归表现出了善意，但因为她异邦人以及女王的身份，依然无可能接受她成为新任皇后。另一方面，多米希希望利用自己在元老院的影响力驱逐贝蕾妮丝，同时要求图密善阻止后者当上皇后。面对无意回心转意的情人，图密善故技重施，声称自己将会娶贝蕾妮丝，激起多米希的嫉妒，两人的谈话不欢而散。此时，蒂特出场询问弟弟多米希是否愿意放弃婚姻，图密善道出实情，蒂特强调自己再无可能允许贝蕾妮丝被驱逐，但同时也不愿主动悔婚，并将悔婚可能造成的混乱和危机向图密善一一道来。

第五幕：蒂特依旧悬而未决，只希望婚礼无限期延后。面对前来质问的多米希，他强调后者只是觊觎皇后之位，而贝蕾妮丝对自己爱得纯粹。恼羞成怒的多米希竟对新帝抛下了威胁之语后离开。另一方面，元老院迟迟未作决定，贝蕾妮丝表示不愿自己的命运落在元老们手中，恳请蒂特万不得已时务必亲自下令将她驱逐。正当蒂特意欲解散元老院之时，图密善出现，带来了好消息，元老院破例授予贝蕾妮丝罗马人身份。后者感激之余，却惊人地做出了让步，任蒂特娶多米希。蒂特随后也效仿情人的高贵之举，将多米希让予弟弟图密善，并承诺终身不娶，兄终弟及，以满足多米希日后当皇后的愿望。

上篇

选段一

Domitie

　　　　　　　　［…］Tite fit tôt après

De Bérénice à Rome admirer les attraits.

Pour elle avec Martie il avait fait divorce；

Et cette belle reine eut sur lui tant de force，

Que pour montrer à tous sa flamme，et hautement，

Il lui fit au palais prendre un appartement.

L'empereur，bien qu'en l'âme il prévît quelle haine

Concevrait tout l'état pour l'époux d'une reine，

Sembla voir cet amour d'un œil indifférent，

Et laisser un cours libre aux flots de ce torrent.

Mais sous les vains dehors de cette complaisance，

On ménagea ce prince avec tant de prudence，

Qu'en dépit de son cœur，que charmaient tant d'appas，

Il l'obligea lui-même à revoir ses états.

［…］

　　　　　　　　　　　　　　　　　　　（I，1）

多米希

　　　　[……]未过多久,蒂特

便迷上了,那身在罗马的贝蕾妮丝。

为了她,断了与马尔希的婚姻;

这位美艳女王魔力如此之大,

以致他为了将爱情昭告天下,

竟令其在宫中独享一间闺房。

皇帝本人自能想见,与女王成婚,

举国上下将对其报以何等的仇恨,

尽管如此,却依然对此事等闲视之,

似是要任这爱情潮水,肆意奔流。

然纵容为虚,放任亦只在表面,

实则百般小心,劝得这位王子

纵使心有不甘,亦能放下羁绊,

亲自命她离去,重返故里。

[……]

　　　　　　　　　　　　　（第一幕第一场）

选段二

Tite

[...]

Et mon cœur malgré moi rappelle un souvenir

Que je n'ose écouter et ne saurais bannir.

Ma raison s'en veut faire en vain un sacrifice：

Tout me ramène ici, tout m'offre Bérénice；

Et même je ne sais par quel pressentiment

Je n'ai souffert personne en son appartement；

Mais depuis cet adieu, si cruel et si tendre,

Il est demeuré vide, et semble encor l'attendre.

[...]

(II,1)

蒂特

[……]

然而我却无法阻止心中涌起，

不敢倾听又无法驱散的回忆。

一切皆引我至此，一切皆贝蕾妮丝再现：

理性欲将其消解，却无可奈何；

而不知是何种预感使然，我甚至

不愿她的闺房，被任何人侵占；

那次残忍又温柔的道别过后，

它始终空置，似是在等她归来。

[……]

（第二幕第一场）

解读

在 17 世纪法国的众多古典主义悲剧作家里,高乃依和拉辛无疑
是最杰出的代表。无论在生前还是身后,两人之间的比较都令批评家
和戏剧爱好者们津津乐道。难能可贵的是,这种比较并没有停留在好
事者们所热衷挖掘的轶事、品行、性格,即人的层面,而是立足于创作
本身,通过作品的分析来解读风格的差异,直至为两人在文学史上分
别定位。即便那些出现在两人生前的带有论战特征的文字,也都是针
对文本具体内容的冷嘲热讽。这些文献为今人的阅读、思考和评判提
供了不少有价值的角度。而我们就两版《贝蕾妮丝》所展开的对比,
也将由一段前人的文字引出:

不为与高乃依先生较量而写作一部戏剧诗是可能的。拉辛
先生选取了与他相同的主题,这是无知民众的说法,只有后者才
会以为,既然两部悲剧①的名字都是《贝蕾妮丝》,那么这两部悲
剧就如出一辙。而您知道两者大相径庭:情节不同,时间不同,
可能场景地也不同。如果这两部剧出自同一位作者之手,那么它
们就完全可以被视作两部诗篇,先后发生在同一个人物身上的两
段不同情节:一如欧里庇德斯的那两部《伊菲格涅亚》,索福克勒

---

① 高乃依将自己的版本定义为他自己所创造的一种戏剧类型:"英雄喜剧"。我
们会在下文中详细解释这一问题。

斯的那两部《俄狄浦斯》。①

1670 年 11 月 21 日,巴黎的勃艮第府剧院上演了拉辛的悲剧新作《贝蕾妮丝》;一周后,即 11 月 28 日,与之存在竞争关系的亲王府剧院②上演了高乃依的一部同名作品③。之后的数月里,前者受到了巴黎观众的持续追捧,而后者则在首演大获成功后,迅速被前者盖过风头。1671 年 1 月,一位名不见经传的文人④,维拉尔院长(l'abbé de Villars)⑤,先后针对两个版本《贝蕾妮丝》发表了批评长文,引起了当时法国文坛的一片哗然。三月,一位匿名文人⑥为了捍卫拉辛而发文逐条反驳维拉尔院长。上述文字即来自于这篇"反批评"(contre-critique)的尾声。

　　这段文字旨在让人明白:两版《贝蕾妮丝》虽然主角相同,但内容却并不重合,因此并不存在拉辛为了与功成名就的高乃依较量而就同

---

① Jean Racine, *Bérénice*, éd. Marc Escola, Paris: GF Flammarion, 1997, p.137.

② 也是莫里哀剧团所在的剧院。

③ 高乃依版本在上演时的名称也是《贝蕾妮丝》,只是在出版时才改为了《蒂特和贝蕾妮丝》。

④ 只有一部作品存世,《加巴利伯爵:秘术对话录》(*Le Comte de Gabalis ou Entretiens sur les sciences secretes*, Paris: C. Barbin, 1670)。

⑤ 法语中的 abbé 通常可译作"修道院院长"。17 世纪时,法国有不少文人都享有"修道院院长"头衔,后者通常来自于封赏,文人可以由此获得一笔固定的收入,这并不意味着他们必须在修道院居住,打理日常事务。17 世纪法国著名的戏剧理论家,《戏剧法式》(*Pratique du théâtre*)的作者弗朗索瓦·赫德林(François Hédelin)就以多比尼亚克院长(abbé d'Aubignac)之名为人所熟知。

⑥ 批评家通常认为此文为 17 世纪中后期文人圣图桑院长(abbé de Saint-Ussans)所作。

一素材创作一说①。这一论证逻辑显然意味着作者默认高乃依先于拉辛选取了这一主题。因为他写作此文的目的在于捍卫拉辛，若是后者率先开始写作《贝蕾妮丝》，他只需要指出这一点便可轻松地驳斥维拉尔院长对于拉辛不自量力地"跟风"，妄图挑战高乃依行为的暗讽，无需对两版内容的差别加以强调。这层话外之音引起了法国古典主义戏剧专家乔治·弗莱斯提的重视②，因为它给一个几个世纪以来一直悬而未决的问题提供了重要的线索：两人究竟为何会在同一时间就同一个历史人物进行创作？两位当事人自己都没有对此作出表述。最早直接涉及《贝蕾妮丝》写作缘起的文字来自1719年出版的《关于诗歌和绘画的批判思考》③，作者杜博斯先是指出拉辛选错了主题，接着又道出"真相"：因一位地位显赫的公主的坚持，拉辛才不得已接下了这次创作。杜博斯所谓的"真相"来自于晚年的布瓦洛，而乔治·弗莱斯提曾一针见血地指出，此时的布瓦洛已经参与到了针对去世不久的拉辛的"造神"运动④；在这一背景下，他完全有可能在《贝蕾妮丝》首演30年后，编造这样一段有利于自己好友的故事，暗示在1660年代末，拉辛就已经取代了逐渐老去的高乃依成为顶层贵族，即

---

① "不为与高乃依先生较量而写作一部戏剧诗是可能的"，这句话直接回应了维拉尔院长在批评文字的最后假意原谅拉辛时所引的理由：拉辛的不幸在于"欲与高乃依较量"。参见 Georges Forestier, *Jean Racine*, Paris：Gallimard, 2006, p.385。

② Georges Forestier, *Jean Racine*, *ibid.*, p.386.

③ Du Bos, *Réflexions critiques sur la poésie et sur la peinture*, Paris：Jean Mariette, 1719.

④ Georges Forestier, «Où finit *Bérénice*, commence *Tite et Bérénice*», in *Onze études sur la vieillesse de Pierre Corneille. Mélanges à la mémoire de Georges Couton*, Paris：Klincksieck, p.62-63.

戏剧最重要的支持者们眼中最天才的悲剧作家。正是这一存在巨大疑问的叙事让许多认定拉辛成就更高的后人相信是高乃依为了证明自己并没有老去而试图通过创作相同题材的剧本与拉辛展开正面较量。如乔治·弗莱斯提所言，尽管这一观点已经在20世纪初遭到学者古斯塔夫·米肖（Gustave Michaut）的有力驳斥①，然而，著名学者安图瓦纳·亚当（Antoine Adam）在自己撰写的《17世纪法国文学史》中的坚持让这一观点依然颇具影响②。1729年，由丰特内尔（Fontenelle）撰写的《高乃依生平》随多里弗（d'Olivet）的《法兰西学院历史》出版，在他笔下，两版《贝蕾妮丝》的缘起被描述成了一场两人事先并不知情的"对决"（duel），而背后的推手依然是一位公主。多里弗的注释为我们揭开了后者的身份，英格兰的亨利耶特（Henriette d'Angleterre），即路易十四的弟媳，奥尔良公爵夫人③。换句话说，"夫人"（Madame）④分别找了高乃依和拉辛来创作，因此前者的光辉并没有因为后者的崛起而被掩盖。这样的"改写"也并不意外，丰特内尔本就是在为自己的舅舅立传。

驳斥了这些由来已久的顽固传言后，乔治·弗莱斯提提出了自己的假设：在得知亲王府剧院即将演出高乃依的新作《贝蕾妮丝》后，勃

① Gustave Michaut, *La Bérénice de Racine*, Paris：Société française d'imprimerie et de librairie, 1907.

② Antoine Adam, *Histoire de la littérature française au XVIIe siècle*, Paris：Albin Michel, 1997（1954 首版），t.III, p.336.

③ Paul Pellisson-Fontanier, Pierre-Joseph Thoulier abbé d'Olivet, *Histoire de l'Académie française*, Paris：Didier, 1858, t.II, p.195.

④ 17世纪法国称国王的弟弟为"先生"（Monsieur），弟媳为"夫人"（Madame）。

艮第府剧院邀请从《亚历山大大帝》之后就一直与自己合作的拉辛创作一部相似主题的悲剧与其打擂。这一设想的合理之处在于其建立在对于巴黎不同职业剧院之间竞争模式的充分认识之上。如萨穆埃尔·夏步佐（Samuel Chappuzeau）在其1674年出版的《法兰西戏剧》里所说："当一个剧团推出一部新剧时，另一个剧团就准备以一部类似的作品与之对抗，当然得是它认为后者与前者力量相当；不然就是贸然犯险了。"①17世纪巴黎职业戏剧史上这样的例子比比皆是：1650年以前的竞争主要存在于勃艮第府剧院和玛黑剧院之间②，1650年之后，莫里哀剧团取代了玛黑剧团与常驻勃艮第府的王家剧团（troupe royale）抗衡。由此可见，两版《贝蕾妮丝》的同时出现很可能只是这种竞争模式的又一次体现。

结束了对于剧本诞生缘起的叙述，我们还需要讨论的是开篇引文中所强调的两版《贝蕾妮丝》情节上的差异。鉴于法国古典主义悲剧均取材于历史或神话传说，这种差异首先与剧作家所参考的原始素材或者对于素材的选择和征用有关。拉辛在他自己为《贝蕾妮丝》写作的序言里，开宗明义地引用了苏埃托尼乌斯《罗马十二帝王传》里记述提图斯生平章节的一句拉丁语原文，并作了法文翻译："狂热地爱着贝蕾妮丝，据称还要迎娶后者的提图斯，却在他称帝伊始便将其从罗马送走，尽管这并非两人所愿。"正如学者们所指出的那样，拉辛的

---

① Sumuel Chappuzeau, *Le Théâtre françois*, Lyon：Michel Mayer, 1674, p.181.
② 乔治·弗莱斯提的学生，桑德林·布隆代（Sandrine Blondet）的博士论文即以1629—1647年间巴黎几大剧院之间出现的"竞争剧本"（pièces rivales）作为研究对象，该论文于2009年在当时的巴黎第四大学完成答辩。

引用事实上只是拼凑①：在"狂热地爱着贝蕾妮丝，据称还要迎娶后者"和"将其从罗马送走，尽管这并非两人所愿"之间，拉辛删去了苏埃托尼乌斯的一大段原话。这位罗马著名史学家笔下的提图斯，在继位之前曾有过不堪的过往，比如吝啬，比如终日与男宠和太监为伍，而他与犹太女王贝蕾妮丝之间的爱情也被视为劣迹②之一。只是当所有人都担心他成为又一个尼禄③时，他却在继位后出人意料地展现出自己的仁德。在苏埃托尼乌斯所列的种种善举里，也包括了他违背情人和自己所愿，将犹太女王送离罗马，这一行为体现的正是一位明君面对爱情时所需的克制。然而，原始文本里的这一叙事逻辑到了拉辛笔下荡然无存，后者对于史料所作的"剪辑"强调的显然是提图斯主动送走爱人这一决定的不可思议及其所必然引发的哀伤，甚至在自己的法文翻译里舍去了拉丁原文中的"女王"（*reginam*）一词，代之以法语的"狂热地"（passionnément），以便隐去这段爱情之所以无疾而终的重要背景元素，即贝蕾妮丝的女王身份，同时强化浓情与别离之间的极端反差。简而言之，拉辛的改编着眼于一个情字。

现在再来看高乃依的版本，我们发现他罕见地没有留下任何序言，取而代之的是两段拉丁文史料，来自 11 世纪拜占庭教士齐菲林（Xiphilin）为 3 世纪史学家迪奥·卡西乌斯（Dion Cassius）的《罗马

---

① Jean Racine, *Bérénice*, *ibid.*, p.12 - 13.
② 对于王权时代罗马的黑暗记忆让罗马人对于为王（roi/reine）之人充满恨意，而单一神的犹太教也不容于多神教的罗马。
③ 罗马帝国历史上著名的暴君。

史》所撰写的概要的拉丁译本①。这一版本的记述与苏埃托尼乌斯大不相同。首先,提图斯在父亲维斯帕先还在世时就曾迫于压力将贝蕾妮丝送离罗马(选段一、二);而继位后,面对重返罗马的贝蕾妮丝,他又展现了为君者的克制②,再度拒绝了心爱之人。其次,在提图斯③和贝蕾妮丝之外,迪奥·卡西乌斯还提到了另一对情侣,图密善(提图斯的弟弟)和多米提亚④。最后,提图斯临终前曾为自己所犯的一个错误而表达了悔恨,却又没有明说所为何事。于是便有了两种猜测:一是提图斯曾与自己的弟媳多米提亚有苟且;二是他错误地宽恕了野心勃勃,并曾密谋篡位的弟弟图密善,并由此留了一位暴君给后世。正是史实层面的这三处差别使得高乃依作出了完全不同于拉辛的改编,如果说后者受苏埃托尼乌斯启发而写下了一个如何别离的悲剧,那么前者所呈现的就是离别后回归罗马的贝蕾妮丝如何再次征服的"英雄喜剧"⑤。

---

① 迪奥·卡西乌斯和齐菲林所写内容原本都为希腊语。
② 即拉丁原文里的 *continens*。
③ 高乃依版本里被称为蒂特。
④ 即高乃依版本里多米希一角的原型。
⑤ 关于高乃依对自己剧本的这一定性,我们会在下篇中展开论述。

Jean Racine *Bérénice*

让·拉辛《贝蕾妮丝》

情节梗概

第一幕:安提奥古斯向自己爱慕多年的犹太女王贝蕾妮丝表白。后者却与罗马皇帝提图斯两情相悦,甚至传出了两人即将成婚的消息。安提奥古斯向亲信表示如果婚姻属实,自己将离开罗马。

第二幕:提图斯询问罗马人对于贝蕾妮丝的看法,亲信答复他们没有可能接受一个外邦的女王做皇后。提图斯坦言自己尽管深爱贝蕾妮丝,但已经决定将她送离罗马,只是不知该如何启齿。此时,贝蕾妮丝登场,表达了自己对于皇帝频频赠礼示好,却迟迟不愿露面的不解。提图斯不知如何回答,只得离去。贝蕾妮丝以为后者的冷淡源于安提奥古斯的表白。

第三幕:提图斯希望由安提奥古斯向贝蕾妮丝解释自己的决定。安提奥古斯陷入犹疑,不知这一突如其来的转折对自己是好是坏。在贝蕾妮丝的再三要求下,他终于说出了提图斯的决定。只是贝蕾妮丝并不愿相信,认为这是安提奥古斯有心破坏两人的感情。委屈无奈的安提奥古斯随后决心离开罗马。

第四幕:提图斯终于亲口向贝蕾妮丝说出了自己的决定。后者无法接受,不解情人为何身为罗马之君,却无法决定自己命运。谈话后,提图斯担心贝蕾妮丝会自寻短见,陷入了自责。然而元老院的召唤让他无法抽身。

第五幕： 提图斯终于有机会向贝蕾妮丝解释自己的难处。安提奥古斯也出现向提图斯坦白了自己此前对贝蕾妮丝的爱慕之情，并表示如今愿意成全两位有情人。只是提图斯依然痛苦地坚持离开贝蕾妮丝的决定。后者最终也理性地接受了一切，同意离开罗马。

选段一

Paulin

［…］

Elle a mille vertus; mais, seigneur, elle est reine：

Rome, par une loi qui ne se peut changer,

N'admet avec son sang aucun sang étranger,

Et ne reconnaît point les fruits illégitimes

Qui naissent d'un hymen contraire à ses maximes.

D'ailleurs, vous le savez, en bannissant ses rois,

Rome à ce nom, si noble et si saint autrefois,

Attacha pour jamais une haine puissante；

［…］

Titus

［…］

Malgré tout mon amour, Paulin, et tous ses charmes,

Après mille serments appuyés de mes larmes,

Maintenant que je puis couronner tant d'attraits,

Maintenant que je l'aime encor plus que jamais,

Lorsqu'un heureux hymen, joignant nos destinées,

Peut payer en un jour les vœux de cinq années,

Je vais, Paulin… Ô ciel! puis-je le déclarer?

Paulin

Quoi, seigneur?

Titus

       Pour jamais je vais m'en séparer.

Mon cœur en ce moment ne vient pas de se rendre :

Si je t'ai fait parler, si j'ai voulu t'entendre,

Je voulais que ton zèle achevât en secret

De confondre un amour qui se tait à regret.

[…]

J'aimais, je soupirais dans une paix profonde :

Un autre était chargé de l'empire du monde.

Maître de mon destin, libre dans mes soupirs,

Je ne rendais qu'à moi compte de mes désirs.

Mais à peine le ciel eut rappelé mon père,

Dès que ma triste main eut fermé sa paupière,

De mon aimable erreur je fus désabusé :

[…]

Il faut la voir, Paulin, et rompre le silence.

J'attends Antiochus pour lui recommander

Ce dépôt précieux que je ne puis garder：

Jusque dans l'Orient je veux qu'il la remène.

Demain Rome avec lui verra partir la reine.

Elle en sera bientôt instruite par ma voix；

Et je vais lui parler pour la dernière fois.

［…］

(Ⅱ,2)

保林

［……］

陛下，纵使有着千般美德，她依然是女王：

罗马，因那条不可撼动的律法，

拒绝在血脉之中，掺入异族血统，

违背它的警示而成婚之人，

诞下子孙，也将不被承认。

您也知晓，为王者在罗马，不仅遭逐，

就连他们曾如此尊贵神圣的名号，

也被那汹涌的恨意永世缠绕；

［……］

提图斯

［……］

尽管我爱她至深，尽管她倾倒众生，

尽管我的誓言，已经含泪立下千遍，

尽管如今，我已能为这美貌加冕，

尽管如今，我爱她胜过任何时间，

当一段将命运联结的幸福婚姻

能令我们五年来的愿望成真之时，

保林,我要……苍天啊！我该如何启齿？

保林

陛下,您的意思是?

提图斯

就此与她分离。

我的心并非此刻才投降:

我让你开口,听你诉说,

为的是让你的真挚话语

暗暗挫败这不甘沉默的爱。

[……]

我曾心无旁骛地爱慕与追求:

曾主宰命运,享受贪恋的自由。

那时,我的欲望只与我一人相关,

治理天下之重任,正由他人承担。

然而在上苍将我父亲带走,

我悲伤地合上他双眼之后,

我便从那令人流连的过错里回了头:

[……]

保林,打破沉默,与她相见,势在必行。

只等安提奥古斯到来,便可向他托付

这珍稀之物,既然我已无力守护:

愿他将其带至东土。而罗马，

明日便将见他与女王一同离去。

此事，她将从我口中得知；

我与她对话，也将是最后一次。

［……］

（第二幕第二场）

选段二

Titus

[...]

Ne vous attendez point que, las de tant d'alarmes,

Par un heureux hymen je tarisse vos larmes;

En quelque extrémité que vous m'ayez réduit,

Ma gloire inexorable à toute heure me suit;

Sans cesse elle présente à mon âme étonnée

L'empire incompatible avec votre hyménée,

[...]

Vous-même rougiriez de ma lâche conduite;

Vous verriez à regret marcher à votre suite

Un indigne empereur sans empire, sans cour,

Vil spectacle aux humains des faiblesses d'amour.

Pour sortir des tourments dont mon âme est la proie,

Il est, vous le savez, une plus noble voie;

Je me suis vu, madame, enseigner ce chemin,

Et par plus d'un héros, et par plus d'un Romain;

[...]

(Ⅴ,6)

提图斯

［……］

请勿期盼我会厌倦那重重警示，

以一场幸福婚姻，使您的泪水休止：

无论您将我逼入何种境地，

我那冷峻的荣耀都将寸步不离；

不断在我惊愕的灵魂前展现

帝国与婚姻，难以两全，

［……］

您自己也会以我的懦弱为耻：

后悔见到一个名不副实的皇帝

没有百官，失了天下，追随您左右，

在世人面前上演，为情所累者的卑贱。

夫人，摆脱灵魂所受的折磨，

有一种更为高贵的途径；

不止一位罗马英杰，

曾向我指明如何前行：

［……］

（第五幕第六场）

选段三

Bérénice

[…]

Mille raisons alors consolaient ma misère：

Je pouvais de ma mort accuser votre père，

Le peuple，le sénat，tout l'empire romain，

Tout l'univers，plutôt qu'une si chère main.

Leur haine，dès longtemps contre moi déclarée，

M'avait à mon malheur dès longtemps préparée.

Je n'aurais pas，seigneur，reçu ce coup cruel

Dans le temps que j'espère un bonheur immortel，

Quand votre heureux amour peut tout ce qu'il désire，

Lorsque Rome se tait，quand votre père expire，

Lorsque tout l'univers fléchit à vos genoux，

Enfin quand je n'ai plus à redouter que vous.

[…]

Bérénice

Quoi！pour d'injustes lois que vous pouvez changer，

En d'éternels chagrins vous-même vous plonger！

Rome a ses droits, seigneur: n'avez-vous pas les vôtres?

Ses intérêts sont-ils plus sacrés que les nôtres?

Dites, parlez.

Titus

> Hélas! que vous me déchirez!

Bérénice

Vous êtes empereur, seigneur, et vous pleurez!

(IV,5)

贝蕾妮丝

[……]

那时的我,有千种理由来抚慰伤痛:

这生不如死的境地,可以怪罪您的父亲,

怪罪民众,怪罪元老院,乃至整个帝国,

怪罪全天下,也怪不到这双我所珍爱的手。

他们对我的恨意由来已久,

我对自己的不幸亦早有防备。

又岂至在您的爱情没了束缚之时,

在我对天长地久有了期盼之时,

在罗马沉默,您的父亲离世之时,

在全天下都臣服于您脚下之时,

在我无需再有任何忌惮之时,

遭受这致命的打击。

[……]

贝蕾妮丝

什么!为了那些您可改变的恶法,

您竟任凭自己陷入永恒的哀伤!

罗马有它的权利,您又何尝不是?

莫非它的利益,比你我更为神圣?

还望陛下解答。

提图斯

　　　　呜呼! 您着实令我心碎!

贝蕾妮丝

陛下,贵为帝王,您却落泪!

(第四幕第五场)

选段四

Bérénice

[...]

Depuis quand croyez-vous que ma grandeur me touche?

Un soupir, un regard, un mot de votre bouche,

Voilà l'ambition d'un cœur comme le mien:

Voyez-moi plus souvent, et ne me donnez rien.

[...]

(II,4)

贝蕾妮丝

[……]

自何时起,您认为我会为地位所动?

一声哀叹,一个眼神,您口中一句话,

这些就是我的全部野心所在:

除了与您相守,我别无他求。

[……]

(第二幕第四场)

选段五

Bérénice

[...]

J'ai cru que votre amour allait finir son cours.

Je connais mon erreur, et vous m'aimez toujours.

Votre cœur s'est troublé, j'ai vu couler vos larmes：

[...]

（Ⅴ,7）

贝蕾妮丝

[……]

我曾以为您的爱即将隐没。

如今见您心困顿,泪滑落,

方知自己有错,您依然爱我:

[……]

(第五幕第七场)

解读

"在作者[拉辛]看来,为了远离高乃依的写作方式,即便写一部从头到尾都由一系列短情诗和哀歌拼接而成的剧作,也是妥当的:这当然是为了迎合贵妇、宫里的年轻人,以及那些爱情短文集的制造者。"先不论维拉尔院长对于拉辛版《贝蕾妮丝》的讥讽是否在理,但情诗和哀诉无处不在的确是这部作品留给大多数人的印象,也是它上演后大受欢迎的重要原因。依照乔治·弗莱斯提的说法①,提图斯和贝蕾妮丝之间的别离故事最吸引拉辛之处,也许正是在于它制造了一个极利于爱情表达的情境。引文里提及的"短情诗"(madrigal)是1650年代风雅文化开始主导法国的文学审美后流行于各类沙龙的众多爱情短文的其中一种。而说到"哀歌",我们就不得不提1669年,即《贝蕾妮丝》首演前一年,巴黎出版市场上最炙手可热的作品,《葡萄牙书简》(*Lettres portugaises*)②。后者曾一度被认为是出自一位遭法国军官离弃的葡萄牙修女之手;然而,经后来学者的考证,确定了这部字字皆哀怨的书信集是由文人基耶哈格(Guilleragues)仿照奥维德的《女杰书简》(*Les Héroïdes*)而写就的"拟情书",并非现实中某位女性在情人离别后所遥发的真情实感。值得一提的是,拉辛在"序言"里为自己的作品正名时曾将提图斯送走贝蕾妮丝的故事与埃涅阿斯

---

① Georges Forestier, *Jean Racine*, Paris: Gallimard, 2006, p.387.
② 《葡萄牙书简》的作者是拉辛的友人,出版商克劳德·巴宾(Claude Barbin)也是拉辛悲剧作品的出版者。

离开迦太基女王狄多的传说相比。无独有偶,《女杰书简》里就有一封奥维德所虚构的来自被爱人离弃后的狄多的书信。换句话说,拉辛版《贝蕾妮丝》哀歌式的对白源自情人遭弃这一情节实质。为作品定下哀歌的基调,在对白中融入情诗,固然能吸引戏剧观众里比例极高的贵族女性和宫廷中的年轻世代,但 1670 年的拉辛不可能允许自己降格为一个讨巧的"爱情短文集的制造者",尤其是在这场无可避免的与高乃依的正面交锋中。那么,如何证明自己的《贝蕾妮丝》是一部真正优秀的悲剧呢?拉辛选择了在"序言"里赋予悲剧新的定义。

"流血和死亡对于悲剧而言并非是必要的:只要情节宏大,人物具备英雄气质,激情得到激发,并且剧中一切都能让人感受到这种成就悲剧一切快乐的庄严的悲伤,便可以了。"①在拉辛的这一论述里,真正的新意在于"庄严的悲伤"(tristesse majestueuse)取代"恐惧和怜悯"成为了悲剧审美快乐的源泉。诚然,"悲伤"是他笔下那个离别故事所蕴含的主要情绪,然而,正如乔治·弗莱斯提所指出的那样②,"悲伤"是第一人称的,是属于由演员所扮演的角色在剧中情境下所表达的现实(剧中情节的现实)感受,而悲剧的快乐却是属于观众的审美感受。亚里士多德所说的"净化"(catharsis)的实质恰恰在于阻止了观众把对于他者(剧中人)所生的"怜悯"转化成"自怜",也就是"悲伤"。归根到底,拉辛的《贝蕾妮丝》之所以被维拉尔院长批为"哀歌",也正是因为剧中无处不在的"悲伤"是"哀歌"这种直抒胸臆的、

① Jean Racine, *Bérénice*, éd. Marc Escola, Paris: GF Flammarion, 1997, p.34.
② Georges Forestier, *Jean Racine, ibid.*, p.413 – 414.

第一人称属性的诗歌最为重要的情感特征。《贝蕾妮丝》之后,拉辛就再没提过"庄严的悲伤",可见这并不意味着他对于自身悲剧美学的革新,而只是应对当下批评的一种方式。

需要指出的是,找到一种新的定义悲剧的方式之所以必要,并不只是因为维拉尔院长的批评。高乃依将自己的版本定性为"英雄喜剧"的做法,无异于提醒所有人:提图斯和贝蕾妮丝的别离故事并不构成一部悲剧的主题。"英雄喜剧"来自高乃依的自创,后者在《论戏剧诗的用途和不同部分》①里曾对其作过如下定义:

> 即便如《唐·桑丘》②那样,情节涉及国家利益,而剧中具有王者身份的角色也为了不辱名声而扼杀了自己的激情,但若是没有出现性命之虞、亡国或是流放之危,那么我认为它无法被冠上高于喜剧的名称;但为了匹配剧中角色的尊贵身份,我斗胆以英雄一词加以修饰,以便区别于普通喜剧。③

阅读了高乃依对于"英雄喜剧"的定义,我们就能理解为什么拉辛会在自己的"序言"里强调流血和死亡在悲剧里并非不可或缺。与此同时,我们也不能忽略,在拉辛版本的第四幕第六、七场戏里,提图斯和

---

① 高乃依著名的"三论"(trois discours)之一。1660 年随他的三卷本《高乃依戏剧集》一起出版。

② 全称《阿拉贡的唐·桑丘》(*Don sanche d'Aragon*),高乃依的第一部"英雄喜剧",1650 年出版。在《蒂特和贝蕾妮丝》之前,高乃依没有写过其他"英雄喜剧"。

③ Georges Forestier, *Jean Racine*, ibid., p.394.

安提奥古斯分别表达过对于贝蕾妮丝遭弃后轻生的担忧，而类似的担忧却并不存在于高乃依笔下。可见，拉辛既强调悲剧可以没有真正的死亡，又希望在自己的改编里制造"性命之虞"，从而区别于"英雄喜剧"。

尽管全剧以哀歌为基调，尽管"序言"中的理论正名有诡辩之嫌，拉辛的《贝蕾妮丝》却并非维拉尔院长所以为的拼凑而成的伪悲剧。事实上，在这场别离背后，隐藏的是一位新登大位的皇帝所面临的终极考验。后者首先需要完成的是自我征服。在剧本的第四幕第五场戏里，贝蕾妮丝曾抱怨提图斯没有在她可以将一切怪罪于他人，即先帝维斯帕先在世时提出与其分手，却在继位后不再受任何束缚的情况下将她抛弃（选段三），这番话一针见血地指出了新帝提图斯的悖论处境。不可否认，提图斯曾委派保林深入民间，了解罗马人对于贝蕾妮丝的真实态度；而罗马人也的确不愿接受一位既非本族，又有女王身份的皇后。然而，民众，乃至元老院的反对，却都不是提图斯将爱人送走的真正原因。借剧中的台词来说：父亲刚刚离世，他"便从那令人流连的过错里回了头"（选段一）。可见，告别贝蕾妮丝的决定早已作出，之所以要倾听罗马民众的声音，只是为了挫败他心中"不甘沉默的爱"（选段一）；换言之，提图斯作出的是一个自由的决定。没有任何外部力量能真正强迫他成为罗马人心中的明君，如贝蕾妮丝所言，他可以为了爱情而改变"恶法"（选段三），牺牲罗马自走出王权时代以来的集体共识，然而他却毅然选择了对于帝国的责任，这种源自内心的道德要求帮助他完成了个人升华。但对于路易十四时期的法国而言，这依旧难称完美。如何让贝蕾妮丝接受，避免其在绝望之中轻生,步狄多的后尘,才是对提图斯更大的挑战。拉辛版本里的贝蕾妮丝虽然贵为女王,话语中所体现的却完全是不顾一切的情人模样:毫不稀罕提图斯对她的封赏,"一声哀叹,一个眼神",即是她"全部野心所在"(选段四);除了与爱人长相厮守,再无他求。面对这样一位无法理解帝王内心道德困境的女性,话语显然是无力的,唯有眼泪①,才能令她相信,自己依然被爱。对此,贝蕾妮丝毫不讳言(选段五)。这也是学者卡里娜·巴尔巴费耶里(Carine Barbafieri)的观点。在后者看来,提图斯的眼泪是一种"新的英雄主义的源泉"②;它非但没有让提图斯显得软弱,反而弥补了言语的无力,助他说服情人放下轻生的念头,接受现实。或许可以说,正是在泪水中,提图斯从情人升格成了英雄。

---

① 剧中第三幕第四场、第四幕第二场和第四幕第五场戏里,都提到了提图斯落泪。
② Carine Barbafieri, *Atrée et Céladon: la galanterie dans le théâtre tragique de la France classique*(1634-1702), Rennes: PUR, 2006, p.190.

Pierre Corneille *Tite et Bérénice*
皮埃尔·高乃依《蒂特和贝蕾妮丝》

下篇

选段一

Tite

[...]

En vain de mon hymen Rome presse la pompe：

J'y veux de la lenteur, j'aime qu'on l'interrompe，

Et n'ose résister aux dangereux souhaits

De préparer toujours et n'achever jamais.

（Ⅱ,1）

蒂特

[……]

任罗马催促我隆重操办婚礼:

我只求缓慢,宁可被打断,

始终筹备,却永不完结,

这危险的愿望,我岂能抵抗。

（第二幕第一场）

Flavian

M'en croirez-vous, seigneur? Évitez sa présence,

Ou mettez-vous contre elle un peu mieux en défense.

Quel fruit espérez-vous de tout son entretien?

Tite

L'en aimer davantage, et ne résoudre rien.

Flavian

L'irrésolution doit-elle être éternelle?

[...]

(V , 1)

弗拉维昂

陛下,您若信我,则避免与其相见,

或是完善您自己,抵御她的防线。

与她交谈,您究竟有何希求?

蒂特

不求解困,只求爱她更甚。

弗拉维昂

莫非该犹疑不决,直至永久?

[……]

(第五幕第一场)

选段二

Bérénice

Peut-être; mais, seigneur, croyez-vous Bérénice

D'un cœur à s'abaisser jusqu'à cet artifice,

Jusques à mendier lâchement le retour

De ce qu'un grand service a mérité d'amour?

(III,1)

贝蕾妮丝

或许吧;但是,大人,您认为

贝蕾妮丝可以屈尊至耍弄此等把戏,

卑怯地乞求一个我曾施援相助,

本该爱我之人,回心转意?

(第三幕第一场)

Bérénice

Non, seigneur, ce n'est pas aux reines comme moi

À hasarder leurs jours pour signaler leur foi.

La plus illustre ardeur de périr l'un pour l'autre

N'a rien de glorieux pour mon rang et le vôtre :

[...]

Tite

Eh bien! Madame, il faut renoncer à ce titre,

Qui de toute la terre en vain me fait l'arbitre.

Allons dans vos états m'en donner un plus doux ;

Ma gloire la plus haute est celle d'être à vous.

[...]

Bérénice

Il n'est plus temps : ce nom, si sujet à l'envie,

Ne se quitte jamais, seigneur, qu'avec la vie ;

[...]

(III,5)

贝蕾妮丝

不,陛下,您不应为吾等女王

以身犯险,只为表明心迹。

彼此殉情之心无论如何闪亮

您与我的身份也不增半分光芒:

[……]

蒂特

罢了! 夫人,必须放弃这一头衔,

即便它令我成为天下的主宰。

前往您的国邦,找寻更体贴的名号;

归顺于您,才是我的至高荣耀。

[……]

贝蕾妮丝

时机已过,这招人嫉羡的头衔,

唯有死亡,方能将其卸下;

[……]

(第三幕第五场)

选段三

Bérénice

Votre cœur est à moi, j'y règne; c'est assez.

[...]

Bérénice

[...]

Puisqu'enfin je triomphe et dans Rome et de Rome:

J'y vois à mes genoux le peuple et le sénat;

Plus j'y craignais de honte, et plus j'y prends d'éclat;

J'y tremblais sous sa haine, et la laisse impuissante;

J'y rentrais exilée, et j'en sors triomphante.

Tite

L'amour peut-il se faire une si dure loi?

Bérénice

La raison me la fait malgré vous, malgré moi.

(V,5)

贝蕾妮丝

您的心已归我所属,受我统治;便再无他求。

[……]

贝蕾妮丝

[……]

终于,我从罗马凯旋,在罗马称雄:

民众向我跪拜,元老院向我臣服;

曾经我何等惧怕受辱,如今又何其荣耀;

曾经我因它的仇恨颤抖,如今却已将它降伏;

曾经我流亡返乡,如今却能荣归故里。

蒂特

爱情的律条当真能如此严酷?

贝蕾妮丝

此乃理性所为,非您与我所能左右。

(第五幕第五场)

选段四

Bérénice

J'ai vu Tite se rendre au peu que j'ai d'appas;

Je ne l'espère plus, et n'y renonce pas.

Il peut se souvenir, dans ce grade sublime,

Qu'il soumit votre Rome en détruisant Solyme,

Qu'en ce siége pour lui je hasardai mon rang,

Prodiguai mes trésors, et mes peuples leur sang,

Et que s'il me fait part de sa toute-puissance,

Ce sera moins un don qu'une reconnaissance.

(Ⅲ,3)

贝蕾妮丝

蒂特曾为我倾倒,尽管我难称美貌;

如今我不再奢求,却也不愿意放手。

高高在上的他,或许还能记起,

是大破索利姆①,令罗马心悦诚服,

为了那次围城,我曾不顾身份,

散尽家财,我的人民也流血牺牲,

如今他若与我分享这无上的权力,

那也只是报恩,而非馈赠。

(第三幕第三场)

---

① 索利姆是古法语中对耶路撒冷的称呼。

解读

如果说拉辛版本里的提图斯像极了一位高乃依式的英雄,早在剧情开始前便在"难以两全"的"帝国和婚姻"(选段二)中选择了前者,且初次登场即公开了自己的决定(第二幕),那么高乃依笔下的蒂特就显得软弱了许多,优柔寡断的他由始至终都无法作出真正的决断。当然,我们首先需要指出的是,虽然困境相似,但因为剧作家参考了不同的史料,两位主角陷入困境的缘由有着很大差别:拉辛笔下的提图斯面对的是贝蕾妮丝的去留问题,而对于高乃依剧中的蒂特而言,难解的是与多米希成婚与否的难题。多米希的原型是迪奥·卡西乌斯《罗马史》里的多米提亚,因此她在拉辛的版本里并不存在。《罗马史》里的她是提图斯之弟图密善的妻子,却又疑似与提图斯有过苟且。在创作过程中,高乃依改动并放大了夹在两兄弟之间的多米提亚的戏剧化处境,于是便有了与弟弟相爱,却又与兄长订有婚约的多米希一角。这桩由先帝维斯帕先所定下的婚事原本当能如期进行,然而贝蕾妮丝以道贺之名回归罗马的消息,却让曾与她相恋多年的蒂特陷入两难。因此在第二幕第一场首度亮相时,蒂特对于婚礼的态度是"始终筹备,却永不完结"(选段一)。然而,直到全剧最后一幕开场时,这位罗马皇帝面对僵局,依然声称"不求解困,只求爱她更甚";似是满足于停滞不前(选段一)。蒂特的优柔寡断与爱人贝蕾妮丝的坚定果决形成了鲜明的反差。

我们在《贝蕾妮丝》的解读里曾经提到,拉辛笔下的贝蕾妮丝虽然贵为女王,言行却与普通情人无异,深受爱情所困。而在高乃依的版本里,对于这位同名女主角的性格刻画则复杂了许多。首先,她是一位真正的女王。第三幕第一场戏里,图密善为了阻止多米希嫁给蒂特,希望贝蕾妮丝假装与自己相爱,以激起兄长的妒心,令婚事搁置。在他看来,这应是两全其美之策,既有助于自己挽回多米希,又能使重回罗马的贝蕾妮丝有机会和旧情人再续前缘。然而,尽管贝蕾妮丝依然爱着蒂特,却拒绝配合图密善演戏,因为那有损她女王的尊贵身份。同时,她还强调自己已有恩于旧情人,理应得到后者的爱(选段二)。可见,高乃依笔下的贝蕾妮丝对待爱情更为理性,不会屈尊乞怜,而是强调爱情关系中双方地位和付出的对等。关于这一点,她在第三幕第三场与多米希交锋时作了详细展开(选段四)。先帝维斯帕先在位时,蒂特曾率军攻打耶路撒冷,并在贝蕾妮丝的鼎力相助下取得大捷,就此确立了自己在罗马人心中的地位。第五幕第一场面对亲信弗拉维昂时,蒂特也提到了这一点:"因她我曾获胜,为她我当舍身。"正是基于这段重要往事,贝蕾妮丝才能在多米希面前理直气壮地说道:蒂特若是立她为后,"也只是报恩,而非馈赠"。高乃依笔下的这位犹太女王在爱情面前所表现出来的理性和高贵与罗马皇帝的冲动失格形成了强烈对比,这和拉辛的版本恰好相反。第三幕第五场戏里,情绪激动的蒂特一度在贝蕾妮丝面前表达了殉情、退位,随情人一同离开罗马等意愿,却一一遭到贝蕾妮丝的拒绝,换作拉辛笔下的同名女主角,则会是一拍即合。更具象征意义的是,在高乃依版本的最后一场戏里,贝蕾妮丝被元老院破例赐予了罗马人的身份,她和蒂特的爱情也就此具备了合法性,然而,恰恰是在局面向着有利于她的方向发展时,她选择了主动放弃,而这一举动,也解开了此前一直僵持的四人①困局。受贝蕾妮丝退出的影响,蒂特也在大幕落下前作出了第一个真正的决定,将未婚妻多米希让予图密善,并承诺未来由弟弟继位,以便一心想借这场婚姻登上皇后之位的多米希得偿所愿。法语中称结尾为"解结"(dénouer),在拉辛的版本里,解结之人是皇帝提图斯,而在高乃依笔下,扮演这一角色的成了女王贝蕾妮丝。

然而,这位女王并非只有理智的一面,高乃依在角色塑造上的高明之处,在于贝蕾妮丝的理性并不冰冷,而是有血有肉。我们可以从她在第三幕第二场戏里的一个举动出发,来思考、体会她性格的复杂性。在这场戏里,图密善当着多米希之面假称自己为了确保她当上皇后,正向贝蕾妮丝求婚,而一旦后者接受,蒂特眼中从此将只有多米希一人。重要的是,贝蕾妮丝竟选择了在一旁附和,以致多米希信以为真,进而显露醋意。而我们知道,同一个贝蕾妮丝在上一场戏里(选段二)刚刚拒绝了图密善的提议。为什么会出现这种情况呢?在我们看来,贝蕾妮丝之所以前后矛盾,是因为对象的变化:她拒绝欺骗自己所爱的蒂特,哪怕只是为了激起后者的妒心,但却可以接受耍弄多米希,因为这位准新娘是她最大的情敌。这对情敌之间的口舌之争延续到了下一场戏,两人你来我往,谁也没占得上风:贝蕾妮丝强调蒂特对她有爱,她对蒂特有恩,暗示两人复合极有可能;多米希则反唇相讥,称自己不会为了帮助一个外邦侵略者建功立业而牺牲自己的土地、人民和信仰。贝蕾妮丝理性背后所隐藏的占有欲还不止表

① 蒂特、贝蕾妮丝、图密善、多米希。

现在与情敌的正面交锋之中。第三幕第五场戏里，她在蒂特面前直言：如果后者要迎娶的是一位其貌不扬的女子，她还能假设皇帝是为了政治利益不得已牺牲爱情，以此来劝慰自己；然而，准皇后多米希却美艳迷人，这让她痛苦万分。到了第四幕第一场戏，她在亲信面前再次坦言：即使蒂特最终不能与自己成婚，那么新娘也必须是她所选定之人。显然，贝蕾妮丝不仅是高贵理智的女王，同样是一个为情所困的普通女人，在这一点上，她和多米希并无区别。现在，如果我们重读剧终前她对蒂特说出的那句"您的心已归我所属，受我统治；便再无他求"（选段三），从中品出的想必就不再是一个女王的克制，而是一个情人的傲娇。事实上，与其说贝蕾妮丝为了爱情重返罗马，不如说她旨在重新征服，既是征服一个曾经离弃她的人，也是征服一座曾令她蒙羞的城。终于，女王"从罗马凯旋，在罗马称雄"（选段三）。

完成了对于两版主角的比较，我们再把目光转移到 17 世纪通称的插曲角色（personnage épisodique）身上。顾名思义，他们在剧中的行为构成了有别于主线情节（action principale）的插曲（épisode）。在1660 年出版的《论戏剧诗的用途和不同部分》里，高乃依对于插曲和插曲角色作了如下要求：

> 这些插曲分两类：可以由主要角色的一些对主线情节非必要的行为所构成，也可以与剧中的次要情人（seconds amants），即俗称的插曲角色利益相关。无论是哪一类都得在第一幕里生根，并与主线情节相连；也就是能发挥一定作用，尤其是那些插曲角

色,必须和主要角色紧密关联,以便一个情节就能将两者整合。①

这一定义的关键在于戏剧情节的复合性,即主线情节和插曲(支线)合二为一。由此可见,高乃依意义上的情节统一(unité d'action)是复合式的统一。而在《贝蕾妮丝》的"序言"里,拉辛却花了大量篇幅捍卫另一种性质的统一:

> 很久以来,我一直想要创作一部古人颇为推崇的情节简单的悲剧。[……]即便满是发现②的《俄狄浦斯》,所包含的素材量也不如今日最简单的悲剧多。[……]把数周时间都未必能发生的种种事件置于一日之内,何来逼真可言? 有些人认为简单是缺乏创造力的表现。他们没有想到的是,恰恰相反,任何创造都意味着无中生有,而只有那些无力通过一个简单情节在长达五幕的时间里吸引观众的诗人,才会堆砌大量的意外事件来掩饰自己才华的枯竭,[……]③

一年前《布里塔尼古斯》出版时,拉辛也在"序言"里以类似的话语抨击过主导当时悲剧写作的多插曲复合情节,并且将矛头直指其代表人

---

① Pierre Corneille, *Trois discours sur le poème dramatique*, éd. Bénédicte Louvat et Marc Escola, Paris: GF Flammarion, 1999, p.91.
② 亚里士多德在《诗学》第11章里提到的概念:"指从不知到知的转变,即使置身于顺达之境或败逆之境中的人物认识到对方原来是自己的亲人或仇敌。"亚里士多德,《诗学》,陈中梅译注,北京:商务印书馆,1996年,第89页。
③ Jean Racine, *Bérénice*, éd. Marc Escola, Paris: GF Flammarion, 1997, p.35-36.

物高乃依。不过大概是出于论战的需要,拉辛有意歪曲了"简单情节"这一来自亚里士多德的概念。《诗学》第10章里所说的"简单情节"是没有反转的情节,对应经历反转的"复杂情节"。换句话说,在亚里士多德的意义上,"简单"与否与情节所包含的事件多少无关。拉辛所捍卫的"情节简单的悲剧",事实上是一种单一事件悲剧,《贝蕾妮丝》就可以视作一次极端尝试。

同样是改编提图斯和贝蕾妮丝的爱情故事,高乃依的版本里出现了两个插曲角色,拉辛则只安排了一个。当然,在数量的差别之外,更重要的是这些人物对于剧情的实际影响力。《蒂特和贝蕾妮丝》的主线情节是贝蕾妮丝的征服。它包含了两个部分的内容:一是赢回蒂特的心,确定蒂特爱的是自己,而没有移情他人;二是在曾经受辱的罗马挽回自己身为女王的尊严。第二部分本可以通过与蒂特成婚,加冕皇后而实现;然而,元老院破例赐予其罗马人身份这一点却意外地助她提前达成了这一目标,于是,成婚和厮守变得不再重要,反倒是主动离去的选择将征服者的成就推向了巅峰。在这条主线情节之外,多米希和图密善这对插曲角色还各自承担了一条支线情节。对于多米希而言,贝蕾妮丝的回归令她不安,她需要尽一切可能保证未婚夫蒂特不在两人的婚事上变卦,以满足她当上皇后的野心。于是她主动出击,试图让贝蕾妮丝再次被逐出罗马:在第四幕第一场戏里,亲信告诉贝蕾妮丝,多米希正想方设法利用自己身边人的影响力对元老院施压,令其下令驱逐犹太女王;同一幕的第三场戏里,多米希更是以图密善对她的爱作为筹码,要求后者以同样的方式助她达成这个目的。而旨在挽回尊严的贝蕾妮丝显然无法承受二度驱逐这样的耻辱,于是便努力自救。第四幕第二场戏里,刚刚得知这一危机的她便积极寻求与她有着共同利益的图密善的帮助;而到了第五幕第四场,即全剧倒数第二场戏里,她还在向蒂特哭诉,称自己不奢望与其成婚,只求不要再次被驱逐;蒂特的爱也在无限的感动和疼惜中彻底倒向了贝蕾妮丝[1]。换言之,多米希所带来的支线情节与主线完美交织。至于另一位插曲角色图密善,则由始至终都只有一个念头,那就是阻止蒂特和多米希成婚,从而夺回后者;正因如此,他和贝蕾妮丝有了共同利益。他的举动也就此和犹太女王的征服之路联结在了一起。图密善的法宝是利用人的妒心。他在第二幕第二场戏和第四幕第五场戏里两度在蒂特面前假称自己若是失去心爱的多米希,便会与贝蕾妮丝成婚;然而,蒂特竟然两次都表示愿意将贝蕾妮丝让给他作为补偿,这显然并不是因为蒂特不爱自己的旧情人,而是他对于自己弟弟的关爱更甚,这也符合《罗马史》里那个宽恕叛乱者图密善的提图斯所散发的仁君光芒。此外,图密善也在第三幕第二场戏和第四幕第三场戏里两度向爱人多米希表示,若是后者不放弃与蒂特的婚姻,他就将从贝蕾妮丝身上找寻慰藉。激将最终生效,多米希原本只担心贝蕾妮丝抢她皇后之位,如今还开始紧张自己的情人因这位犹太女王而变心,因此对于贝蕾妮丝的敌意加倍,也更坚定了驱逐后者的念头。值得一提的是,讥讽了拉辛的维拉尔院长对于高乃依的改编也没有笔下留情。在这位批评者看来,图密善利用人的妒心来为自己的爱情目的谋利的做

---

[1] 在第四幕第五场从图密善口中首次得知多米希试图让元老院驱逐贝蕾妮丝时,蒂特就已经表示不会允许这样的事发生。

法只应该出现在喜剧里。他甚至为高乃依设想了一个与高乃依的身份和成就更为匹配的情节①。他建议让贝蕾妮丝及时发现图密善谋反(还原历史);虽然最终谋反未果,叛乱者也得到了宽恕(还原历史),但却给了她警示;为了保护心爱的蒂特,不让罗马人因为有一位犹太女王出身的皇后而对蒂特心生恨意,而主动离开。这样一来,观众必将同时对男女主角由衷地产生钦佩和怜悯:因为前者宽仁,后者无私,但结局却令人心有不忍。不可否认,这样的情节编排像极了高乃依的那些成名悲剧,只是维拉尔院长忽视了一点,高乃依创作的是一部"英雄喜剧"。

拉辛版本里仅有的那个插曲角色是安提奥古斯。按维拉尔院长的说法,后者根本是一个"无用的角色","只是为了消磨时间,并且给尚美蕾先生②一个空洞乏味的角色"③。可以肯定的是,同为插曲角色,安提奥古斯在拉辛剧中的表现远不如高乃依笔下的多米希和图密善主动。这位"次要情人"虽然五年来一直爱着贝蕾妮丝,却从未敢启齿。而第一幕第四场表白遭拒之后便不愿再做任何努力,只求回归故地。甚至在得知提图斯决意让他将贝蕾妮丝带离罗马之后,依然不敢确定这对自己是否是一件幸事(第三幕第二场)。完全是依靠着亲信的反复分析和激励才勉强让自己继续对贝蕾妮丝存有希望。然而,

---

① Gustave Michaut, *La Bérénice de Racine*, Paris: Société française d'imprimerie et de librairie, 1907, p.264‑265.

② 尚美蕾夫人是勃艮第府剧院最优秀的女演员,贝蕾妮丝是她演出的第一位拉辛作品的女主角。她的先生也是剧团中的演员。

③ Jean Racine, *Bérénice*, *ibid.*, p.22.

这个软弱被动的角色却绝非对主线情节无用。如我们此前所说,拉辛版本的主题就是提图斯如何向贝蕾妮丝解释一个他早已作出的决定;要将一个如此"简单"①的主题扩展成一个足以撑起五幕悲剧的情节,就是拉辛在"序言"里所说的"无中生有"。那么《贝蕾妮丝》是如何做到的呢? 方法就是维拉尔院长批评安提奥古斯一角时所说的"消磨时间"。提图斯从第二幕第二场就已经决定向贝蕾妮丝解释自己为何要放弃她。然而拉辛笔下为情所困的后者在两人的对话中却总是被强烈的情绪左右,致使提图斯疲于应付对方的抱怨和质问,一次次失去了理性解释的机会(第二幕第四场、第四幕第五场)。贝蕾妮丝首先怀疑是安提奥古斯对她表白一事影响了提图斯对她的感情(第二幕第五场)。这体现了插曲角色对于主线情节的影响:安提奥古斯的存在延缓了提图斯说理的进程。此外,提图斯也一度尝试让安提奥古斯代为解释(第三幕第一场),因为后者原本一直是贝蕾妮丝最为信任的朋友。然而,皇帝并不知道自己所托之人竟是他的情敌。不难想象,当安提奥古斯向贝蕾妮丝说起提图斯的决定时,贝蕾妮丝认为是后者从中作梗(第三幕第三场),于是主线情节再次因为插曲角色的行为而得到延缓。我们发现,一个消极的安提奥古斯虽然在第一幕之后再无任何主动作为,但却以潜在的"动机"影响着,或者说拖延着剧情的发展。一显一隐,两版《贝蕾妮丝》以各自的方式为我们展示了插曲角色运用的双重可能。

---

① 拉辛意义上的简单,即没有堆砌插曲。

Pierre Corneille *Suréna*

皮埃尔·高乃依《苏雷纳》

情节梗概

第一幕：苏雷纳率领的帕提亚军战胜了克拉苏的罗马军队后，帕提亚国王接受了与一度支持罗马的亚美尼亚和亲。依照约定，亚美尼亚公主尤里蒂斯将与帕提亚王子帕科鲁斯成婚。然而尤里蒂斯却与苏雷纳有着不为人知的恋情。唯一知晓此事的是苏雷纳的妹妹帕尔米斯，原本与帕科鲁斯相爱的她也是这场联姻的受害者。更令她难过的是，苏雷纳依然忠于尤里蒂斯，并承诺不娶包括帕提亚公主在内的任何人，而帕科鲁斯却已经移情自己的准新娘。

第二幕：帕科鲁斯发现尤里蒂斯对自己并无爱情，只是奉旨成亲，便去询问苏雷纳在亚美尼亚斡旋期间是否见到尤里蒂斯与他人有过恋情。苏雷纳谎称不知情。帕科鲁斯于是当面逼问尤里蒂斯。后者最终承认自己心有所属，但拒绝透露爱人姓名。为了知道情敌的身份，帕科鲁斯又去向帕尔米斯询问，并承诺只要后者说出那人姓名，自己就放弃婚事与其重修旧好。帕尔米斯依然拒绝。

第三幕：帕提亚国王奥罗德有意招苏雷纳为驸马，然而后者却表现得较为冷淡。这令本就意识到苏雷纳功高盖主的国王更为忧心。朝中另一位大将西拉斯则直言对待苏雷纳除了令其入赘外就只有杀之以除后患。不愿杀害忠良的奥罗德于是亲自召见苏雷纳。后者依然以配不上公主为由拒绝接受赐婚；同时建议，国王若真要奖赏他的功绩,可令王子帕科鲁斯与自己妹妹帕尔米斯结婚。奥罗德最终坦言赐婚的真实原因在于担心苏雷纳未来叛变。后者表忠之余却仍然坚持让妹妹和王子成婚。奥罗德强调自己无法对亚美尼亚国王和公主食言。苏雷纳告诉他尤里蒂斯早已心有所属。奥罗德最后表示如果儿子自己坚持娶帕尔米斯,则允许其悔婚。同时命苏雷纳迎娶一个包括自己女儿在内任意一位能令他安心之人。此后,奥罗德试图从帕尔米斯口中打探尤里蒂斯秘密情人的身份,同样遭拒。

第四幕: 帕尔米斯告诉尤里蒂斯如今苏雷纳处境危险,希望她安心嫁给帕科鲁斯,以保哥哥安全。尤里蒂斯起先不愿相信为帕提亚立下赫赫战功的苏雷纳会遭不公对待。帕尔米斯提醒她拒绝国王赐婚即是犯上,已经抹杀了过往的功绩。尤里蒂斯最终无奈表示接受爱人迎娶当朝公主。另一方面,帕科鲁斯已经怀疑苏雷纳即是尤里蒂斯的秘密情人,暗示后者国王不会轻饶忤逆之人。随后又与苏雷纳针锋相对,警告隐瞒真相的后者勿激怒国王。

第五幕: 国王奥罗德指责尤里蒂斯有意推迟婚事。后者表示原本已打算如期嫁给帕科鲁斯,只是后者坚持逼问情人身份,令其内心无法平静,才将婚事延后。奥罗德下达最后通牒:或如期与王子完婚,或说服苏雷纳迎娶公主。然而,在两人的最后一次会面时,苏雷纳再次向情人表达了自己的忠诚,强调自己宁愿死去,也不会另娶他人。担心苏雷纳安危的帕尔米斯眼见无法将其说服,便转而请求尤里蒂斯出面让哥哥务必接受赐婚。尤里蒂斯拒绝,表示苏雷纳若遭逢不测,自己也定当殉情。最终,苏雷纳果然遭乱箭射杀,尤里蒂斯听闻后昏死过去,帕尔米斯则痛斥国王,怒上天不公,责尤里蒂斯不作为。

Sillace

Seigneur, pour vous tirer de ces perplexités,

La saine politique a deux extrémités.

Quoi qu'ait fait Suréna, quoi qu'il en faille attendre,

Ou faites-le périr, ou faites-en un gendre.

[...]

Orode

　　　　　Ma pensée est la vôtre;

Mais s'il ne veut pas l'un, pourrai-je vouloir l'autre?

Pour prix de ses hauts faits, et de m'avoir fait roi,

Son trépas··· Ce mot seul me fait pâlir d'effroi;

Ne m'en parlez jamais: que tout l'état périsse

Avant que jusque-là ma vertu se ternisse,

Avant que je défère à ces raisons d'état

Qui nommeraient justice un si lâche attentat!

(III, 1)

西拉斯

行善政者有两大极端之法，

可助陛下您摆脱此种顾虑。

无论苏雷纳有何行动，无论前景如何，

一则取其性命，二则招其为婿。

[……]

奥罗德

　　　　　　我也是如此想法；

但他若拒绝其一，我当真能另求他法？

立下如此功绩，且又佐我登基，

取其性命……此言一出便已令我心惊；

切勿再提此法：即使帝国坍塌，

我也无法任凭德行败坏至此，

无法苟同以社稷安危之名

将如此卑劣的加害，视为正义！

（第三幕第一场）

Orode

[…]

Pour vous, qui vous sentez indigne de ma fille,

Et craignez par respect d'entrer en ma famille,

Choisissez un parti qui soit digne de vous,

Et qui surtout n'ait rien à me rendre jaloux :

[…]

(III,2)

奥罗德

[……]

既然您感到与我女儿并不般配，

出于尊重而不敢入赘，

那就请选择门当户对之人，

但不可有任何令我嫉羡之处：

[……]

（第三幕第二场）

选段二

Orode

[...]

Vous êtes mon sujet, mais un sujet si grand,

Que rien n'est malaisé quand son bras l'entreprend.

Vous possédez sous moi deux provinces entières

De peuples si hardis, de nations si fières,

Que sur tant de vassaux je n'ai d'autorité

Qu'autant que votre zèle a de fidélité;

Ils vous ont jusqu'ici suivi comme fidèle,

Et quand vous le voudrez, ils vous suivront rebelle;

[...]

Et s'il faut qu'avec vous tout à fait je m'explique,

Je ne vous saurais croire assez en mon pouvoir,

Si les nœuds de l'hymen n'enchaînent le devoir.

(III,2)

奥罗德

[……]

您是我的臣下，却又如此强大，

凡事假手与您，便再无任何艰困。

您虽在我之下，却坐拥两大行省，

其民胆识过人，其族骄横万分，

以致在这千军万马跟前，

我的威信，全仗您是否忠心：

直至今日，他们尚如您一般忠诚，

但您若掀起叛乱，他们也将紧跟；

[……]

若是要我毫无保留向您道来，

我承认，没有婚姻将义务紧束，

我便难以相信您对我足够臣服。

（第三幕第二场）

Pacorus

[…]

Mais songez bien qu'un roi, quand il dit : «je le veux…»

Adieu : ce mot suffit, et vous devez m'entendre.

Suréna

Je fais plus, je prévois ce que j'en dois attendre :

Je l'attends sans frayeur ; et quel qu'en soit le cours,

J'aurai soin de ma gloire ; ordonnez de mes jours.

(IV,4)

帕科鲁斯

［……］

请您三思，当国王说出"我想要……"之时，

此三字足以，您自当明白，我们就此别过。

苏雷纳

岂止明白，我已能预见所要面对之事：

我无惧它的到来；无论过程如何，

我会珍视我的名望；性命则任凭处置。

（第四幕第四场）

Eurydice

[...]

Vivez, seigneur, vivez, afin que je languisse,

Qu'à vos feux ma langueur rende longtemps justice.

Le trépas à vos yeux me semblerait trop doux,

Et je n'ai pas encore assez souffert pour vous.

Je veux qu'un noir chagrin à pas lents me consume,

Qu'il me fasse à longs traits goûter son amertume;

Je veux, sans que la mort ose me secourir,

Toujours aimer, toujours souffrir, toujours mourir.

(I,3)

尤里蒂斯

［……］

请活下去，大人，以便我承受煎熬，

以便我漫长的苦闷，还您的爱以公道。

在您面前死去，于我太过甜蜜，

我为您所受的煎熬，远远未够。

愿这黑色的哀恸，缓慢将我消磨，

让我能一口一口，品味它的苦涩；

愿爱与苦难长久，愿活得奄奄一息，

不愿接受的，唯有那死亡的拯救。

（第一幕第三场）

Eurydice

[…]

Oui, s'il en faut parler avec une âme ouverte,

Je pense voir déjà l'appareil de sa perte,

De ce héros si cher; et ce mortel ennui

N'ose plus aspirer qu'à mourir avec lui.

Palmis

Avec moins de chaleur, vous pourriez bien plus faire.

Acceptez mon amant pour conserver mon frère,

Madame; et puisqu'enfin il vous faut l'épouser,

Tâchez, par politique, à vous y disposer.

(IV,2)

尤里蒂斯

［……］

是的,若是要敞开心扉,直言不讳,

我承认已看到那索命的刑具,

为我珍视的这英雄而来;苦闷无望,

只求与他同患难,共存亡。

帕尔米斯

少一些狂热,您或有更好选择。

为保我兄长,请接受我的情人,

夫人,既然终究您要与他成婚,

就请为此作好准备,方为上策。

(第四幕第二场)

解读

　　1674年底在巴黎勃艮第府剧院上演的《苏雷纳》是高乃依人生最后一部戏剧作品。据说蒙托齐耶(Montauzier)，一位17世纪贵族文人，曾借此剧和高乃依打趣道："我也经历过写作佳篇的时期，只是自老去以来，我便再写不出可与过去媲美的诗句。是该把这事留给年轻人了。"①蒙托齐耶的玩笑之语事实上暗藏了1674年前后法国文坛对于高乃依的普遍认识。在同年出版的《诗艺》里，著名文人布瓦洛就曾颇有深意地感叹："愿这个为了他②而重燃勇气的高乃依，依旧是那个《熙德》和《贺拉斯》的高乃依。"③与几乎所有同时代文人一样，布瓦洛视高乃依为一座活着的丰碑，一位有着辉煌过去，如今却力不从心的悲剧大师。垂垂老去的他与功成名就却依然充满创作活力的中生代作家拉辛形成了鲜明对比。要知道，筹备《苏雷纳》时期的高乃依早已不是法国剧坛的焦点所在，人们津津乐道于由作曲家吕利和悲剧作家基诺所开创的"音乐悲剧"(tragédie à musique)④，同时又关心拉辛如何通过新作《伊菲格涅亚》来捍卫"话剧"作为古希腊悲剧正统传人的地位。以一部符合当下审美又具备鲜明个人风格的作品来对抗边缘化的现实，成了高乃依创作《苏雷纳》的最大动力。

① Georges Forestier, *Jean Racine*, Paris：Gallimard, 2006, p.511.
② 法国国王路易十四。
③ Georges Forestier, *Jean Racine*, *ibid.*, p.508.
④ 即法国歌剧。参见本书《伊菲格涅亚》上篇解读。

　　《苏雷纳》取材自普鲁塔克《希腊罗马名人传》里对于罗马共和国前三头同盟①成员之一克拉苏生平的记载。背景为安息国②大将苏雷纳在卡雷战役中击败克拉苏的罗马远征军这段历史。普鲁塔克在叙述的尾声部分写下了这句话："然而应得到的惩罚终于降在他们头上：许罗德斯③由于暴虐残忍，苏雷纳由于背信弃义。"④显然，这位希腊史学家试图呈现的是不义之人即便一时得意也难逃惩罚的道德故事。正是循着这一逻辑，他接着写道："事过不久许罗德斯猜忌苏雷纳的名望，把他处死了。"在乔治·弗莱斯提看来，这不仅是史书里苏雷纳的结局，同样也构成了高乃依悲剧的结局。⑤ 如果我们把普鲁塔克的话从道德叙事的逻辑中抽离出来，就会发现，苏雷纳的结局意味着一位合法君主（非僭主）杀害一位忠于自己，助自己登上帝位，立下赫赫战功的将领。而高乃依笔下的奥罗德不仅王位合法，更是有情有义。第三幕第一场首次登台时，剧中另一位将领西拉斯告诉他：对待苏雷纳，只有"取其性命"或者"招其为婿"这两种办法（选段一）；奥罗德果断拒绝了处决的建议，并郑重宣告：即便"帝国坍塌"，也不会做出如此背德之事，"无法苟同以社稷安危之名／将如此卑劣的加害，视为正义"（选段一）。尽管有意招其为驸马，但他依然没有强求苏雷

---

① 克拉苏与凯撒和庞培共同组成了前三头同盟（premier triumvirat）。
② 高乃依使用的名称是西方史书中统一使用的帕提亚帝国，即法语中的 Parthes。
③ 帕提亚国王，又译奥罗德斯，对应高乃依剧中的国王奥罗德。
④ 普鲁塔克，《希腊罗马名人传》，黄宏煦主编，陆永庭、吴彭鹏等译，北京：商务印书馆，1990 年，上册，第 618 页。
⑤ Georges Forestier, *Essai de génétique théâtrale: Corneille à l'oeuvre*, Genève：Droz, 2004, p.37 – 39.

纳娶他的女儿,而是允许其另娶他人(选段一)。由此可见,奥罗德是一位标准的明君。然而,明君为何会杀害忠臣呢?高乃依对国王一角的塑造正是为了将普鲁塔克留下的原始素材推向极端,形成一个看似无解的、高乃依式①的悲剧性情境。于是,从某种程度而言,构建剧情也就成了破解僵局。

第三幕第二场是剧中奥罗德和苏雷纳唯一一次直接对话。在这场重头戏进行到尾声时,帕提亚国王终于直言不讳地表示,臣子功高盖主,自己寝食难安。这就对应了普鲁塔克书中的"猜忌"二字。然而,"猜忌"和"处死"之间,有一条区分暴君和明主的鸿沟。对于一直以通晓大义的明君形象示人的奥罗德而言,显然不能仅仅因为"猜忌"就将自己最得力的臣子处死,高乃依需要的,是一个剧作法意义上的插曲,来让这条政治的情节主线得以成立。对于法国的古典主义剧作家来说,这一支线情节通常围绕爱情展开。如乔治·弗莱斯提所言②,高乃依在剧中移植了田园牧歌剧(pastorale)经典的爱情链模式:帕尔米斯(苏雷纳的妹妹)爱着的帕科鲁斯(奥罗德的儿子)爱上了他因为两国联姻而即将迎娶的女主角尤里蒂斯,而这位亚美尼亚公主却早已和男主角苏雷纳相恋。仅就这条爱情链本身而言,男女主角所遭遇的危机在于这场不期而至的联姻。然而,必须指出的是,即使没有后者,苏雷纳和尤里蒂斯也难以成婚,因为身份悬殊,臣子名望再高也

---

① 《西拿》的主题也是一个类似的极端情境:奥古斯都宽恕了谋反者西拿。考虑到《苏雷纳》里所表现的君主对于臣下忠诚问题的敏感,奥古斯都的宽仁显得更加不可思议。

② Georges Forestier, *Essai de génétique théâtrale*: *Corneille à l'oeuvre*, ibid., p.45 – 47.

始终是臣子,无法与公主相配①。在帕科鲁斯因怀疑未婚妻尤里蒂斯心中另有所属而对其再三逼问之前(第二幕第二场),尤里蒂斯和苏雷纳本已经决定接受这个悲哀的现实,接受"奄奄一息"(选段三)地活着。真正将政治主线和爱情插曲串联起来的事件是帕提亚国王奥罗德为求安心而作出的赐婚决定。换言之,苏雷纳将不得不另娶他人。

男女主角原本虽然无法长相厮守,却都一直怀着一个卑微的愿望:将爱情秘密地留存在婚姻关系之外。这也是为什么苏雷纳和尤里蒂斯由始至终不愿将两人之间的秘密关系告诉他人,同样守口如瓶的还有一心保护兄长的帕尔米斯。正是"秘密"二字,成了爱情对于政治的绝佳隐喻。因为绝对王权体制里没有秘密的容身之处,在国王面前有所隐瞒是最大的忌讳。剧本第二幕的中心人物,帕提亚王子帕科鲁斯,在仅有的三场戏里先后向苏雷纳、尤里蒂斯和帕尔米斯三人逼问这段秘密恋情中另一位主角的身份。身为王权代表的他对于真相所表现出来的执念既如实展现了爱情所能引发的嫉妒和占有欲,又完美地隐喻了王权的霸道。而国王奥罗德虽然也曾在第三幕第三场面对帕尔米斯时表现出了对于秘密情人身份的关心,但显然与爱情本身无关,只是因为无法忍受臣子们对他有一丝隐瞒。至此,苏雷纳的悲剧呼之欲出:为了信守情人之间的卑微愿望,他毅然选择了对国王隐瞒;本就对这位功勋将领过高的个人声望无比忌惮的国王自然无法

① 第一幕第一场戏尤里蒂斯向亲信透露自己心有所属时,后者的第一反应便是询问这位意中人是否是国王。

接受秘密的存在;于是,罪犯欺君的臣子终于遭到"合法"的处决。明君杀忠良的启示在于,每一方站在自己的角度上都没有错,错的只是爱情和政治互不相容①。因此,乔治·弗莱斯提将《苏雷纳》比作《安提戈涅》式的悲剧②。坚守爱情的苏雷纳对应了笃信神法的安提戈涅,政治为先的奥罗德则对应了捍卫人法的克瑞翁,就连苏雷纳的妹妹帕尔米斯,也像极了安提戈涅的妹妹伊斯墨涅。两人在强大而残酷的现实处境面前都表现出了软弱却温情的妥协。伊斯墨涅一度劝姐姐勿去埋尸,帕尔米斯则在第四幕第二场戏(选段三)里恳求尤里蒂斯说服苏雷纳娶奥罗德之女为妻,以打消国王的疑虑。然而,无论是希腊悲剧里的同名女主角,还是高乃依笔下的这对生死眷侣,都选择了拒绝,从而成为英雄。乔治·弗莱斯提在自己的分析里基于哀歌模式的不同,将《苏雷纳》比作一部"反《贝蕾妮丝》"。在我们看来,这种"反",同样体现在英雄主义的对立上。拉辛作品里的提图斯和高乃依作品里的苏雷纳都经历了政治和爱情之间的两难:前者选择了帝王的责任,后者选择了情人的信念。如果说不同的选择成就了同样的英雄主义,那么恰恰是因为他们不同身份背后所隐藏的"名"与"实"的关系。对于新登基的提图斯而言,高贵的"名"亟待同样高贵的"实"(牺牲爱情)与之匹配,方能成为"名副其实"的罗马皇帝。而对于功高盖主的苏雷纳来说,"实"已然大于"名",并直接导致了国王的

---

① 第三幕第三场里,奥罗德对帕尔米斯明言:帝王的婚姻只为政治而服务,爱情从来不在考量范围内。

② Georges Forestier, *Essai de génétique théâtrale: Corneille à l'oeuvre*, ibid., p.44 – 45.

猜忌；因此，在政治舞台上，他既无法追求更大的"名"，因为那意味着谋朝篡位；又无法通过立功来累积更多的"实"，因为那只会加剧君臣之间的紧张关系。这样一来，拒绝触手可得的妥协，捍卫爱情的忠贞，便显得顺理成章，因为在高乃依的这部绝唱里，爱情终于成了英雄主义的唯一路径。

宗教主题篇

Pierre Corneille *Polyeucte*

皮埃尔·高乃依《波利厄克特》

情节梗概

第一幕：因为噩梦而心有余悸的宝丽娜阻止丈夫波利厄克特出门，后者原本要公开自己基督徒的身份，但在同为基督徒的挚友内阿尔克面前坦言自己无法对爱妻的眼泪无动于衷，期望神可以助他克服爱情的羁绊。另一方面，宝丽娜在与亲信的对话中提到自己当年在罗马时曾与塞维尔（Sévère）相爱，但因为后者出身卑微，两人没能成婚。来到了亚美尼亚后，父亲菲利克斯（行省最高长官）把宝丽娜嫁给了波利厄克特，彼时的宝丽娜听闻塞维尔已死于战事之中，便渐渐放下了前事，对波利厄克特产生了感情。这一幕临近结束时，菲利克斯告诉女儿塞维尔不仅依然在世，还成了罗马皇帝的宠臣，而且马上将要抵达亚美尼亚。菲利克斯担心后者会因为自己当年曾阻止两人成婚而怀恨在心，便令宝丽娜去试探。

第二幕：旧爱重逢，得知宝丽娜已经成婚的塞维尔悲痛欲绝，两人承诺彼此再不相见。另一方面，波利厄克特受洗归来，宝丽娜表明心迹，强调塞维尔虽然再次出现，但她如今爱的只有丈夫。接受了洗礼的波利厄克特表现得无比狂热，不顾内阿尔克的劝阻，执意要在异教的祭祀典礼上捣毁神像，公开自己的基督徒身份。

第三幕：消息传来，波利厄克特在典礼上痛斥异教的偶像崇拜，公开了基督徒身份。宝丽娜希望用眼泪劝丈夫回头。菲利克斯震怒，但依然希望女婿改过,于是决定当后者之面将内阿尔克处死。菲利克斯以为波利厄克特会因为恐惧死亡而放弃信仰,然而后者却无比坚定,一心求死。

第四幕: 宝丽娜含泪来狱中劝说丈夫回头,但波利厄克特终于能坚定地守卫信仰,同时还祈求神助他将爱妻一同感化,宝丽娜无法理解,负气离开。塞维尔出现,波利厄克特请求后者为他照顾宝丽娜,自己便可以安心赴死。塞维尔惊讶于波利厄克特对于信仰的执着。宝丽娜请求塞维尔救下丈夫。而后者此前就已经对基督徒心生同情,因此没有拒绝。

第五幕: 菲利克斯不听塞维尔劝说,认为后者并非有心救波利厄克特,而是以此来让他背上赦免基督徒的罪名。波利厄克特的坚持令其最终遭到处决。亲眼见证这一幕的宝丽娜神奇地被感化,从此皈依基督,请求父亲将她也一同处死。剧本最终在菲利克斯的皈依中结束。

选段一

Polyeucte

[...]

Pourquoi mettre au hasard ce que la mort assure?

Quand elle ouvre le ciel, peut-elle sembler dure?

[...]

Qui fuit croit lâchement et n'a qu'une foi morte.

Néarque

Ménagez votre vie, à Dieu même elle importe;

Vivez pour protéger les chrétiens en ces lieux.

Polyeucte

L'exemple de ma mort les fortifiera mieux.

Néarque

Vous voulez donc mourir?

Polyeucte

     Vous aimez donc à vivre?

(II, 6)

波利厄克特

［……］

死亡能确保之事，为何要置于险境？

当它开启天国时，难道还会显艰辛？

［……］

贪生者的信仰死气沉沉，怯懦不堪。

内阿尔克

照看好您的性命，神对它无比珍视；

活下来，在此地保卫基督的信众。

波利厄克特

以我的死亡为榜样，他们将更为坚定。

内阿尔克

所以您只求一死？

波利厄克特

　　　　　难道您更愿偷生？

（第二幕第六场）

选段二

Néarque

Fuyez donc leurs autels.

Polyeucte

Je les veux renverser,

Et mourir dans leur temple, ou les y terrasser.

Allons, mon cher Néarque, allons aux yeux des hommes

Braver l'idolâtrie, et montrer qui nous sommes：

[...]

Néarque

Ce zèle est trop ardent, souffrez qu'il se modère.

（II，6）

内阿尔克

那就远离他们的神坛。

波利厄克特

　　　　　我要将它掀翻,

葬身于他们的庙堂,或在那里将他们击垮。

走吧,亲爱的内阿尔克,去这些人眼前

彰示我们的身份,向偶像崇拜发起挑战。

［……］

内阿尔克

这份热忱过于炽烈,请让它节制一些吧。

　　　　　　　　　　　　　　　　（第二幕第六场）

选段三

Pauline

[…]

Et quels tristes hasards ne court point mon époux,

Si de son inconstance il faut qu'enfin j'espère

Le bien que j'espérois de la bonté d'un père?

(III, 3)

宝丽娜

[……]

若期待中父亲的善意之礼

最终要寄望于丈夫的不忠，

那他又何来生路可寻？

（第三幕第三场）

选段四

Polyeucte

[...]

Félix, dans la prison j'ai triomphé de toi,

J'ai ri de ta menace, et t'ai vu sans effroi:

Tu prends pour t'en venger de plus puissantes armes;

Je craignois beaucoup moins tes bourreaux que ses larmes.

[...]

(IV, 1)

[...]

C'est vous, ô feu divin que rien ne peut éteindre,

Qui m'allez faire voir Pauline sans la craindre.

Je la vois: mais mon cœur, d'un saint zèle enflammé,

N'en goûte plus l'appas dont il étoit charmé;

Et mes yeux, éclairés des célestes lumières,

Ne trouvent plus aux siens leurs grâces coutumières.

(IV, 2)

波利厄克特

[……]

菲利克斯,在牢房里,我战胜了你,

笑对了你的威逼,无惧地正视了你:

为了报复,你拿起了更强大的武器;

她的泪水远比你的屠刀更让我恐惧。

[……]

(第四幕第一场)

[……]

噢,不灭的神圣火焰,是您,

让我无所畏惧地面见宝丽娜。

在她面前:我那颗燃着神圣热望的心,

将不再因她的魅惑,陷入曾经的迷途;

那双被天国光芒所照亮的眼睛,

也将无视她双眸一如既往的神韵。

(第四幕第二场)

解读

　　这几段诗文选自高乃依的名剧《波利厄克特》,后者代表了法国古典主义戏剧的一种特殊类型:宗教题材剧。严格说来,它与纯粹的宗教剧有所不同,应当视为宗教题材融入世俗戏剧的产物。法国宗教剧的黄金时代是中世纪,以神秘剧(mystère)为代表。这类戏剧往往在露天演出,持续时间长(一日甚至多日),除了演员之外,通常还会有民众的参与,盛大隆重,带有节庆性质,甚至能为演出所在的城镇带来旅游效应①;与后世职业剧院舞台上两三个小时所呈现的演出从形式到内容有很大不同。16世纪中期,为了回应路德的宗教改革主张,罗马教皇下令在意大利东北部的特伦特(Trente)召开会议,商议天主教内部的改革;会议断断续续,前后总共开了18年之久(1545—1563)。这次"特伦特会议"其中一个重要精神是通过教化手段来重塑基督教信仰,而戏剧也被视作一种可以利用的手段。在探索戏剧教化方面最不遗余力的组织是耶稣会。在耶稣会修士开办的学堂(collège des jésuites)里,老师会选用拉丁文写作的宗教剧本作为教材,指导学生排演,鼓励学生在学习和表演的过程中思考和感悟信仰。

---

① 关于法国宗教神秘剧的研究,可参见著名学者格雷厄姆·鲁纳尔(Graham A. Runnalls)的多部著作:*Études sur les mystères*, Paris:H. Champion, 1998. *Les mystères français imprimés: une étude sur les rapports entre le théâtre religieux et l'imprimerie à la fin du Moyen âge français*, Paris:H. Champion, 1999. *Les mystères dans les provinces françaises: en Savoie et en Poitou, à Amiens et à Reims*, Paris:H. Champion, 2003.

需要指出的是,这类服务于教学的宗教剧属于内部创作交流,并不对公众开放;出了学堂,也就是在以娱乐为目的的职业戏剧市场上,宗教题材就十分敏感了。以 16 世纪的巴黎为例,巴黎高等法院(Parlement de Paris)对于中世纪流传下来、面向大众的神秘剧就十分警惕,不时会颁布禁令。原因主要有三:一是演出耗时过长,往往会让市民沉迷其中,荒废了去教堂做礼拜、听布道等重要的宗教活动;二是观众不得不在短期内花费大量金钱,影响了正常的家庭开支,还大大削减了教会向信徒募集的用以援助老弱病残的"救济金"(aumônes)和"慈善金"(charités)的数量;三是受难会成员糟糕的表演水平,以及演出中所穿插的滑稽剧(sottie)都破坏了宗教文本的神圣性和完整性,构成了一种事实上的渎神。1548 年 11 月 17 日,巴黎高等法院终于颁布法案彻底禁止巴黎最富盛名的表演团体,受难会(Confrérie de la Passion)①,演出一切宗教神秘剧,但允许其演出其他合乎道德的世俗作品。

17 世纪 40 年代,确切说,是 1639 至 1650 年间,巴黎的职业戏剧市场突然迎来了一个宗教题材剧的高峰;这些作品中的绝大多数为殉道剧,呈现罗马帝国时期遭到迫害的早期基督徒为信仰而牺牲的故事。1643 年出版的《波利厄克特》就是其中之一。在宗教文学里,殉道题材历来就是主流,上文提到的耶稣会戏剧也多为殉道剧。然而,在世俗戏剧当道的职业舞台上,宗教题材似乎天然的水土不服。原因在于:1637 年围绕高乃依的成名作《熙德》所展开的那场旷日持久的

---

① 受难会是一个由戏剧爱好者组成的、以演出神秘剧为目的协会;其成员主要为手工业者和小商贩;由一位会长(doyen)领导四位主事(maître-gouverneur)进行管理。

论战让法国的戏剧创作从此进入了"规则"时代。这里所谓的"规则",是在亚里士多德《诗学》基础上提炼出来的,符合17世纪法国政治、文化和社会现实的,戏剧创作者所要遵循的种种法则。就悲剧主角的人物设定而言,必须"不能太善,也不能太恶"①。然而,为信仰牺牲生命的殉道者身上却没有任何可以指摘之处。换句话说,宗教题材剧所呈现的主角是遭到迫害的无辜信徒;依照亚里士多德的悲剧理论,这种会让观众因为主角的不公遭遇而愤慨的情节设定是失败的。那么《波利厄克特》的上演为什么又能在普遍信仰基督教的17世纪法国大获成功呢? 事实上,只要我们理解了死亡在世俗题材戏剧和殉道剧中的不同内涵,就会发现这一矛盾并不存在。这也是我们安排选段一的用意所在。

《波利厄克特》的情节发生在德西乌斯②一朝的罗马帝国亚美尼亚行省。选段一里的对话双方是挚友,两人既是当地的大贵族,又同为隐藏身份的基督徒;内阿尔克是波利厄克特走上信仰之路的引路人。选段所在的第二幕第六场戏讲述的是波利厄克特完成受洗这一重要仪式,成为完整意义上的基督徒后,和内阿尔克展开的一场关于如何捍卫信仰的讨论。选段一所涉及的是其中最重要的问题:如何看待死亡? 对于世俗题材悲剧的主角而言,死亡是痛苦,是人世的终结;然而,在波利厄克特看来,死亡却是欢愉,是值得追求之事,因为它为基督徒开启了天国的大门。当内阿尔克质疑他的选择时,他却强调

---

① 拉辛在《安德洛玛克》的"序言"里对于亚里士多德意义上的悲剧主角的解读。
② 在高乃依剧中的名字为法语化了的Décie。

自己的死亡能让在世的信众更加坚定。波利厄克特的这一立场道出了殉道剧的教化逻辑：对于基督教已经成为绝对主流的 17 世纪法国而言，展现一千多年前早期基督徒所遭受的迫害，以及他们为了捍卫信仰而欣然接受死亡的做法，无异于一次信仰的再教育，这完全符合特伦特会议的精神。

只是这份对于死亡的执着，也暗藏着与谦卑这一基督徒核心价值的不符之处。对于这一点，历来反对戏剧的奥古斯丁主义者们看得十分透彻。他们中的一位代表人物，皮埃尔·尼克（Pierre Nicole）就曾在 17 世纪中期撰写了一部批判戏剧的著作：《论戏剧》（*Traité de la comédie*）。书中的第 14 章有如下这一段话：

> 基督教的大部分美德都无法在舞台上呈现。静默、隐忍、克制、明智、贫穷、忏悔都不是那种能通过演绎让观众娱乐的美德；更别提卑己，以及对于辱骂的忍受了。戏剧里如果出现一个谦卑、静默的基督徒，会显得格格不入。它需要的是人所以为的伟大和崇高，[⋯⋯]①

尼克在这里强调的是宗教题材本质上不容于世俗戏剧这一观点。选段二里波利厄克特和内阿尔克之间的对话就是这对矛盾的呈现。面对受洗之后无比狂热冲动，坚持前往异教神殿公然发出挑战的教友，

---

① Pierre Nicole, *Traité de la comédie* (1667), éd. L. Thirouin, Paris: Champion, 1998, p.64.

内阿尔克劝说无果；在后续的情节里，波利厄克特依然还是通过捣毁异教圣像公开了自己的基督徒身份，并因此沦为阶下囚。波利厄克特的行为通常被称为"鲁莽殉道"（martyre téméraire），在基督教内部素有争议。因为鲁莽殉道者在殉道之余，也有逞英雄之嫌；他捍卫信仰的方式很难说不受虚荣心的左右。那么既然有此疑点，高乃依为什么还要选择波利厄克特这样一位有争议的殉道者的事迹来进行创作呢？事实上，尼克的引文已经为我们提供了答案。在职业戏剧的舞台上，观众期待看到的是"人所以为的伟大和崇高"，也就是俗世的英雄；而绝大多数基督教殉道者都隐忍、克制，他们行为的被动性与世俗题材悲剧里主角主动寻求改变命运的做法南辕北辙；只有鲁莽殉道的波利厄克特是特例，他的事迹为高乃依的改编提供了基础。这就是为什么我们在开篇时强调，殉道题材的悲剧不同于纯粹的宗教剧：如果说后者只以信仰教育为目的，那么前者则是在遵从教化逻辑的同时，为职业戏剧的观众提供他们所需要的娱乐。高乃依的天才之处，在于他在教化和娱乐之间找到了完美的平衡。

从回应观众的期待上来说，高乃依的创举还在于成功地在一个殉道主题的故事里融入了世俗题材悲剧中常见的爱情元素。剧中的波利厄克特有一位他所深爱着的妻子（宝丽娜），而他的岳父（菲利克斯）则是亚美尼亚行省的最高长官，也是最终将他逮捕并处决之人。在第三幕第三场戏里，身为妻子和女儿的宝丽娜恳求父亲饶恕自己的丈夫，但菲利克斯却坚持要等波利厄克特悔过，与基督教这个他眼中的异端划清界限，才愿重新接纳他；为此，他希望通过处决内阿尔克来让自己的女婿因为恐惧而放弃信仰。选段三宝丽娜所说的"寄望于丈夫的不忠"指的就是波利厄克特的命运取决于他是否愿意放弃信仰。句中的"不忠"（inconstance）一词尤为重要。在波利厄克特和宝丽娜这条爱情主线上，"忠"（constance）与"不忠"（inconstance）既关乎夫妻间的忠贞，也关乎信仰意义上的忠诚；然而，对于波利厄克特而言，两者却难以兼得。若要对妻子忠贞，便意味着放弃信仰；若要忠于信仰，则必须抛下儿女私情。爱情和信仰在他身上形成了角力，让他难以抉择。选段四的前半部分出自第四幕第一场。在那场戏里，卫兵告诉身在牢房的波利厄克特，宝丽娜想要见他，这让后者陷入了哀叹。在他看来，尽管自己无惧于岳父菲利克斯的迫害，却无法不在妻子的泪水前动容。这一口吻和全剧开场时毫无区别，那时（第一幕第一场）的他，也坦言自己只能在宝丽娜的泪水前让步①。换句话说，对于波利厄克特而言，自己对宝丽娜的爱几乎是无法翻越的高峰②。只是在爱情这座高峰前止步的，远不止波利厄克特一人。对于许多世俗题材的悲剧英雄而言，爱情都是如宗教般无法背弃的存在。在拉辛改编的《伊菲格涅亚》（*Iphigénie*）里，被塑造成情人的阿喀琉斯就是其中的经典代表③。

---

① 在第一幕第一场戏里，原本内阿尔克和波利厄克特相约去完成后者的受洗，但宝丽娜前夜梦见自己的丈夫今日会遭逢不测，因此哭着劝阻波利厄克特出门，后者对内阿尔克说道："我不屑她的恐惧，但在泪水前退让（Je méprise sa crainte, et je cède à ses larmes）。"

② 在第四幕第二场的独白里，得到神助的波利厄克特明确说道："我只会把宝丽娜／视作我通往救赎的障碍（Et je ne regarde Pauline / Que comme un obstacle à mon bien）。"

③ 用该剧中夹在伊菲格涅亚和阿喀琉斯这对恋人之间的第三者艾丽菲尔的话来说，阿喀琉斯这个让所有人胆寒，让他人绝望落泪的存在，因为情人伊菲格涅亚将被献祭的事实而"学会了恐惧"（de la crainte a fait l'apprentissage），甚至开始哭泣。

　　需要指出的是,第四幕里的波利厄克特早已完成了受洗,成为了一名完整意义上的基督徒,并且通过大闹异教神殿和捣毁圣像这样强硬却也鲁莽的行为向世人宣告了这一点;然而在爱人的眼泪面前,他却一如既往的软弱。如果说在弱势的处境下公开挑战权威让波利厄克特这个宗教题材里的主角无限接近一个世俗意义上的英雄,那么第四幕第一场里的他,也和所有世俗英雄一样,在爱情面前败下阵来。作为基督徒的波利厄克特,无法以一己之力赢下这场信仰和爱情的决斗。这才有了第四幕第二场的独白里,他对于神的助力的强调:是"不灭的神圣火焰",最终让波利厄克特能够"无所畏惧地面见宝丽娜";是"天国光芒",盖过了爱人双眸里透出的"一如既往的神韵"。换句话说,世俗英雄所遭遇的瓶颈,唯有借助神的力量方可打破;真正能够征服一切的,只有信仰。剧本的结尾颇有象征意义:目睹丈夫被处决的宝丽娜并没有殉情,相反,她在鲜血的感召下出人意料地选择了皈依;那一刻,波利厄克特在她眼中已经从爱人变为了殉难的基督徒。从殉情到皈依,是信仰对于爱情的象征性胜利,《波利厄克特》这部殉道剧的终极教化意义,大概就在于此。

Jean de Rotrou *Le Véritable Saint-Genest*

让·德·洛特鲁《真正的圣热奈》

情节梗概

第一幕：罗马皇帝戴克里先决定把女儿瓦莱丽嫁给战功赫赫的将领马克西曼，并邀请热奈所率领的剧团入宫表演为准新人助兴。一番商议后，最终决定演出曾由马克西曼亲自法办的基督徒阿德里安殉道的真实故事。

第二幕：剧团彩排过程中，热奈陷入了困惑，感叹自己几乎变成了阿德里安本人，被角色的台词所打动。剧中剧情节里，阿德里安承认自己皈依了基督教，遭到逮捕。

第三幕：剧中剧情节：马克西曼与自己曾经的友人，同时也是手下干将的阿德里安展开对话。前者感叹自己遭到了背叛，后者则捍卫自己的信仰。回到牢房后，妻子娜塔莉前来探视，阿德里安这才知道原来后者也是一直隐藏身份的基督徒，夫妻二人于是决定在信仰的路上共同进退。

第四幕：热奈在继续扮演阿德里安的过程中因为感化皈依而"出戏"，以真实的基督徒身份继续慷慨陈词，然而同台的其他演员却以为这一切是忘词后的即兴发挥。在热奈反复强调自己已经不再是角色阿德里安，而是真正的信徒后，戴克里先终于大怒，打断了演出，将热奈关押。

第五幕：剧团其他成员没能说服热奈回头，后者最终遭到处决。

Dioclétian

Par ton art les héros plutôt ressuscités,

Qu'imités en effet, et que représentés,

Des cents et mille ans après leurs funérailles,

Font encore des progrès et gagnent des batailles,

Et sous leurs noms fameux établissent des lois,

Tu me fais en toi seul maître de mille rois.

[...]

Genest

Si votre nom, Seigneur, nous est libre en la scène;

Et la mort d'Adrien, l'un de ces obstinés,

Par vos derniers arrêts naguère condamné,

Vous sera figuré avec un art extrême,

Et si peu différent de la vérité même,

Que vous nous avouerez, de cette liberté,

Où César à César sera représenté;

Et que vous douterez, si dans Nicomédie,

Vous verrez l'effet même, ou bien la comédie.

(I, 5)

戴克里先

与其说模仿、呈现，不如说

你的技艺让一众英豪复生，

下葬千百年后，

仍能攻城拔寨，赢得战役，

仰仗他们的威名制定律法，

凭你一己之力，我成了万王之王。

［……］

热奈

陛下，若能在舞台上借用您的名号；

那么早前被您法办的阿德里安，

那位顽固不化之徒①，

他的死亡将得到极致的演绎，

舞台与真实将几近相同。

您也会认同我们这大胆之举，

在凯撒面前演绎凯撒；

---

① 指遭到戴克里先迫害的早期基督徒。

甚至会怀疑,在尼科米底亚所目睹的,

究竟是戏剧,还是事实本身。

（第一幕第五场）

Adrian (regardant le Ciel, et rêvant un peu longtemps, dit enfin)

Ha, Lentule! en l'ardeur dont mon âme est pressée,

Il faut lever le masque, et t'ouvrir ma pensée;

Le Dieu que j'ai haï, m'inspire son amour,

Adrian a parlé, Genest parle à son tour!

Ce n'est plus Adrian, c'est Genest qui respire,

La grâce du baptême, et l'honneur du martyre;

Mais Christ n'a point commis vos profanes mains,

Ce sceau mystérieux, dont il marque ses saints;

Un ministre céleste, avec une eau sacrée,

　　　　　(regardant au ciel, d'où l'on jette quelques flammes)

Pour laver mes forfaits, fend la voûte azurée.

Sa clarté m'environne, et l'air de toutes parts,

Résonne de concert, et brille à mes regards;

Descends, céleste acteur; tu m'attends, tu m'appelles!

Attends, mon zèle ardent me fournira des ailes;

Du Dieu qui t'a commis, départs moi des bontés.

　　　(il monte deux ou trois marches, et passe derrière la tapisserie)

Marcele (qui représentait Nathalie)

Ma réplique a manqué, ces vers sont ajoutés.

Lentule (qui faisait Anthyme)

Il les fait sur le champ, et sans suivre l'histoire,

Croit couvrir en rentrant son défaut de mémoire.

Dioclétian

Voyez avec quel art, Genest sait aujourd'hui,

Passer de la figure, aux sentiments d'autrui.

Valérie

Pour tromper l'auditeur, abuser l'acteur même,

De son métier, sans doute, est l'adresse suprême.

(IV, 5)

Marcele

Cet homme si célèbre en sa profession,

Genest, que vous cherchez, a troublé l'action;

Et confus qu'il s'est vu, nous a quitté la place.

Flavie (qui est Sergest)

Le plus heureux, parfois, tombe en cette disgrâce;

L'ardeur de réussir, le doit faire excuser.

Camille (riant à Valérie)

Comme son art, Madame, a su les abuser!

(IV, 6)

阿德里安①(望着天,沉思了好一会儿,最终说道)

啊,朗图尔! 在心中热火的催促下,

必须摘下面具,向你敞开心扉了;

我曾经憎恨的神,让我萌生了爱,

阿德里安已经说完,是时候让热奈登台!

阿德里安已经不再,是热奈呼吸着

洗礼的恩宠,殉道的荣耀;

但这方神秘的、为圣人而备的印章,

基督并没有交付于你们世俗的双手;

一位天国的使者,带着洗净我罪过的

(望着天,有人从那里投下火苗)

圣水,冲破了蔚蓝的苍穹。

它的明澈将我环绕,在我眼前闪耀,

空气中处处回荡着妙音;

下来吧,天国的角色;你在等我,你在唤我!

等着吧,我的虔心和热忱将赋予我翅膀;

---

① 热奈所扮演的剧中剧里的主角。后续对白提到的"娜塔莉"和"安提姆"也都是
剧中剧里的人物。

分予我吧,那遣你来此的神的恩惠。

(向上走了几级台阶,走到背景布后)

马塞尔①(扮演娜塔莉)

我的台词被跳过,这些诗句是新添。

朗图尔(扮演安提姆)

他即兴发挥,没有遵守剧情,

以为可以通过退场掩盖忘词。

戴克里先

看看今天的热奈以怎样的技艺,

将表演深入到和角色合二为一。

瓦莱丽

骗过了听众,瞒过了演员,

他的技巧无疑处在行业之巅。

(第四幕第五场)

马塞尔

这位在行业里如此出名之人,

---

① 热奈所在剧团的演员的真实姓名,下段台词里的"朗图尔"也是。

你们所找寻的热奈,打乱了剧情;

陷入混乱后,已经离我们而去。

弗拉维(扮演塞尔吉)

任幸运之神如何眷顾,终也有失宠之时;

对于成功的热望,让他值得原谅。

卡米尔(对瓦莱丽笑道)

夫人,他的演技果真将他们耍得六神无主!

(第四幕第六场)

选段三

Maximin（emmenant Valérie）

［...］

Et qu'il a bien voulu, par son impiété,

D'une feinte, en mourant, faire une vérité.

（Ⅴ, 7）

马克西曼（带着瓦莱丽离开）

[……]

是他主动想要,借着渎神,

用死亡,令模仿成真。

（第五幕第七场）

解读

在 1640 年代大量出现的殉道剧里,只有两部称得上经典之作,分别是高乃依的《波利厄克特》和洛特鲁的《真正的圣热奈》。它们代表了宗教题材融入世俗戏剧框架的两种可能。在《波利厄克特》里,高乃依借鉴了世俗英雄的模板来塑造殉道者的角色,并且融入与殉道主线并行的爱情线索;通过信仰与爱情在主角身上的不断角力以及前者的最终胜利实现了娱乐和教化的完美平衡。至于洛特鲁,则对热奈殉道的故事作了完全不同的处理。该剧取材自"戴克里先迫害"时期罗马知名演员热奈在舞台上皈依基督教并随之殉难的事迹;洛特鲁的改编完全没有融入任何爱情元素,这在同时期的悲剧里极为罕见;然而他巧妙地利用了殉道者热奈的演员身份,以剧中剧的形式来呈现主题,通过挖掘幻象和真实、舞台和观众之间存在的张力,既满足了教化的需求,又捍卫了戏剧的合法性。

一切自然要从"真实"和"幻象"之间的对立说起。17 世纪三四十年代的法国戏剧通常被称为"巴洛克戏剧",而"真实"与"幻象"之间的对立,以及"世界即舞台"(theatrum mundi)的观念正是巴洛克戏剧的核心问题。后者的代表作之一是高乃依的喜剧《戏剧幻觉》(*L'Illusion comique*)。该剧的主体情节是一位魔法师施法在一位老者面前重现他失散多年的儿子的生活。剧本临近尾声时,老人看到儿子遭遇不测,陷入悲痛。这时,魔法师告诉他,儿子并没有真正死去,他的身份是演员;早先那一幕里死去的,只是他在舞台上扮演的一个悲剧角色。老者这才恍然大悟,破涕为笑。魔法师随后便顺理成章地开始赞颂戏剧表演所具备的制造幻觉的神奇能力,以及演员这份职业的伟大之处。同为剧中剧的《真正的圣热奈》,则是在一开场就为戏剧表演唱起了赞歌。该剧的情节背景是罗马皇帝戴克里先嫁女,邀请当地最著名的剧团来为公主的大婚助兴演出。在商讨演出剧目之前,皇帝在满朝文武和剧团全体成员面前,放下了帝王的威严,对剧团头牌演员热奈大肆吹捧,这也是选段一所呈现的内容。戴克里先先是宣称热奈以假乱真的表演完全操控了自己的喜怒哀乐;又强调他的完美演绎让过往的"一众英豪复生",由于热奈是他的臣民,那么热奈所呈现的历代君王也当听命于他,"万王之王"的说法正是由此而来。戴克里先的这一评述相当于在剧本的一开场就竖立起一个演员的神话,将热奈的表演,或者说制造幻觉的能力捧到了前所未有的高度。至于待演的剧目,在经过多轮商讨后,最终定为由阿德里安殉道这一真实事件改编的悲剧。阿德里安曾经在马克西曼麾下效力,为其抓捕基督徒,后来却受到感染而皈依了基督教,自己也成为了马克西曼的阶下囚,被处以极刑。所谓的"在凯撒面前演绎凯撒",指的是剧团的一众演员要在当年的亲历者面前演出阿德里安殉道事件,尤其是剧中呈现的那个马克西曼,如今已是端坐台下欣赏演出的准驸马;换句话说,热奈和同伴们要在"真实"面前演绎"幻象",这样的对比和碰撞无疑是对他们演技的终极考验。

选段二出自剧本第四幕的第五、六场。剧中剧正在上演,舞台上扮演阿德里安的热奈却出了意外:他先是直呼与自己演对手戏的同伴的真实姓名(朗图尔),而非角色之名;然后宣称自己取代了作为"幻象"存在的阿德里安,以热奈的"真实"身份出现在舞台上;最后又在吟诵了一段宣告自己将要接受洗礼、皈依基督教的台词后,离场而去。事实上,"受洗"不仅是热奈这段长台词的主题之一,也是 1640 年代绝大多数殉道剧情节上的核心转折点:它是救赎的必经之路,标志着信徒的重生①。而从阿德里安到热奈,恰恰就是一场象征意义上的重生。某种程度上,我们可以将它视为从殉道剧的角度为表演艺术所作的辩护。在基督教早期神学家德尔图良对于戏剧的诸多批判中,包括了一条对于表演本质的批判:演员抛弃自我塑造一个虚幻的他者,是对于造物主的不敬和亵渎。而热奈的经历却证明了表演的益处:他先是抛弃自我,塑造了一个基督徒的角色,后又从角色中抽离,找到了真实的自己;换句话说,虚幻的阿德里安变成了真实的基督徒热奈。甚至舞台本身,也在这一过程中实现了升华:热奈称神派遣来为他施洗的天使为"天国的角色",言下之意,万事万物都处在一场由神所安排的神圣戏剧之中,每个人都是其中的一个角色,热奈的转变也是这神圣情节的一部分,这也解释了为什么此前已经多次演绎基督徒的他②没有更早地悟道皈依。

　　另一方面,面对热奈这一系列的反常表现,同台的其他演员和台下尊贵的观众有着截然不同的反应。在后者看来,热奈制造幻象能力之高,已经达到了将舞台上的同行一并骗过的地步;也就是说,对于观众而言,热奈还在戏中。然而,剧团其他演员的解读却刚好相反:对于演出成

---

① 《约翰福音》第三章第五节写道:"人若不是从水和圣灵生的,就不能进神的国。"
② 在第一幕第五场里,公主瓦莱丽提到自己听说热奈在演绎基督徒这类角色上有着惊为天人的表现,正是为了亲眼目睹这一点,为大婚助兴的剧目才被定为殉道剧。

功的极度渴望让热奈不堪重负,最终忘词、改词、离场;也就是说,热奈出戏了。考虑到剧本开场时众人曾不遗余力地夸赞热奈的精湛演技;我们可以说,在同伴眼中,热奈的反常表现标志着一个属于演员的神话的终结。而与这个世俗神话的终结相伴的,是基督徒热奈心中一个神圣故事的开始;只是台上和台下、演员和观众,都没能理解热奈从世俗的演员到"天国的角色"这一根本性的转变,都无法区分"幻象"和"真实"。

选段三是全剧的最后两行台词。马克西曼说:"是他主动想要,借着渎神,／用死亡,令模仿成真。"这事实上是对热奈的某种嘲讽。在他看来,热奈原本只需要在舞台上演绎死亡,最后却真的以死亡收场,实属咎由自取。然而,马克西曼却混淆了"现实"(réalité)和"真实"(vérité):他认为热奈的死本来只需要发生在不"真实"的舞台上,如今却来到了作为观众的他所身处的"真实"的"现实"里。马克西曼和台下其他观众一样,都只能看到代表"幻象"的舞台和自己身处的"现实",这种对比让他坚信舞台为"虚","现实"为"(真)实"。然而,热奈的舞台固然是子剧的舞台,但马克西曼自以为身处的"现实",对于观看这部悲剧作品的观众而言,也不过是母剧的舞台,因此也是虚幻;马克西曼自己也只是另一个舞台上的角色而已。这种意识是令人不安和警醒的,它会引导大家去思考,我们每个人所确信的"现实"是否只是另一层"幻象"? 我们是否也不过是别人眼中的角色呢?"真实"何在? 这就引出了这部剧中剧形式的殉道剧的最大意义:不仅戏剧制造"幻觉",我们身处的日常"现实"也都是"幻象";而唯一能超越这一"幻象"的"真实",超越虚妄嵌套虚妄、现实包裹现实这一怪圈的超验力量,对于洛特鲁时代的法国观众而言,就是基督教信仰。

Jean Racine *Esther*

让·拉辛《艾斯德尔》①

---

① Le *Livre d'Esther* 在和合本里被译成《以斯帖记》,在新教徒居多的华人世界,这个译名流传更广;而华人天主教徒所使用的思高本则将其译成《艾斯德尔传》。在新教版本的《旧约》里,《以斯帖记》只有最初用希伯来文所记载的十章;而更晚的"七十贤士"版本里又增补了希腊文的六章;新教将补录的这一部分排除在了正典之外,而天主教却视其为《圣经》正典的一部分,但地位次于"首正经"(livres protocanoniques),将其归入了"次经"(livres deutérocanoniques)之列。鉴于拉辛本人为天主教徒,而这部剧作所涉及的部分情节又来自新教正典所不认可的希腊文补录部分,因此笔者在人名翻译时统一采用思高本的译法。

情节梗概

第一幕：艾斯德尔自幼由摩尔得开秘密抚养长大，因波斯国王亚哈随鲁另觅新后而被送入宫中，却一直隐藏着自己犹太人的身份。成功被选为王后的她一直为犹太同胞的悲惨境遇而忧心，在宫中收养了许多犹太女孩。然而，摩尔得开却带来了一个可怕的消息：国王听信大臣哈曼的谗言，欲将犹太人灭族。摩尔得开要求艾斯德尔劝谏阻止。后者先是表现出了畏惧，在养父的严词训诫下终于明白了自身的责任，决定挺身而出。

第二幕：哈曼此前因为摩尔得开对自己不敬而心生恨意，才在国王面前诋毁犹太人造反，怂恿国王将他们灭族。而国王则刚刚得知犹太人摩尔得开就是曾经揭发叛乱，救他性命的有功之人。国王询问哈曼该如何嘉奖忠心之人，哈曼误以为国王要赏的是自己，便鼓励重赏，随后国王告知其受赏之人是摩尔得开。随后，艾斯德尔觐见，邀请国王和哈曼来家中赴宴。

第三幕：艾斯德尔在席间向国王道出了自己犹太人的身份，并揭穿哈曼为报私怨而有意加害犹太人的阴谋。国王下令处决哈曼，并让摩尔得开继承后者的地位和财富，赦免了波斯境内的犹太人。

选段一

La Piété

[...]

Et vous, qui vous plaisez aux folles passions

Qu'allument dans vos cœurs les vaines fictions,

Profanes amateurs de spectacles frivoles,

Dont l'oreille s'ennuie au son de mes paroles,

Fuyez de mes plaisirs la sainte austérité:

Tout respire ici Dieu, la paix, la vérité.

(Prologue)

虔诚

［……］

在虚妄的情节所点燃的

疯狂激情里沉迷的你们，

空洞表演的世俗追随者们，

我的话语让你们双耳倦怠，

逃离我神圣苦修的快乐吧：

此中一切皆呼吸着上帝、和平、真理。

（序曲）

Esther

［…］

Du triste état des Juifs jour et nuit agité,

Il me tira du sein de mon obscurité,

Et sur mes faibles mains fondant leur délivrance,

Il me fit d'un empire accepter l'espérance.

À ses desseins secrets, tremblante, j'obéis；

Je vins, mais je cachai ma race et mon pays.

［…］

De mes faibles attraits le roi parut frappé；

Il m'observa longtemps dans un sombre silence,

Et le ciel, qui pour moi fit pencher la balance,

Dans ce temps-là sans doute agissait sur son cœur.

Enfin avec des yeux où régnait la douceur：

«Soyez reine», dit-il；et dès ce moment même,

De sa main sur mon front posa son diadème.

(I, 1)

艾斯德尔

[······]

为犹太人的惨境日夜焦愁的他①，

将我从阴暗深处拉出②，

把解脱之责系于我纤弱的双手，

让我接受对于一个帝国的憧憬③。

我颤抖着遵循了他的隐秘想法，

来到此处，却隐藏了自己的族裔和国家。

[······]

国王似乎为我平凡的姿色所打动；

在阴郁的沉寂中打量了我许久，

上苍定是在那一刻影响了他的内心，

天平于是向我倾斜。

终于，带着无比温柔的眼神，

他说道："做王后吧"；随后，

便亲手将冠冕戴上了我的头。

（第一幕第一场）

---

① 此处指摩尔得开（Mardochée）。
② 即作为秀女入宫。
③ 即期待自己成为波斯王后。

选段三

Assuérus

Croyez-moi, chère Esther, ce sceptre, cet empire,

Et ces profonds respects que la terreur inspire,

À leur pompeux éclat mêlent peu de douceur,

Et fatiguent souvent leur triste possesseur.

Je ne trouve qu'en vous je ne sais quelle grâce

Qui me charme toujours et jamais ne me lasse.

De l'aimable vertu doux et puissants attraits!

Tout respire en Esther l'innocence et la paix.

(II, 7)

法国古典主义诗剧批评本

亚哈随鲁①

请相信我,亲爱的艾斯德尔,这根权杖,这个帝国,

以及因恐惧而生的这些深深的敬畏,

尽管恢弘、闪耀,却并无几分温存,

常令它们悲苦的享有者疲惫不堪。

只有在您身上,我才能找到这难以名状

让我沉迷始终、从未倦怠的美态。

这温柔又浓烈的魅惑,来自让人生爱的美德!

艾斯德尔的一切都呼吸着纯真与和平。

(第二幕第七场)

---

① 无论是《艾斯德尔传》的法译本还是拉辛的悲剧,这位波斯国王的名字都是
Assuérus,即和合本《以斯帖记》里所译的亚哈随鲁。思高本《圣经》中直接将其
译为薛西斯王,因为史家通常认为这位亚哈随鲁就是薛西斯一世。笔者在此保
留了拉辛悲剧中所用的"亚哈随鲁"一名。

Aman

[...]

À quelque heure que j'entre, Hydaspe, ou que je sorte,

Son visage odieux m'afflige et me poursuit,

Et mon esprit troublé le voit encor la nuit.

Ce matin j'ai voulu devancer la lumière;

Je l'ai trouvé couvert d'une affreuse poussière,

Revêtu de lambeaux, tout pâle; mais son œil

Conservait sous la cendre encor le même orgueil.

(II, 1)

哈曼

[……]

伊达斯普，无论我何时进出王宫，

他狰狞的面容总折磨着我，阴魂不散，

令我深受其扰，即便到了夜里也能见到。

今早我想要赶在天亮之前入宫：

却发现他蒙上了一层丑陋的尘土，

衣衫褴褛，面色惨白；但他的眼睛

在灰尘之下依然保有不变的高傲。

（第二幕第一场）

解读

　　1689 年狂欢节期间在圣西尔学园(École de Saint-Cyr)上演的《艾斯德尔》和两年后的《阿塔里雅》①(Athalie)一样,在拉辛的戏剧创作里地位特殊,因为两者都不是为职业舞台②而作。事实上,从 1677 年《费德尔》(Phèdre)③问世之后,拉辛就再没有写作任何剧本。对于这段长达十二年的沉寂期,后世的传记书写者有着不同的解读。从 18 世纪初年(即拉辛去世④不久后)开始,不同版本的拉辛作品集都会在卷首加上一篇作者生平。1722 年在荷兰阿姆斯特丹出版的那一部也不例外。在该版的编者看来,拉辛的疑似隐退之举有三重原因:一是在《费德尔》之后,拉辛作为剧作家的成就已然到达巅峰,甚至连素来反对戏剧的冉森派文人也对该剧表示认可;若继续创作,而新作又反响平平的话,反而可能影响声誉。二是拉辛的情妇,17 世纪中后期巴黎最知名的女演员尚美蕾夫人移情别恋,让拉辛对戏剧心生厌恶。三是 1677 年,国王路易十四任命拉辛为王家史官,令其为自己的统治撰史。后来在巴黎出版的不同版本的拉辛作品集沿用了这篇生平。且

---

① 思高本译法,和合本将其译为《亚他利雅》。
② 拉辛在其职业创作生涯里先后和莫里哀领导的亲王府剧院(Théâtre du Palais-Royal)以及巴黎历史最悠久的勃艮第府剧院(Théâtre de l'Hôtel de Bourgogne)合作。
③ 1677 年在勃艮第府剧院上演时,这部悲剧的名字是《费德尔和伊波利特》(Phèdre et Hippolyte)。以《费德尔》之名出现始于 1687 年出版的拉辛作品集。
④ 拉辛卒于 1699 年。

不论真实与否,上述的这些理由大约是惹恼了拉辛的小儿子路易·拉辛(Louis Racine)。1747 年,后者在瑞士出版了《让·拉辛生平回忆录》(*Mémoires sur la vie de Jean Racine*),试图推翻此前所有建立在轶事和传闻基础上的种种关于父亲的生平,进而还原一个真实的拉辛。然而,对于路易·拉辛这版回忆录的史料价值,17 世纪法国戏剧专家,权威的"七星文丛"版《拉辛全集》编撰者,《拉辛传》的作者乔治·弗莱斯提却表达了明确的质疑①。在后者看来,路易对于父亲的生平记录带有明显的美化性质,并不比此前的那些更具真实性;它更像是一部"圣徒传"(hagiographie),目的是把拉辛塑造成一个曾经迷失在戏剧创作这一世俗娱乐之中,后又大彻大悟,潜心信仰的伟大基督徒。而从这个逻辑出发,《费德尔》之后拉辛在创作上的沉寂就有了特殊意义。路易写道:"他[拉辛]承认剧作家是公众的毒害者;而他自己可能曾是这些毒害者中最危险的那一个。他决定不仅不再写作悲剧,甚至不再进行任何诗歌创作;并且通过深刻的忏悔来弥补他过去曾经写下的那些。"②

---

① 首先,拉辛去世时路易年仅 6 岁,因此他并没有见证父亲的生活。他自己在《回忆录》中也承认了这一点,但他强调自己的信息来自于兄长让-巴蒂斯特(Jean-Baptiste)和几位"老友"(anciens amis)的口述。父亲的挚友,17 世纪中后期著名文人布瓦洛(Boileau)也为他提供了一些具体细节。然而,用弗莱斯提先生的话说,虔诚的让-巴蒂斯特并不愿回忆父亲的戏剧创作生涯,路易这些所谓的"老友"最多也只可能了解到父亲的晚年生活;而 1711 年布瓦洛去世时,路易不过 18 岁,换句话说,他是在少年时代从布瓦洛那里了解到父亲生活的点滴的,时隔将近 40 年后写作《回忆录》的路易,能准确记住多少事实存在很大疑问。参见 Jean Racine, *Œuvres complètes*, éd. G. Forestier, Paris: Gallimard, 1999, t.I, p.1769–1772。

② Georges Forestier, *Jean Racine*, Paris: Gallimard, 2006, p.576.

　　无论是功成身退,还是情感纠葛,抑或信仰使然,这种种原因都把拉辛的沉寂归结于个人的主动选择。然而,弗莱斯提先生认为,真正经得起推敲,且有大量史料支持的理由,只有 1677 年路易十四册封拉辛为史官这一条①。为这位已经被视作当世最伟大国王的人撰写历史对于拉辛而言自然是无上的光荣,但却也让他无暇再顾及戏剧创作。对于当时的法国剧坛而言,这固然是巨大的损失;但对于拉辛本人的文人生涯而言,却不失为一次全新的机遇:作为悲剧诗人的他已经登峰造极,而在古典时期的文学等级体系里,历史写作恰恰是散文领域②的最高文体,王家史官一职让拉辛有了再一次成就自我的可能。

　　12 年后,《艾斯德尔》上演了,但曾经的剧作家拉辛却并没有回归。人们甚至不知该如何称呼这部作品。1689 年 1 月 28 日,塞维涅夫人(Madame de Sévigné)③在写给女儿的一封信中写道:"《艾斯德尔》这部不知是喜剧还是悲剧的作品已经在圣西尔上演了。"④彼时的她还没有亲眼看到演出⑤,向她描述这一盛事的朋友显然也不知该如何将其归类。至于见证了该剧诞生始末的盖吕夫人(Madame de Caylus),则在她晚年口述的回忆录里称《艾斯德尔》为"某种完全将爱情排除在外的道德或者历史诗作"⑥;这一说法和拉辛自己在纸质版剧本"序言"里的表述基本一致:《艾斯德尔》是以信仰和道德为主

---

① Georges Forestier, *Jean Racine*, *ibid.*, p.578 – 579.

② 诗歌创作领域的最高文体是史诗和悲剧。

③ 17 世纪中后期法国著名的书信体女作家。

④ Georges Forestier, *Jean Racine*, *ibid.*, p.902, n.18.

⑤ 两天前,即 1 月 26 日,《艾斯德尔》首演。

⑥ Georges Forestier, *Jean Racine*, *ibid.*, p.902, n.11.

题,"融合了歌唱和叙述的某种诗作"①。换句话说,作者本人也无法明确定义这部作品。尽管在纸质版的封面上,《艾斯德尔》被称为"取材于《圣经》的悲剧",但正如弗莱斯提所言:除此之外,"没有其他词能指代这样一个取材自《圣经》,出现了国王和王后,善者生命遭受威胁,恶人得到血腥惩罚的戏剧故事了"②。

同样是在纸质版的"序言"里,拉辛明确表示《艾斯德尔》是应曼特侬夫人(Madame de Maintenon)的邀稿而作。玛丽-特蕾莎(Marie-Thérèse)死后,后者成为路易十四的王后。1686 年,素来虔诚的她在毗邻凡尔赛宫的圣西尔创办了受国王本人保护的"圣西尔学园"③,接纳没落贵族家庭的年轻女子,力图将她们培养成既虔诚又有思想,且善言谈的女性。这一计划颇具野心,它有别于不注重文化教育、旨在培养合格家庭妇女的传统女子修道院。从某种程度上说,我们可以将它视为耶稣会学堂(collège de jésuite)的教育理念在女子教育上的一种实践。拉辛在"序言"里的描述印证了这一点:"展示根本的、必要的事物的同时,也不忽视那些能够打磨她们才思,培养她们判断力的事物。为此,人们设想了多种手段,在不影响劳作和常规功课的前提下,让她们在娱乐中得到教诲。"④耶稣会学堂历来有教师创作宗教剧,由学生学习排演,并从中体悟基督信仰的传统;而曼特侬夫人也正是在寓教于乐理念的指引下,邀请拉辛创作剧本。圣西尔学园和耶稣

---

① Jean Racine, *Œuvres complètes*, *ibid.*, p.945 – 946.

② Georges Forestier, *Jean Racine*, *ibid.*, p.692.

③ 正式名称为"圣西尔的圣路易家园"(Maison de Saint-Louis à Saint-Cyr)。

④ Jean Racine, *Œuvres complètes*, *ibid.*, p.945.

会学堂的另一个相似之处在于：演出都不对外开放，《艾斯德尔》上演时虽有不少外来观众，但都是受邀前来；即便后来剧本出版了，路易十四也禁止一切公共剧院演出该剧①。依照《盖吕夫人回忆录》里的说法，曼特侬夫人曾经在 1688 年的狂欢节之后致信拉辛，告诉后者自己学园的女学子将不再排演他的任何剧本，因为她们在此前演出的《安德洛玛克》里表现过于出色。言下之意是拉辛的悲剧作品里有着太过强烈的激情，容易让表演者深陷其中，难以自拔。对于这一叙述，弗莱斯提提出了质疑，认为虔诚的曼特侬夫人不太可能允许像《安德洛玛克》这样由爱情这一失序的激情所主导的剧作登上圣西尔学园的舞台。这一看法不无道理，至少在《艾斯德尔》序曲部分的结尾（选段一），借"虔诚"之口，拉辛和他自己赖以成名的世俗题材悲剧彻底划清了界限。

选段一的特别之处在于拉辛并没有先强调《艾斯德尔》和自己旧作的天壤之别，而是通过对于观众的"警示"来间接表达这一点。事实上，1689 年狂欢节期间受邀来到圣西尔学园观戏的贵族名流们大都是"世俗追随者"，而拉辛自己曾经就是为他们提供这些"空洞表演"的最重要的戏剧诗人。从这个意义上说，序曲的这段结尾相当于提醒台下各位和作者一起远离那段如今看来不堪的过去，享受另一种与世俗无关、只属于"神圣苦修"的快乐。的确，既然选择了将悲剧融入修行，那么这种文艺形式内生的、源于"净化"（catharsis）②机制的快

①　参见随剧本出版的"王家出版许可"（Privilège du roi）。
②　参见弗莱斯提在《悲剧激情和古典规则》一书里对于亚里士多德《诗学》里的"净化"概念所作的解读。Georges Forestier, *Passions tragiques et règles classiques: essai sur la tragédie française*, Paris：PUF, 2003, p.141－154.

乐就有了实现的可能。已经在这一领域证明了自己的拉辛所面临的挑战是：如何在摈除"虚妄的情节"和"疯狂激情"的前提下，依然制造快乐？或者用他在纸质版剧本的"序言"里的话来说："用一个让事情更生动、不让人感觉枯燥的情节将一切串联。"这样一来，《艾斯德尔传》就显得尤为合适了：稣撒城①内犹太人的命运因为王后身份的公开而转危为安这一叙事主线和经典的悲剧情节有相似之处②；哈曼因为误会了亚哈随鲁的问题而成就了自己一心想要谋害的摩尔得开。这样的细节也与戏剧剧作法里常见的"错配"（quiproquo）手法如出一辙；至于亚哈随鲁对身份不明的秀女艾斯德尔一见钟情这一点，在17世纪的爱情悲剧中更是司空见惯。

当然，作为真正意义上的宗教剧，首先还是得让作品"呼吸着上帝、和平、真理"。1688年，由著名的冉森派神父勒麦特尔·德·萨西（Lemaistre de Sacy）译成法语的注释版《多俾亚传》（*Livre de Tobie*）、《友第德传》（*Livre de Judith*）③和《艾斯德尔传》（*Livre d'Esther*）合体出版④。三部之中，萨西对《艾斯德尔传》的评价最高。艾斯德尔和摩尔得开⑤（Mardochée）被他称为"身在一个强势君王的腐败朝廷里，代表了一种非常纯粹的虔诚的两个典范"⑥。除此之外，萨西还强调了

① 思高本译法，和合本将其译为"书珊城"。
② 拉辛自己在编写《伊菲格涅亚》的情节时，就是通过艾丽菲尔身份的公开让伊菲格涅亚得以从献祭的危机中解脱。
③ 《多俾亚传》和《友第德传》都不属于新教的旧约正典。
④ Georges Forestier, *Jean Racine*, ibid., p.902, n.22.
⑤ 思高本译法，和合本将其译为"末底改"。
⑥ Georges Forestier, *Jean Racine*, ibid., p.693.

《艾斯德尔传》文本的真实性。他在前言里写道："此书向我们呈现的并不是一个仿造的故事，如近期一些狂妄的异端所言，而是非常真实，带着一切诚挚和真理的印记。"对于在"序曲"结尾（选段一）贬斥了"虚妄的情节"（vaines fictions）的拉辛而言，选择一个真实性有保障的文本至关重要，这是筹备中的《艾斯德尔》区别于他的世俗题材悲剧的根本所在：此前那些作品虽然也有历史文献支持，但时常会有细节缺乏定论；在情节编写的过程中，往往也存在对史料拼凑组合的情况。然而，有了一部绝对真实的《艾斯德尔传》作保障，这一切问题都不复存在。更重要的是，此处的真实不是世俗历史写作的真实，而是宗教意义上的真实。事实上，在剧本创作过程中严格遵循经文叙述的拉辛所作的唯一改动，便是为了彰显这一终极的真实。

这一改动涉及的主要人物是摩尔得开。在选段二里，已经成为王后的艾斯德尔向失散了六个月的犹太女同胞艾丽丝（Élise）敞开心扉。她表示自己成为秀女进入宫中是由摩尔得开一手安排；这一举动背后隐藏着后者拯救犹太同胞于水火之中的庞大计划，而让自己成为波斯王后是计划成功的关键所在。这一叙述与经文有不符之处：首先，依经文第二章所言，艾斯德尔只是和全国的许多少女一样"被征召到稣撒禁城"[1]，非摩尔得开刻意将其送入宫中。此外，彼时的犹太人和波斯境内的其他异族一样，境遇也称不上"悲惨"，无需摩尔得开"日夜焦愁"；哈曼得宠并怂恿国王迫害稣撒城的犹太人是后来的事，摩尔得开不可能预见到这一点并提前作出应对，期待以艾斯德尔"纤

---

① 思高本《艾斯德尔》第二章第八节。

弱的双手"来拯救犹太一族。依据经文的叙述,摩尔得开只是嘱咐艾斯德尔隐藏自己的出身,再无其他作为;这也是选段二这段回顾里唯一没有改动的细节。然而,无论是被列入首正经的那十章,还是补录的那六章次经,都没有解释艾斯德尔隐藏身份的原因。19世纪法国著名的新教牧师、神学家阿塔纳斯·考克海尔(Athanase Coquerel)就在自己评述《艾斯德尔》和《阿塔里雅》的书中对这一点提出了质疑①。而拉辛在自己的改编里强调犹太人处境的悲惨恰恰可以解释摩尔得开让艾斯德尔隐藏自己犹太身份的必要性,这在某种程度上相当于为这部遭到新教质疑的经文自圆其说。但如果摩尔得开处心积虑让艾斯德尔入宫选后也是出于拯救犹太一族,那为什么他要等等哈曼以国王之名下令处决稣撒城全体犹太人时,才让艾斯德尔主动觐见国王为同胞解危呢?

在这一环节的叙事上,剧本和经文的逻辑又完全吻合。如果我们把上述这些情节串联起来,就能梳理出拉辛的编排逻辑:摩尔得开秘密安排艾斯德尔作为秀女入宫,并且对于她当上王后充满信心;当哈曼设计加害全体犹太人时,他又适时出现让艾斯德尔面圣以化解危机;当后者因为惧怕国王而犹豫不决时,摩尔得开便以如下的方式说服了她:"若您对他的声音置若罔闻,/他的神迹也依然会到来。/他会用天下间最纤弱的手,/打破我们的枷锁,让哈曼失败,/而拒绝领受这一恩宠的您,/就将连同您的家族,共同灭亡。"②拉辛剧本里的

----

① Athanase Coquerel, *Athalie et Esther de Racine*, *avec un commentaire biblique*, Paris: Librairie J. Cherbuliez, 1863, p.232-233.

② 剧本第一幕第三场,第233至238行。

这段台词和经文第四章第十四节的描述几乎完全一致。① 可以说，摩尔得开的这段话超越了世俗的逻辑，带有一种信仰层面的绝对色彩；似乎是神借他之口说出了必将发生的一切。从这个意义上说，拉辛的改编大大强化了摩尔得开的先知形象：如果说后者能预知哈曼得势和犹太人命悬一线，那是因为这一切都在神的安排之下发生，历史不过是一个神圣剧本，这就是拉辛改动经文叙述所要强调的终极真实。

这种终极真实还体现在其他角色的台词里。在选段二的后半部分，艾斯德尔声称自己姿色平平，把自己蒙宠获选的原因归结于"上苍"对国王内心天平的影响，这就和世俗戏剧里的一见钟情划清了界限。而在选段三里，亚哈随鲁感叹自己是世俗权势"悲苦的享有者"。在世俗题材的悲剧里，持这一论调的一国之君也并不罕见，但往往都是在遭逢重大变故后所发出的对于命运无常的感慨②；此处的波斯国王却并不是这种情况。唯独让他得以宽慰的，就只有那个"一切都呼吸着纯真与和平"的王后艾斯德尔，后者身上让他"沉迷始终、从未倦怠的美态"实乃神的馈赠。另一方面，作为反面角色的哈曼，面对先知一般的摩尔得开则怀有一种近乎现代意义上的焦虑和恐惧。选段四里的那段台词极具代表性：由于对摩尔得开的不敬无计可施，哈曼试图回避，但后者却如同一具石像般端坐在宫门口，让他无法绕过。

---

① 思高本第四章第十四节里，摩尔得开几乎用了同样的话来说服艾斯德尔："在这生死关头，你若缄默不言，犹太人也必会从别处得到救援和援助。但是，在这光景下，你和你的家族必遭灭亡。谁知你之所以得涉足朝廷，不正是为了挽救现在的危机呢！"

② 比如皮埃尔·高乃依的作品《西拿》(Cinna)里的奥古斯都。

"蒙上了一层丑陋的尘土"的他,"衣衫褴褛,面色惨白",然而,双眼"在灰尘之下依然保有不变的高傲"。一个多世纪之后,在大文豪维克多·雨果的笔下,另一个同样出自《旧约》的罪人,比哈曼知名许多的该隐,也仓皇地陷入了对于眼睛的恐惧……